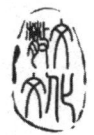

岁月流痕

李胜华 著

山西出版传媒集团 北岳文艺出版社

·太原·

图书在版编目（CIP）数据

岁月流痕 / 李胜华著. -- 太原：北岳文艺出版社，2025.6. -- ISBN 978-7-5378-7124-2

Ⅰ.I267

中国国家版本馆 CIP 数据核字第 20253SB894 号

岁月流痕
SUIYUE LIUHEN

李胜华　著

出品人 董利斌	出版发行：山西出版传媒集团·北岳文艺出版社 地址：山西省太原市并州南路 57 号　邮编：030012 电话：0351-5628696（发行部）　0351-5628688（总编室）
项目统筹 刘文飞	传真：0351-5628680 经销商：新华书店 印刷装订：四川科德彩色数码科技有限公司
责任编辑 范　戈	成品尺寸：145 mm×210 mm 字数：250 千 印张：10.375
装帧设计 书香力扬	版次：2025 年 6 月第 1 版 印次：2025 年 6 月四川第 1 次印刷 书号：ISBN 978-7-5378-7124-2 定价：58.00 元
印装监制 郭　勇	本书版权为本社独家所有，未经本社同意不得转载、摘编或复制

大海星辰的仰望

——读李胜华先生的《岁月流痕》

杨金砖

在过往的岁月里,我虽然不时读到李胜华先生的文章,但因各自的忙碌,竟相互之间缘悭一面。在我的印象里,双牌作家群是潇湘文坛上比较活跃的一个群体,从蒋三立、张智勇、吕定禄、廖文彪、蒋建辉、桑显瑛、韩立军、傅盛德、周凌志、唐治华、何田昌、吴昊、李胜华,到邓红艳、邓文红、陈丽娟等,涌现出了一大批有实力的作家,创作出了许多有影响力的好作品。

李胜华先生供职于政府部门,于日常的烦琐政务之余,仍能静下心来进行文学创作,并时有收获,这实属不易。他先后在各类刊物上推出上百万字的文稿,涉及的体裁有诗歌、散文、小说、生活随札、新闻通讯、报告文学等,其视域之广,触角之深,体裁之丰,不能不令我们心生敬佩。近日他将其部分散文汇编成册,名曰《岁月流痕》。所谓"流痕"即流动行走的迹痕。岁月如河,生命如歌,在知天命之年,去回眸凝望一番自己在行走奔突的途中所留下的或深或浅的迹痕,实乃人生的一大乐事。尤其是将其整理成书,留给朋友与家人,共同分享其酸甜苦辣与成败得失,更有一壶小酒、半江明月的雅趣与诗意。我从韩立军先生处读到

> 岁月
> 流痕

此部书稿,《岁月流痕》分为《乡音乡情》《人生感悟》《他乡之旅》三辑,共收录122篇随札式散文。这些文章情感充沛,字里行间彰显出对真实生活的关切,流露出对乡亲乡情的关注,表达出对社会人生的思考。概而言之,有三个方面的艺术特质。

一、对大海星辰的深情向往

《文心雕龙》曰:"文之为德也大矣,与天地并生者,何哉?"意思是在人世间,能与天地并存的不是功名利禄,不是皇宫庙宇,也不是江山社稷,而是文学。唯有文学能与天地同在,与日月同辉,与江河并丽。是故钟嵘于《诗品序》曰:"气之动物,物之感人,故摇荡性情,形诸舞咏……动天地,感鬼神,莫近于诗。"这就是文学的力量。

文学的力量不是对宏大叙事的歌赞与权势贵族的依附,而是于心灵深处对大海星辰的向往,对个体意趣志向的憧憬,对人生苦乐的思考,对天地人心的叩问。正因为如此,才有《诗经》中那《关雎》《蒹葭》的万世传颂,才有曹孟德《短歌行》与陶渊明《归去来兮辞》的千载流芳,才有柳宗元《永州八记》与周敦颐《爱莲说》的溢彩流光。文学之美就在于让人面向大海,去感受春暖花开。

李胜华先生的散文随札,正是秉承文学的这一要义躬身前行,用精细的笔触摹写心灵深处的大海星辰,通过对现实幽暗的关注,去烛照岌岌可危的人心,以不至于飘然跌落于万丈深渊的绝崖。

李胜华先生根据他所面对的社会底层的现状,从微观层面对当下中国之现象,做出了自己的判断。他在《心中的高贵》中写道:"当今社会,对于有些人来说,是一个欲望的社会,是一个索取的社会。有些人不择手段地索取名誉、地位、金钱……他们在一次次索取中把自己丢失了,丢失了品质、人格和灵魂,变成了精神的荒芜者和欲望的驱使者,那是何等的可悲和可怜啊!假如我们的社会都是这样的人,那人世将是一片黑暗。"在李胜华先生的心中,"高贵不是地位多高,财富多大,而是一种心灵的状态,一种精神,一种气质。"

但是,如何才能提升自己的内在精神与外在气质呢?李胜华先生认为,其不二法门就是由一个"平常人"而练就出一颗"平常心"。"生命如花,人的一生便是一个花开花落的自然过程。……浮华虚荣和我们形影相随,如同天上纠缠的风和云。我们都曾为一个虚伪的话题而言不由衷,为猜测自己在他人心目中的位置而殚精竭虑,为一次得失而心如死灰……平常心却似一股清风,为我们拂去名利的积尘,牵引我们回归生命本身,安安静静、全心全意地开出自己最美丽的花,结出自己最晶莹的果。"(《平常心》)

也正是作者拥有这样一颗淡然处之的"平常心",也就多了一层自己的主见与思考。从而,以此之心观察万物,万物皆着我之色彩。这样,便有了作者随札中让人读来眼前一亮的奇思妙想与箴言警句。譬如,当世人皆言生活之苦时,他则在《凝望生活》中凝望出生活的艺术之美与人生的灿烂之花。像这样的空灵绝响,在他的《酒与人生》《过自己想要的生活》《坚持》《品茶与赏花》《学会放下 活得自在》等文章中,表现了作者淡泊中的深邃,率性中的坚定,茫然中的适然。这就是有了大海星辰的向往,不再被庸常的事务所累。更因其闲暇时的笔耕不辍,让其实现了从身到心的洒脱,使其生活拼搏出了自己的精彩。

二、对生命本质的深度探索

在希伯来文化中认为"人是有原罪的",只有通过匍匐大地,通过面朝黄土背朝天的苦狱般的劳作,才能洗去自身的罪孽,从而获得神的宽恕。但是,在漫长的演进过程中,人类之所以能区别于其他动物,能直立行走,显然,其目的不是为了接受神的苦狱,而是为了仰望苍穹,去叩问个体生命的本质,揭开"人是人"的生命意义。

人的生命意义何在?无论是《圣经》中的赎罪,还是佛教里的转世轮回,抑或是中国神话里女娲捏泥造人,人作为人间万物中的一物,其实并没有赋予其特别的意义。但是,自从"两腿兽"——人来到这个世界,世界便不再安宁。常常为了丝毫之利,虚幻之名,同族杀戮,父子相残,兄弟阋墙,朋友反目,烛光斧影,剑拔弩张。可争来争去,到头来大家无一不是如《红楼梦》里的《好了歌》中所唱的一样:"荒冢一堆草没了"。这有何意义呢?

李胜华先生从季羡林、鲁迅等人对人生的思考中获得启发,遂有了《人生的意义》中的感悟:"人生就像一道往上跋涉的漫长的阶梯,谁都不能倒退。生活这出大戏,一旦开场,无论你有多怯场,都要坚持演完。"人来之于泥土,终将回归泥土。这是自然法则,更是不为人的意志而转移的铁的定律。然而,要想活出自己生命的精彩与充实,能生如夏花之绚烂,死如秋叶之静美,那么,就必须在符合伦常的路上锲而不舍,勇往直前。

但是,人如何才能在锲而不舍的征途中少些羁绊,少些烦恼,少些痛苦,少些忧愁呢?李胜华先生认为庄子的"忘适之适"不失为一剂最为通透的灵丹妙药。《庄子·达生》曰:"忘足,履之适也;忘要,带之适也;知忘是非,心之适也;不内变,不外从,事会之适也。始乎适而未尝不适者,忘适之适也。"李胜华先生从庄子的"不适而适"中获得启发,认为人之所以生活得痛苦,生活得不洒脱、不快乐,原因是内心牵挂太多,杂念太重,使得步履艰难。假若人都能像庄子那样适然面对生活,或是像白居易《隐几》中所说的"身适忘四肢,心适忘是非。既适又忘适,不知吾是谁"。生活得如此通透,我们自然而然,一切的一切,一定不会被生活的累赘与精神的枷锁所桎梏。于此,我认为李胜华先生的《活得通透》是一篇很有哲理性的散文,纵横捭阖,直触人的生命本质。康德说:"人是目的,而不是手段。"其所言说的也正是对人的生命本质的探寻和思考。贾平凹在《我的故乡是商洛》中也提到"并不认为人到世上是来受苦的"。基于此,我非常赞同李胜华先生的人生态度:"香茗一盏,闲看庭前花开花落;美酒半壶,静观天上云卷云舒。"如此诗然的生活,何愁没有心中的秋月春风?

从容,豁达,超然,有诗意,有禅趣。这是李胜华先生散文中最值得称道的地方。由兴而起,娓娓道来,如品甘饴,如坐春风,给人以心智的启迪。如他在《实现人生价值靠自己》一文中,所谈到的那块"月寿石"在市场上辗转流离的故事,发现"同样的一块'月寿石',在不同的地方有不同的价值"。从而,悟出人亦如此。关键是自己要充分认识自己,并在其恰切的时机将其内在的才华与潜能展现出来,而不是专注于别人的臧否评说。

诚然,人要实现自我,完善自我,提升自我,并非仅凭理想就能实现,而是必须要有一个坚定的毅力,并为之付出艰辛的努力,"穷则独善其身,达则兼济天下"。这样,才能达至理想的巅峰。而这种毅力,李胜华先生将其称之为自律。因此,他在《学会自律 完善自我》一文中,反复谈到自律习惯的重要。"贵有恒,何须三更起五更眠;最无益,只怕一日曝十日寒。"这是毛泽东在湖南一师求学时为自勉而改写明代学者胡居仁的一副楹联。纵观古今,但凡成大事业大学问者,无一不是自律坚定之人。

生命的本质,更源于一种"信仰的力量"。人之所以能自律,也是因为心中有信仰。在李胜华先生的《西藏之行 圣洁之旅》中,虽然只是简洁几笔,却让我们看到那漫漫长途上的信徒是多么的可敬可佩。"有的信徒不远千里衣着褴褛徒步来到拉萨,几步一匍匐几步一祷告,几个月才能到达拉萨。"我想凡有如此执着信仰的人,未尝不会让自己的人生之花灿然绽放!

三、对乡音乡情的深切关注

乡音乡情不仅是众多作家的创作主题,而且也是文学的最大母题。所谓乡音就是儿时所熟悉熟记于心的家乡人的那种说话声音与腔调;而乡情则是由乡音所演变而来的一种故土情怀和乡亲感情。"少小离家老大回,乡音无改鬓毛衰。"这种源之于故土的情愫,是与生俱来,深入骨髓,融入血脉,如影相随,伴人终身与无法割舍的。尤其是远在异乡的游子,长年奔波的羁旅,更是将心底的乡音乡情揉搓成一缕缕"剪不断、理还乱"的愁绪,撩拨于心胸之间,形诸舞咏而依然不能自已,心中块垒便升华成灿然诗文。

在李胜华先生的《岁月流痕》中,述说乡音乡情的篇章占比较重,而且情感细腻,语言生动,文字精练,读来感人肺腑。

他怀念故乡的秋韵:"故乡的秋天苍苍茫茫。落日、浮云、丘陵、溪流、衰草,一切动的静的,有生命的无生命的,都是构成秋天不可缺少的元素,都是我心中永不消失的风景。""最难忘村前那一片盈盈的荷塘。夏日红花映碧水,夜半清风伴蛙鸣,将夏天打扮得生机勃勃。秋风乍起,满塘荷叶拂弄、翻卷,绿浪滚滚,诗意融融。"(《故乡秋韵》)读李胜华先生的《故乡秋韵》中的句子,似在看一幅水墨画卷,又仿若在听一曲儿时的歌谣,真切生动,韵味悠长。

儿时的故乡是令人憧憬和怀念的,尽管是最为偏远的山寨,最为穷苦的日子,最为艰辛的岁月,而困疲之后在心中剩下来的则全是如诗如歌的美好回忆。李胜华先生的《纳凉》便记述了他儿时在村中夏夜纳凉的一段剪影。在20世纪70年代,他儿时的村中没有电扇,更没有空调,在炎热的夏夜,村中的乡亲,只好将凳椅搬至屋外的巷道上,三五成群地去分享自然之风的恩惠,从而也就形成那时独特的纳凉风景:"每天,晚霞还没褪尽,各人家的门口便已架起了门板、躺椅,摆满了大大小小的凳子,吃过晚饭,各人挟着一把蒲扇,坐到设定的位置时,纳凉便正式开始了。"那时的纳凉是快乐的,大人们扯本子,讲故事,天南地北,无所不谈;孩子们则玩着自己感兴趣的捉虫追斗游戏。还有那偶尔响起的音乐声,更让人心生激荡,兴奋不已。"胡琴、箫和笛等简单的乐器,有时也会在人群里响起,这时,便有人哼起不成腔的花鼓剧,或是流行的小调来了,其余的人便都静静地倾听着,发出由衷的赞叹。"

正是这种情的牵引与家的挂牵,便有了李胜华先生笔下的《春雨赋》《晚秋》与《雪中情》《云之歌》的遥想,有了《乡愁》《乡恋》《父亲》《老屋》《爷爷》的思念,有了《紫藤花开》《漫步潇水》《盘王节的由来》《姑婆山传奇》《阳明风雨》《远望》《麻江观雪》的眺望,进而在散文创作中由故土情思上升为一种底层观照与普世情怀。这种沧桑正大、灵魂精致、诗歌般的美学趣向构筑了李胜华先生散文的个性特质和外在美感。

以上仅是我在阅读《岁月流痕》时的些许感悟，挂一漏万，在所难免。若真想体验其散文中的飘风奔马、如歌如诗的美妙意趣，还有待读者诸君自己去一一发掘和品鉴。

（杨金砖，湖南科技学院教授，中国作家协会会员，兼任湖南省舜文化研究会副会长，中国柳宗元研究会秘书长。）

目录 CONTENTS

乡音乡情

云之歌	002
乡　情	003
四月江南雨	004
面　子	006
牵　挂	009
雨　天	011
绿	013
永江之恋	015
夏夜呢喃	016
卖　姜	018
落花有意	020

小镇初雪	021
春雨赋	023
财主与两个女婿	025
思　乡	027
月夜抒怀	029
秋日黄昏	031
雪中情	032
纳　凉	034
收获的田野	036
故乡秋韵	038
相思小鸟	041
感悟三十	043
耕读为本	045
呼唤春天	047
远　望	049
讲述春天	051
冬　韵	053
孤独也是一种美	055
思　念	057
乡音回响	059
夏天是女人的季节	061
寒夜情话	063

目 录

一枝一叶总关情	065
麻江观雪	067
瑞雪感怀	069
阳明风雨	071
等　待	073
这样的女孩	075
喊一声"娘亲"	076
秋风秋雨秋叶	078
月夜寄怀	080
漫步潇水	081
紫藤花开	083
盘王节的由来	085
姑婆山传奇	087
乡　愁	089
晚　秋	091
孤独，是一种美丽	094
做人如草	098
浅冬物语	099
感悟独处	101
故乡，再也回不去了	103
话说男人和女人	105
奔向未来	108

悠悠故乡情	110
我的生日	113
父　亲	115
老　屋	121
田　埂	125
漫步田野	128
小　萃	130
乡　恋	140
人间最美是清秋	144
过　年	146
爷　爷	152
难忘粽子香	158

人生感悟

走出人生的误区	162
兴教与建庙	164
夜　读	166
女人当自立	168
心中的高贵	170
一声"同志"好亲切	172
苦难成就人生	174

目录

坚守"一念常惺"	176
浮躁的冬天	178
感悟真爱	180
折扣人生	182
穷在富人堆里	184
与贤者对话	186
平常心	188
凝望生活	190
酒与人生	192
过自己想要的生活	195
锻炼吃苦的能力	198
关于古镇	201
坚　持	202
品茶与赏花	203
偶　遇	204
生命的艰辛	206
中年人的"爱情"	210
莫负时光	212
学会放下　活得自在	214
狠心逼自己一把	217
老婆真好	220
读书决定认知	222

无悔人生	224
男人真难	227
实现人生价值靠自己	229
人生的意义	232
理性看人生	234
学会自律　完善自我	236
亲疏有度	240
戒傲戒懒	243
一生难得几回醉	246
心灵的品级	249
磨炼自己	251
活得通透	253
沉默的力量	255
把握生命的根	257

他乡之旅

风情悠悠大竹江	260
初到杭州	262
揭开六朝古都的面纱	265
姑苏天堂之旅	268
谒中山陵	270

昆明印象	272
石林、洱海、纳西古城	274
梦牵泸沽湖	277
东北行	279
旅台日记	286
澳洲印记	296
西藏之行　圣洁之旅	300
后　记	**310**

乡音乡情

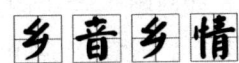

岁 月 流 痕

云之歌

再没有什么景色像云彩那样达到美的极致,穷尽人们的审美想象。

就好像在冥冥天穹中,有一位旷世奇才的雕塑家在举行作品展览,那栩栩如生的牛群,展翅腾飞的天马,晶莹的雪山,莽莽的山林,热闹繁华的都市,构成神话般的壮丽奇观。

又好像一幅巨大的油画,以不同的色彩,丰富的层次,揭示出大自然难以诉诸文字的深刻内涵。那绯红,以牧歌般的轻快,写出青春的壮丽;那乳白,则象征着爱情、友谊的纯洁和美好;那铅灰,暗示的是沉甸甸的命运基调;那墨黑和青紫,则以震撼人心的力量,表现了生命的博大深沉。在无穷无尽的旷野里,仰望苍穹,你可以根据不同的心境,在它身上找到自己情绪的对应色调。

它还是一个高超的魔术师,随意指点魔棍变幻,一会儿狂暴威严,一会儿俊秀飘逸,一会儿空灵爽朗,向人间昭示天宫高深莫测的奥秘。

云,它极富灵性,画笔不能描摹,文字无法形容,只有张开全部身心才能默默感受。

1991年6月2日

乡　情

  出门远行那天，妈妈哭了，哭红了金黄的九月，哭皱了绯红的夕阳。妈妈告诉我：他乡创业难，思乡情更切。可是我不懂，即便懂了也不会深刻领会。

  那一天很灰：有风、有雨、有泪，还有思念……听说很远很远的地方，有片很美很美的土地。我挡不住远方的诱惑，还是踏着绵绵的秋意默然上路了。匆忙中，将满怀的思念洒在家乡的路边。异地生根开花，思念也与日俱增，延绵不绝。

  我迎着夕阳远行，行得愈远情丝便织得愈紧，终成牢不可破的网不愿挣脱。有我足迹的地方，定有亲人关切的目光。

  忧郁自家乡飘来，在身边洒落。甩一甩泪水，甩不掉那份乡情，于是就有种心痛的感觉。在所有的日子，每到黄昏，我便随归乡的清风飘回村头的小屋，去细数父母思儿的白发。

  离别后的日子里，我明白了潇水潮涨潮落的原因；明白了秋叶变红的原因。从家乡吹来的风里，我可以嗅出故土的轻唤，嗅到妈妈苦涩的泪。

  离家远行的日子，妈妈常哭。

1991 年 9 月 9 日

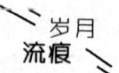

四月江南雨

（一）

雨，总也扯不断的雨，扯断了又连起来的雨，在江南四月，唱着主角。

江南的四月，所有的日子都被雨点打湿，所有的思念都披上沉重的翅膀，所有的眼睛都萌动着春光……可爱的江南和对江南的爱啊，都只能用饱含深情的雨点表达……

（二）

江南的四月，是离不开雨水的滋润的。

因为江南的土地上，有太多渴望萌芽的种子，在四月的雨淅淅沥沥的琴韵里，小草啄破了泥土的茧壳，把一个个碧绿的梦，燎遍天涯……

（三）

因了四月雨的亲吻而怀孕的江南，便要在一个霞光满天的早晨分娩了。四月的江南沉醉在五彩缤纷的梦里。

那么，让我们开启自己心灵的百叶帘吧！让甜蜜的雨丝飘洒起来，让温暖的阳光照射进来，养育一片草原，去放牧一个灿烂的春天。

1992 年 4 月 26 日

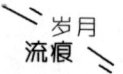

面　子

　　王老汉退休后唯一可以打发时间的事情,是到离家不远的"老九"茶店里呷早茶。

　　在茶店里,彼此混熟了的老哥们儿有时会不无恶意地取笑他,原因是王老汉年轻时赚钱养家,衣兜里从未有过"隔夜钱"。如今人虽退休,家境也比以前强过百倍,然而数十年如一日养成的"过手财神"的好习惯依旧。老哥们儿笑他:"年轻做煞,老来熬煞,枉到世上走一遭。"王老汉精瘦的身子往墙旮旯儿一缩,讪笑道:"做人能吃饱穿暖足矣,难道还想吃了五谷想六谷,做了皇帝想成仙?"就连沿街收破烂儿的癞头阿三,也竟敢掺和进来笑话他这个堂堂退休工人,嘲他不知"腰果"为何物。王老汉一听到这话就气,白都不白癞头阿三一眼……

　　数天后,王老汉去单位领退休工资。点数时发觉多了三十元钱,问过会计得知上头有文件,以后每月能多领这笔钱。他欣欣然地走在回家的路上,觉得天气特别好。

　　忽然,他的视线落在一家新开张不久的豪华酒楼的门面上。一股冲动使他生出进去呷杯酒的念头。反正这月有老伴儿不知底的 30 元钱,就算没领。他拽拽衣角踏上了铺着红地毯的台阶。

　　"老伯,找人?"一位长得很靓的小姐飘也似的迎过来。

"我来吃老酒。"

"老伯,现在还没到营业时间呢。我们这里不像街头巷尾的小酒店,花块把钱能随到随吃。"那小姐上下扫描了他如是说。

"做生意有朝外推客人的道理吗?我晓得这是家大酒店才进来开眼界。"王老汉的话站住理……

王老汉终于坐进此刻还空荡荡的大餐厅角落,呷着清香四溢的龙井茶,哑巴着小姐的"我们餐厅经理说破例为您提前服务"的话,觉得挣足了面子,他"嘿嘿"乐了。趁小姐为他去取酒菜的空隙,他"刘姥姥进大观园"般打量着整个餐厅,那种豪华与幽雅令他咂舌。他想在这种地方吃酒,可不能让别人小瞧了。于是他兴致地点了盘烧鸡,又加上碟"高级"腰果。

王老汉夹一粒腰果进嘴,慢嚼细品后认定是变了种的花生米。也许是不习惯身边有小姐侍立服务的缘故,抑或是在小酒店吃"饿煞"酒养成的"斯文"。一瓶啤酒见底,盘中的下酒菜还剩下大半,打包带走怕丢面子,摆派头不吃又心痛。他在心头盘算一下,撑着又要了瓶啤酒。等小姐离开,他迅速将碟中十几粒腰果放进了衣兜……

结账时,王老汉拍出张五十元大票,眯起眼窝在沙发里等着找零。

"老伯,钱不够。"小姐微笑着轻轻地提醒他。

"啥?我只呷了两瓶啤酒,吃了一盘烧鸡和一小碟变种花生米,钱怎么会不够呢?"王老汉惊出一身冷汗。

"这不比你自己买菜做着吃,我们是上'星'级的酒楼,收你88元还是我们经理关照的优惠价。"小姐好脾气地解释道。

这不成了十字坡孙二娘开的宰人黑店吗?王老汉甚悔当初一

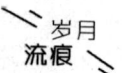

念之差。

　　回到家里,王老汉只好如实向老伴儿交代。老伴儿阴着脸数落他"老发昏""老风流""老不死",他只好打脱门牙往肚里咽,一言不发。

　　事后,王老汉在老人聚堆闲聊的场合,总把脊梁骨挺得笔直。倘若有癞头阿三在场,王老汉就会冲他说:"你进过上'星'级的酒楼?哼!变种花生当美味吃,背时!"瞧见癞头阿三一脸尴尬,蔫了的样子,王老汉得到了一种满足。

1992 年 6 月 28 日

牵 挂

大千世界，人海茫茫；人人少不了牵挂。你不牵挂人，人会牵挂你。

牵挂很美。它给人以感动，给人以亲切，给人以甜蜜，给人以回味。

牵挂是一种情愫。男人外出，女人就把泪水酿在眼里，时间一长，便发酵成了牵挂；女人离家，男人便将心放在月亮湾里，日子久了，就催化成牵挂。因了这种牵挂，才使男人和女人的生活掀起浪花。

牵挂是恋人心中苦涩的蜜。恋人分离，有了牵挂，才会引起刻骨铭心的思念；有了牵挂，就能增加朝思暮想的期待。思念与期待培植出厚厚的感情沃土。正是有了这块沃土，才有了牵手、拥抱和亲吻，才有了优美的《婚礼进行曲》。虽隔千山万水，依然心心相印；尽管埋藏万语千言，依然有卿卿我我的呢喃。

牵挂是母亲凄清的幸福。母亲看着儿女长大，却不愿儿女待在身边没出息。一旦儿女都找到了工作或在外闯世界，像鸟儿一个个飞离母亲时，母亲的感情难受了，心情难熬了，便涌起无尽的牵挂：想着儿女们在外面的酸甜苦辣，念着儿女们远走他乡的冷暖饥饱，担心儿女们闯荡的平平安安。长久的牵挂，使母亲望眼欲穿，长吁短叹。这种牵挂，是母爱的写照，是母爱的深沉，是母爱的博大。

生活很多彩，牵挂很无奈。唯有无奈的牵挂给平静的生活增添了一丝烦恼，一丝忧愁，一丝不快。正是牵挂穿越时空，把人的感情拉得更近，友谊结得更纯，生活变得更美。

每一个人都逃脱不了牵挂，不是牵挂别人，就是自己被别人牵挂，在牵挂中尝到甜蜜，在牵挂中涌上烦忧，在牵挂中得到幸福。

1992 年 10 月 8 日

雨 天

雨天是朦胧的，心也便朦胧起来。

室外是毛毛细雨，拉开帘子，玻璃上早已密集了水珠，一道道滚落。窗户上我的影子也模糊起来。

透过这模糊的窗户我以愉悦的心情打量这雨天。痴痴地阅读细雨飘到玻璃上写下的湿漉漉的文字，心中开始守护起一个或许刚刚诞生的秘密，体味到一种淡淡的甜甜的很有滋味的感觉，而思绪，也早已飞遍从前的那些朦胧而温馨的雨天。

来不及分辨，来不及捕捉，一切又都悄然远逝，只是此时此刻，在窗外缥缈若烟的雾中一切都好像明朗了许多。

喜欢一个人在朦胧的雨天，撑一把小伞，旁若无人地徜徉在潇水河畔，细品那细雨直拂脸颊的感觉。走到河滩的那块大草坪上，看那枯草上摇摇欲坠的闪亮的水珠，虽然已是冬天，心中却有春天般小草翠色欲滴的感觉。心无旁骛地一个人走，连河边的大叶杨也在招手。

纵然是雨天，难得的是雨天那种心情。没有了肆意飘扬的尘，没有了喧嚣杂乱的人声。在那人声鼎沸、车水马龙的大街上走，心慌得有点儿落寞。倒是这冷潮新鲜的空气使我有一份坦坦荡荡的平静，一份实实在在的思索。

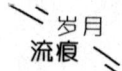

难得的也是雨天那身与心的自由。在自己那片天地里,什么都可以想,什么都可以不想。不须再在人海中泅渡,也不用再在无形的潮中翻卷,当拖着疲惫的身子回来时,我欣然为自己开门。

匆匆忙忙的车辆在穿梭着,忙忙碌碌的人们仍奔波着,而我,早已从那个在雨中撑一把小花伞的小姑娘身上找到了原本很开阔的自己。

天气晴久,也想雨天。

1993 年 4 月 6 日

乡音乡情

绿

像一个生灵，一只鸟在生命里感受春天的光芒，你的手，悄悄地，解开了土地温情的纽扣。

草木返青。天地深远。

起伏丰盈的江南丘陵挺起的波浪，在纵横阡陌间铺开了满目绿油油的向往，等待苏醒的小草和纯净的呼吸结伴而至，等待滋润的土壤渐渐翻开碧绿的希望。

旷野里，枝头上，你沐浴在春光里，晶亮晶亮。

小鸟的鸣叫越发清脆，小河的流水越发明亮。

流水的激情在你脉脉的情意中融化，每年的春天你依然是最深最浓的风景。遥望匆匆的候鸟被阳光和田野一次次不经意地捕捉，春天，以一种神奇的力量，让沉默的种子说出自己的语言。

剪剪春风从潇水上迤逦而过，还有什么比你抽芽的声音更为动听？

饱满的水牛如约重返垄埂。

脚踏实地地把眸子洗得清亮，默默载起往返无尽的风雨。沿着庄稼成熟的方向，在你一层一层的拔节声里，无声地歌唱着收获的梦想。

任一曲田园春早，唱尽大江南北。当生命之绿把春天从一个

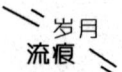

地方传递到另一个地方,除了雷声,除了雨滴,一切不都在悄悄来临?

1993 年 4 月 8 日

永江之恋

久居闹市。一个偶然的机会,我来到了树木葱茏、流水潺潺的永江。徜徉在青山绿水间,思绪变得空灵而缥缈,可以什么都想,也可以什么都不想,世俗的诸种烦恼、不宁、躁动,全在这里荡涤、消释、虚化。

一日,我踏着鹅卵石的小径去拜访一户农家。路上禾苗青青,瓜果行行。山坡上,村庄边,种满了各种水果。走进院子里,扑入眼帘的是一个大葡萄架,在茂密的藤蔓荫护下,一家老小正在吃午饭,见我进来连忙起身让座,递上茶来。大叶山茶下喉,甜丝丝、凉津津,微风习习吹出许多话题。哪家买了彩电了,谁又盖了新房子了,山里妹子赚大钱了……这时主妇已将一盘金黄的煎鸡蛋端上桌来。杯里斟上了黄澄澄的红薯酒,清香扑鼻,我经不住这种诱惑,一口将酒饮尽。

夜幕降临,儿童成了主角,有的牵着牛,有的赶着羊,有的担着鸡鸭……熙熙攘攘地涌进村来。远山如黛,片片白云绕在山梁上,农家的屋顶飘起了袅袅青烟。这是一幅多么恬美的图画!

夜幕挂下来了,孩童和牲口逐渐消融到这美丽的大背景中去了。我的整个身心也融入大自然的怀抱里。

1994 年 7 月 20 日

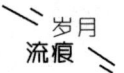

夏夜呢喃

出远差归来，一翻台历，已是周末。走进温馨、明亮的家，全身的疲惫倏然离去。我呼唤妻女的名字，叫喊着："我回来啦！我回来啦！"可既没有回答，又没看见她们的身影。分别月余，我多想看到妻子温柔的目光和女儿甜甜的笑靥！妻子和女儿不在家里，我悻悻然走进卧室，看见写字台上妻子留下一张字条："老公，我回娘家帮忙收稻子去了，你出差回来到乡下接我们。"我妻子身材瘦小，炎炎夏日，哪堪"双抢"的重负呢？只不过尽最大的努力帮助年迈的父母减轻一点儿负担罢了。

看到妻子女儿不在家里，心里还是有点儿失落。我放下行囊，脱下又脏又臭的衣裤，冲进浴室洗了个澡。身体虽然变得轻松了，但心情却无法舒畅起来。想妻子在家里的时候，我出差回来，就会送上干净的衣服，催我快去洗澡，先轻松轻松。待洗漱完后，一桌热腾腾的饭菜就准备好了，一家三口围坐着有说有笑地吃饭，享受着天伦之乐，幸福而甜蜜。今天我在外漂泊月余回到家里，却是一个人守着静得出奇的家，没有温情，没有笑语，真有点儿孤独和寂寞。说实话，我还是蛮眷恋这个家！

没有妻子的日子，厨房内不再有炊烟，锅碗瓢盆唱不出动人的歌谣，吃饭成为我皱眉的问题；

没有妻子的日子，脏衣脏裤成堆，干净整洁的衣裤与我无缘，我又成了孤旅天涯的流浪汉；

没有妻子的日子，没有了窗明几净，家里又脏又乱，不再有春天般的温馨。

这时便觉得妻子特别特别重要，有一个贤淑的妻子，才算真正拥有一个幸福的家！

今夜狂风暴雨，灶内煤球燃尽。我趿着拖鞋，打着雨伞，拖着满身的疲惫，顶风冒雨去街上觅一处吃饭的地方。雨哗哗地下，雨水从伞脊中渗漏下来，掉在我的脖子里，流在我的手臂上，凉飕飕的。我像一个无家可归的孩子找寻着家的温暖。

家是男人行旅归来的避风港；

妻子则是避风港内柔柔的海！

1994 年 7 月 23 日

岁月
流痕

卖 姜

　　这真是件要命的事。张大爷急得吃不下饭，睡不着觉。年初与镇加工厂签订的生姜销售合同毁约后，又逢生姜大丰收，家里的十五吨生姜堆在屋里，埋在窖里卖不出去。眼看着壮如手指、黄澄澄的生姜节节腐烂，老伴儿急得旧病复发。一大早，张大爷窸窸窣窣从柜子里找出钱来，提着竹篓，到县城为老伴儿抓药。路上，正巧碰上一个山里人提着一只大鳖。这可是难得的滋补良药！他想起老伴儿瘦削的脸，咬了咬牙，花了四十元买下，用竹篓装好。进城后偶然得知：过去在队里蹲过点的钱世保，已是县罐头厂的供销科长。张大爷想起自己的生姜，心里觉得找到了主儿。便一路打听，找到了钱科长的家。

　　"现在不收了。"钱科长弄清张大爷的来意后说。他半闭着双眼，宽而厚的嘴唇就像一扇关得严实的门。

　　张大爷一听心凉了半截儿，一路上想好的话也不知溜到哪里去了。他禁不住长叹了一声，便提着竹篓告辞。忽然，竹篓里的东西知趣地伸出了头。老钱眼前一亮，急忙从沙发上弹起身来，一把抓过竹篓："哎哟哟！这宝贝你是从哪里弄来的？"边说边瞟着张大爷。

　　"老伴儿体子虚，我就……要是您急用，就先拿去吧。"张大爷随意地说。

钱科长急忙答道："好！好！"便提着竹篓走进厨房。张大爷站在客厅里，心锥刺似的痛。把那宝贝安置好后，钱科长满面春风地说："你的事，我再想点儿办法……"他从口袋里拿出金笔飞快地写了几行字交给张大爷。张大爷揣着字条便出了门。一路上，恋恋不舍那只大鳖。

第二天，张大爷请了两辆大卡车，将生姜拉到县罐头厂，凭着钱科长的字条过了层层关卡——守门员、过磅员、保管员、验收员，终于将生姜送进了仓库。心里一块大石头落了地。但看排在财务室门口长长的队，他的心又悬了起来。听说厂里近来资金回笼慢，许多原材料都拖欠了款。张大爷沉思了许久，认定"有钱能使鬼推磨"。他到街上花了两元钱给会计出纳每人买了一点儿瓜子。接着从内衣口袋里搜出两张皱巴巴的拾圆大票放在纸包里，一并送给两位姑娘。待张大爷将过磅单递给会计，只看见她"噼噼啪啪"利索地算账，一会儿将账单交给出纳，出纳核对后便点票子。张大爷得意地笑了。他想当今世道还是钱能通神。正在他自我陶醉中，只听见姑娘说："大爷，厂里规定不给农民打白条。"张大爷哪还顾得细听这话，急忙从姑娘手里抓过钱点了起来，但他左点右数，总是多了二十二元钱。

张大爷被弄糊涂了，好一会儿，他才清醒过来……

1994 年 10 月 19 日

落花有意

　　似雪的花瓣一片又一片盈盈飘落在烟雨中。

　　穿红衣的女孩,撑一把花伞,从芭蕉旁,从木芙蓉树下,从我窗前,从我紫色的梦境里,轻轻地走过,宛如一只美丽的蝴蝶。

　　紫罗兰的芳香,白丁香的玉颜,让我留念,让我伤痛,让我不堪回首。

　　独立落花前,看一川迷蒙烟雨,寂寞的心欲诉心声欲哭无泪。

　　茫茫人海,伊人何处?

　　雁声已绝,只有细雨在耳畔如泣如诉如歌如咏。岁月悠悠流淌,往事如同满地落英渐渐枯萎消逝,而对你的那段情却永远绿在青枝上……

1994 年 10 月 23 日

小镇初雪

又是冬季，天气渐冷，盼着下雪的日子。家乡小镇那初雪令我魂萦梦绕。

小镇的雪总悄悄地一夜之间填满千沟万壑，染白村村寨寨。清晨，一扇扇大门吱呀呀开了，大人惊喜地叫着："下雪啦！"小孩儿听到叫声，纷纷跑到场地上、旷野里，吵闹、嬉戏着把自己弄成小雪人。雪松松的，软软的，禁不住要捧一把擦擦脸。这样的时节，每家每户都围着火塘谈古论今，热烘烘，暖融融。有客人来，主人忙往灶里添柴，把火拨得很旺；火塘里烤着红薯，煨着大叶山茶，清香四溢；兴致来了，主人会煨着米酒，端出花生酸菜，陪你喝几盅。这是多么浓郁的乡情哟！

日出一竿，小镇渐渐热闹起来，山里来的人，拄着拐棍，身上挂满雪花，踏着积雪唰唰响。有的挑着炭，有的带着猎物，有的背着山货，随意在街道巷子里摆摊设点，清着嗓子吆喝叫卖，他们站在地上不停地跺着双脚，口里喘出的粗气经寒气冷却便化成了一串串白雾升腾开来。东西卖后，他们将不多的血汗钱塞进里层的口袋，分头到小店里选购日常用品。剩下几个零钱，就三五成群上馆子去，要上三两碟小菜，呼哧呼哧地喝两碗热酒。吃罢，用手往嘴上一抹，便呼叫着上路了。酒涨红了他们的脖子，

岁月流痕

一路上，张三说李四的婆娘骚，李四说王二的媳妇俏；还有人唱起山歌："石榴湾，湾里有个大姑娘，姑娘聪明又漂亮，夜夜等着负心郎……"笑声、骂声伴着汉子们爬这岭，翻那梁，匆匆忙忙往家赶。

天晴不到两日，小镇的雪就溶化了。木皮房上留下一块块银盘似的残雪；岭上，远远望去仍积雪皑皑，浮云缭绕。这时，小镇会传出许多美好的话题："今年下了大雪，杀死好多虫！""下过雪，田土都松了，明年是个好收成！"人们的脸上洋溢着喜悦。家乡的雪，虽然没有北方那样纷纷扬扬，却像织着一缕缕棉纱，织出了祥和，织出了希望！

1994 年 12 月 6 日

春雨赋

"随风潜入夜,润物细无声",是杜甫的诗句将你悄悄地带到人间的吗,春雨?

春雷一声,你就来了,无声无息,雨丝如烟如缕。竹林里新拔节的翠竹,田野里的绿苗,池塘边的垂柳,刚刚绽开的粉色桃花,在水雾碎雨中,绿莹莹,细润润。暖融融的雨丝好像一串串的珍珠,又好像春姑娘的鞭子,抽打着冬天的阴影,驱赶着袭人的寒意。你是那样的纤细,却又是如此不可抗拒。你粉碎了坚冰的顽抗,瓦解了积雪的防御,你把冰冷的硬壳化作了袅袅飘飞的水雾,化作了潺潺流动的小溪,化作了滔滔奔泻的潮水。

柔情的春雨,你多像一位天使,从山那边走来。你拖着乳白色的宽大的裙子,罩着整个村庄,被寒冬冻裂的大地等着你的拥抱;你满头插着洁白的花,在云雾中吻着土地。你看:所有的种子都翻个身,打着滚儿,揉着惺忪的眼睛,伸着懒腰,打着呵欠,一切都复苏了。

一场温暖的春雨,亮晶晶的雨丝,绵绵的雨丝,又好像春姑娘拨动的琴弦,春风是你轻柔的手指,弹出了一首首动人的歌。你又好像春姑娘心中绣花的针线,一针针,一线线,绣出了片片清新的翠绿,还有点点耀眼的金黄;你绣啊!绣啊!绣出了嫩生

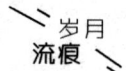

生、水灵灵的新葩新蕾！还有翩翩起舞的蜜蜂……

春雨，你是生命中的精灵！

1995 年 3 月 26 日

财主与两个女婿

从前有个财主,生有两个女儿:大女儿生性傲慢,嫌贫爱富,嫁了个有钱的纨绔子弟;二女儿性情善良、刚直,嫁了个种田人。财主对大女婿百般奉承,对二女婿百般挑剔。二女婿心里虽然不服,但也不好得罪岳父大人,只得少说为佳。

一年春天,俩女婿不约而同来到财主家里。吃完中饭,财主有意想奚落一下小女婿,显示一下大女婿的文才,于是便将两人带到户外去见物提问。

财主走前,大女婿在中,小女婿在后,三人出得门来。这天正是雨过天晴,阳光灿烂,田野中蛙声成片,河岸边柳丝青青,好一派生机勃勃的景象。屋前池塘里几只白鹅在引颈高歌。财主问:"这鹅的声音为何如此之大?"大女婿摇头晃脑地说:"鹅有长颈之悠。"财主马上伸出大拇指夸赞"讲得好,有道理"。小女婿张口而出:"不对,青蛙没有长颈子,叫起来声音也那么大。"财主和大女婿无理可驳。

他们向前走去,来到一条小河边,只见一群鸭子在河中戏水,有的在岸边跳上跳下,财主便问:"这鸭子从水中跳上岸后身上为何没有水?"大女婿说:"鸭有吸水之毛。"小女婿不甘示弱,反问一句,"船身上没有一根毛,上岸后为什么也没有水?"把姐夫问

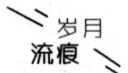

得张口结舌。

三人沿河继续走,拐弯来到山边一块竹林地里,只见春笋破土而出,茁壮成长,财主问:"这土地如此坚硬,笋子为何能长出来呢?"大女婿洋洋得意地说:"笋有尖嘴之利。"小女婿稍加思索后说:"这话不对,蘑菇不是尖嘴,为什么也能从土里长出来?"

又沿山路而上行,他们来到山顶,俯瞰山谷,财主问:"山顶之松长得既粗又弯又矮,山谷之松却又直又高,是为何?"大女婿蛮有把握,伸着脖子哼了起来,"当风者则矮,背风者则长。"说后把头仰得高高的,看你这次还有什么可说,不料小女婿用手指着自己的头发说:"头发当风为何剪了又长,腋毛背风为何一辈子还是那么长。"财主和大女婿无言以对,脸红脖子粗地败兴而回。

1995 年 4 月 10 日

思 乡

好久没有失眠了,今晚却辗转反侧,难以入眠。

躺在床上,脑海里像放电影一样呈现出一群群、一幕幕故乡的人和事。

领导殷切的关怀,好友开心的笑貌,同事欢聚的趣事,一呼百应的相助等等,都铭心刻骨啊!离开家乡调到外地工作一晃五年多了,事业无长进,工作受排斥,处世无相知。我好孤独,好想回家乡!在外地孤身一人奋斗,真的太难了!每每遇到挫折,受到委屈,心情郁闷时,真的无处诉说。只有一个人仰天长叹,掩面而泣,以此排解内心的愁肠郁结。

我真的后悔了,不该离开家乡调到外地工作。想当初对世事的看法太幼稚,对感情太执着,对家庭太看重,便做出了这样的决定。离开了家乡,就像鱼离开了水,对事业发展极为不利。一个男人太重感情、太顾家,就会成为井底之蛙,见不了大世面,成不了大气候,干不成大事业。家庭是一个男人的温暖港湾,但不是男人追求的终极目标。

我多少次说过要淡泊处世,不羡名利。可是看到身边的人上去了,尤其是靠社会关系拉上去的,我就感到自己像大海中的一叶扁舟,孤独无援;尤其是故乡好友询问:"工作如何?提了没有?"我便会阵阵恐慌,嘴里不知说什么好。我用什么回报朋友的期盼?我拿什么报答亲人的关爱?只有"无颜见江东父老"的喟叹!

夜已凌晨三点,我仍毫无睡意。回想在家乡工作的四年,是何等舒心惬意啊!"谈笑有鸿儒,往来无白丁。"春天去郊游,秋天去打猎;闲暇友相聚,酣畅歌一曲;一呼有百应,谈笑事干成。离开了家乡,就离开了社会圈、朋友圈、事业圈,就必须靠一己之力开疆拓土,未来遇到的困难我无法预料。特别是工作之余,我的心特别封闭孤独,除独自蛰居在家外,找不到一处可以串门的去处。

我现在工作的地方是个山区小县,地广人稀,交通闭塞,信息不灵,经济落后。唯一可以点赞的是环境优美、气候凉爽、空气洁净。家乡的变化日新月异,生活也日渐富裕起来了,而这里仍变化不大。对比一下,真有一种"米箩掉到糠箩里"的失落感!

夜很深了,外面的昆虫还在"唧唧"地叫,从窗户仰望星星,星星似乎在故乡的上空。我的思绪已展开翅膀飞回家乡,游荡在那熟悉的山山水水里。

1995 年 5 月 27 日

月夜抒怀

　　蓊郁的杨树枝不停地摇曳，月光穿过叶缝洒在窗户上，宛如跳动起伏的旋律。

　　这是夏天的夜晚。蟋蟀在弹琴，蝈蝈在吟唱。忙碌了一天的妻搂着女儿已进入梦乡，发出均匀的鼻息声。女儿梦中含混不清的呓语，断断续续送入我的耳鼓，搅起我心底一阵甜蜜。这时，夜静风清，只有闹钟在"嘀嗒""嘀嗒"地敲击着月夜。我静静地坐在写字台前，开始了我的文化苦旅。台灯的光晕很柔和。我打开书，倾听夜籁的对话，倾听古人、圣人的教诲，思想开始升华，不时有笔走路的"沙沙"声。这便是我一天中最惬意也最有情调的时刻。

　　人一生的追求不尽相同。有人为了金钱而刀枪相向，有人为了美女而你死我活，有的为了权力而钩心斗角，一生累不堪言。唯有读书才能净化心灵，潇洒一生。

　　读书人大都向往禅的意境。没有红粉的纷扰，没有烟火的洗礼，没有利欲熏心的烦恼，身心沉下去，脑海一片空灵。为书中人物而喜、而悲、而怒。天长日久，情感的、理性的沉淀和过滤，心中便痒痒的，总想提笔写点儿东西，一吐为快，说出书中人物想说而未说的话。

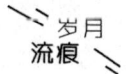

直到夜漏将尽,残月西照,满身倦意,给最后一段文字画上句号,才满意地伸伸懒腰,揉揉发涩的眼,喝一口凉茶,润润干燥的嘴唇,熄了灯,趁月光残影,向床边摸去,那滋味宛若贾宝玉从太虚幻境里梦游回来一般,怅怅然若有所失,若有所得。

这时的我,才算从书海中浮上岸来,重又回到现实。妻蒙蒙眬眬地问一句:"几点了?"我赶紧作答:"不晚。"当然,时间说得越早越好。"睡吧",妻说着,胳膊揽住了我的脖子,我这艘远行的小船驶入了平静的港湾,刚才的苦行僧很快进入了温柔之乡,感到妻的胸怀是如此温暖。

现在一般文人的夜生活大概如此吧(且让我这样揣度)。起码,像安徒生式的文人少之又少了。据说,安徒生为了写那些动人的童话,一生没有结婚,因此他写出了不朽的童话作品,给孩子们的想象插上了一双双神奇而美妙的翅膀。我无法脱俗,不仅有妻,还有女儿。时时受到妻的关照,常常与小女逗乐。虽深居简出,痴心文字,也勉强算个半仙之体,成不了铁拐李,也成不了何仙姑。不过有一点可以肯定,我常常被自己用情感营造的牢房而囚禁,以至于热泪横流,自叹自怜,悲喜交加。

到目前为止,我还达不到视女人为"祸水"和视金钱如粪土的境界,得与失,来与去,泰然处之,这就注定了我写不出惊世骇俗之作,拿不出美轮美奂的文章献给我的朋友。

拥有静谧的月夜和这片属于自己的空间,足矣!

1995 年 8 月 10 日

秋日黄昏

秋日黄昏好暖，枫叶沿着小河，轻轻地走来，又匆匆地走去。

我睁得湿漉漉的眼睛，拴不住她短短的脚丫，抡起粗犷的双臂，拥抱一轮滑落的夕阳。

蝉声远去，寒秋孤独着枫叶。

枫叶远去，桃花不就来了吗？我逆河而上。

坐在秋日黄昏，蓦然回首，我看见走进枫林的小路上，雏菊金黄，行人匆匆。

山潇洒成秋日黄昏里诱人的风景。风攀缘而上，许多树立在路途，橘黄的情绪，绕山梁跌宕而去。

一只鸟被诱惑而来，在枫林里，熠熠生辉，绯红的啼声，像一杯醉人的酒，我举杯独斟，醉在秋日黄昏。

1995 年 11 月 2 日

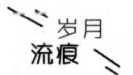

雪中情

寒冷的冬天，不知哪天老天就纷纷扬扬下起雪来。城里的楼房突然变矮了，马路中间被行人和车辆压出一条条凌乱而深浅不一的辙迹，铺出一幅幼儿初学的画作。每次看见这情景，就不由得想起少年住在乡下的一些往事来。

农家的冬天，是一幅黄色的画卷：黄色的土地、黄色的山峦、黄色的树和黄褐色的天空。忽一夜，北风呼呼，夜深人静就下起雪来。

农家人不惯熬夜，大都睡得早起得早。清晨，乍开门，迎来一个洁白耀眼的世界，就有人高喊："快看噢，下雪喽。"于是，家家户户就响起"砰砰"的开门声，从门缝里伸出一颗颗脑袋来。

不一会儿，就有人操起扫帚扫雪。扫雪是村里小伙子的活儿。他们用自家扎的竹扫帚从家门口扫到院子里，再扫到院外的路上。他们都扫得那么有劲儿，扫得那么用心。

小伙子扫雪，都藏着一个娶媳妇的梦。

那年我十五岁。十五岁的年龄里，已有了五彩斑斓的梦想。冬天来临，就盼着下雪，然后早早地起来，去扫那满世界晶莹透亮的雪。

我家东邻有一位与我同龄的女孩，叫兰妹，红红的脸，留着两条长辫，活像巩俐，我心里常常做有关她的梦。在她家里，哥哥分了家，姐姐出了嫁，只留她一人陪着苍老的父母。每当我家开门，她便也很快地走出门来，穿一套红袄青裤，戴着自织的棉纱手套，晃着两条辫子，火苗似的在雪地里跃动。这时，我不知怎的力气倍增，全然不感到冷，浑身热乎乎的，使劲儿地扫啊扫，一直扫到她的家门口。当两把扫帚相撞，四目一对，我心头便有一股甜丝丝的滋味。

每个冬天，我都做着这样的梦。又一个冬天，我在家复习功课准备高考，突然，兰妹急匆匆地跑来，对我说，她父母已托媒人将她许给杨家寨的大牛了。她不想去，要我想办法。我怎不知兰妹的心思，为了高考，我违心地嗫嚅地婉拒了她。

兰妹蔫蔫地走了。望着她的身影，我的背脊一阵发冷，一股悲哀袭上心头。

冬天又到了。天气湿冷湿冷的，没刮大风，更没有飞雪。雪怕是不能扫了。即便有雪，也是我一个人去扫，对面又哪能碰见梦中的兰妹……

1996年2月7日

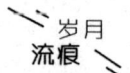

纳　凉

纳凉真是件乐事。一想到儿时在故乡纳凉的情景，便引起了我无限的惆怅与怀恋。

我是在一个乡下的小村庄里长大的孩子。乡下纳凉别有一番风味，每天，晚霞还没褪尽，各人家的门口便已架起了门板、躺椅，摆满了大大小小的凳子，吃过晚饭，各人挟着一把蒲扇，坐到设定的位置时，纳凉便正式开始了。

纳凉者，大体上可以分成三个群伙：一是女人，一是小孩儿，另一个便是成年男子。趣味是各不相同的。女人们谈话的范围总不出家常琐事以及服饰装扮等。成年男子则喜欢谈一些奇闻逸事。当然大都只是些道听途说，往往还要加上些自己的夸张。比如：飞机一个钟头能飞几千里，洋鬼子每一个人都有几千万几百万财产等等；或者互相重复讲述着一些"景阳冈武松打虎""八大锤大闹朱仙镇"之类的烂熟的武侠故事。孩子们对于谈话是不感兴趣的，他们三三两两地用扇子追扑萤火虫，或者玩着捉迷藏之类的游戏，有时弯下腰去从胯下仰望天空。圆净的苍穹变成一条青色的海，闪耀的繁星变成了一只只银色的小舟。玩倦了时，便加入父亲或者哥哥的群伙里，往门板上一躺，似懂非懂地听他们讲故事，不多一会儿便沉沉入睡了。

胡琴、箫和笛等简单的乐器，有时也会在人群里响起，这时，便有人哼起不成腔的花鼓剧，或是流行的小调来了，其余的人便都静静地倾听着，发出由衷的赞叹。有时捧出一罐凉茶，一人一碗慢慢地喝着。田野里虫声一阵一阵，繁星在天空闪烁……小时故乡的纳凉真有无限的乐趣。

　　现在，这种情景已离我非常遥远了。到这山城来工作以后，也曾纳过凉，总觉得失去了儿时那种淳朴的浓烈乐趣了。

1996 年 8 月 31 日

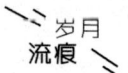

收获的田野

　　新任乡政府秘书小吴，要找桃花村党支部赵支书写一份材料。听村民说，赵支书就在村西头的田里收割稻子。

　　村西头收割的场面比六月的天还热。银镰唰唰，倒下片片金黄的稻子，轰轰的机器声伴随着哗哗的脱粒声响遍旷野。各家各户顶着烈日抢收抢插挥汗如雨。吴秘书一边走一边搜寻赵支书的身影。经过打听，才找到赵支书收割的那片田。他站在田埂上，用目光扫视了一遍田里收割的几个人：老的上了年纪，小的才十来岁，那个踩着打稻机正忙着喂禾把的虽是个中年人，却胡子拉碴，再经灰尘一呛，汗水和泥巴一粘，真不像个人样。他想，赵支书根本不在这里，摇摇头正欲离开，又想，既来了问问也无妨，兴许能打听到赵支书的下落。于是，他走到喂禾把的人跟前："请问，你看到赵支书了吗？"

　　"我就是。"

　　对方见秘书狐疑的目光，先笑起来，大大咧咧地说："大忙没空刮胡子，又一身汗一身泥的，都不像个支书啦？"说着，摊摊手，"这手脏兮兮的，握手就免了。请问你是——"

　　"乡政府秘书小吴。"

　　"哦，是吴秘书，有何指示？"

"指示不敢。乡里派我来写一个党员干部与群众结对帮扶的材料。"

"这样吧，你先到那边树荫下歇歇，我帮这户把剩下的稻子脱完就来。"

"你是帮人家干的？"

"这户孩子的父母外出打工不幸遭遇车祸身亡，家中收种没劳力，这几天我帮他们先收了，老人家好在家晾晒。"

"我和你一起干，干完了我们再谈。"秘书显得有些激动。

"禾灰沾在身上又痒又痛，稻秆又泥裹裹的，你还有材料要写，就不劳你大驾了。"赵支书说完，草帽往头上一扣，从田里抱起一大把稻子往打稻机里喂，一双大脚把机器踩得轰轰响。

树荫下，秘书还怎么能闲得住，田野上的景象都记在了他的笔端。

1996 年 9 月 12 日

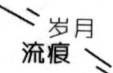

故乡秋韵

　　一场秋雨，洗落了夏天的漫天尘嚣。天气一天凉似一天。我居住在城市的一隅，望着秋天走过的大地，心头凝重而怅然。我依恋秋天的成熟和坦然；更怀念故乡的秋天。

　　故乡的秋天苍苍茫茫。落日、浮云、丘陵、溪流、衰草，一切动的静的，有生命的无生命的，都是构成秋天不可缺少的元素，都是我心中永不消失的风景。

　　最难忘村前那一片盈盈的荷塘。夏日红花映碧水，夜半清风伴蛙鸣，将夏天打扮得生机勃勃。秋风乍起，满塘荷叶拂弄、翻卷，绿浪滚滚，诗意融融。

　　傍晚时分，一阵斜雨袭来，敲击玉盘，沙沙似鼓点，圆润赛珍珠，汇聚，滚动，泪痕斑斑。秋风，从那日渐泛黄的叶边上走过，拉扯着满塘荷叶，发出尖利的鸣叫。

　　一年一度的采藕季节来到了。选一个晴朗无风的天气，阳光融融，水波不兴，男女老少在塘边围观，只见腰圆背阔的汉子，将白白胖胖的藕瓜，一节一节地洗净污泥再递上岸来；那些捉鱼能手，忙里偷闲地向人群中抛来一条半尺多长的红鲤鱼。鱼儿在草里一蹦老高，引得孩子们打着巴掌直叫喊。

　　不知不觉，村庄四周葱葱郁郁的大树，少了夏天的张狂劲儿，连最能歌唱的知了，也没了声息。偶尔有孤雁在头顶翻飞。忽然一片金黄的树叶在空中做了一个优美的舞姿，翩翩而下，落入荷塘，打着旋儿，搅起圈圈波纹。

漫山遍野的油茶树，悬挂着红红绿绿毛茸茸的果球。果球被秋霜染得红扑扑的，像姑娘的脸。

"哗啦啦"，玉米地里金袖曼舞，它们正为秋风的造访召开欢庆会呢。它们献出腰间的"金疙瘩"，以示赤诚。

"噼哩哩"，大豆性子最急。过路的人们碰碰它，它就发脾气，将籽儿一下子弹出来，射在人的脸上或手背上，弄得满地乱响。

湛青湛青的橘园，金黄金黄的果实缀满枝头，秋风拂过，一个个点头哈腰，向路人致意。

……金黄的喜悦，金色的收获。

你看，田野里纵横阡陌的机耕路上，一队队人马，铃声叮当。车轮辘辘，镰刀映着农人的脸。不一会儿，地里响起了割禾声，爱唱的小伙子边干边哼哼："哎——什么结籽高又高来——什么果实半中腰来。"那边的闺女应声接上："高粱结籽高又高，玉米果实半中腰来！"田间地头溢出丰收的欢娱。

收工回家的人们，身上夹带着稻香。他们在沟边停下脚步，掬一捧水洗把脸，甩甩手，朝裤子上使劲儿擦一擦，嘘着："呵，凉啦，凉啦。"语调里似有许多感慨，继而互相应答："今年收成就这么着了。"

农人架着板车，载着收获，追赶西天那最后一抹晚霞。夜幕挂下来了，秋风飕飕，田野变得幽远而空旷。

直到秋种的草籽长出新绿，草茎上染上一层毛茸茸的霜花，肥大的红薯收藏进地窖，最后一行大雁消失在天际，故乡的秋天

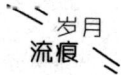

才真正结束,而冬天的脚步也走进家门了。

　　故乡的秋天哟,您装满了我记忆的背篓。

1996 年 11 月 18 日

相思小鸟

这是一个月明星稀的夜晚。天空幽蓝幽蓝，凉爽的风吹在脸上像被草叶撩拨一样舒服。月光从窗外照进来，照在床上，多情地抚摸着我的全身。在这美好的夜晚，我一个人待在这空空的屋里，禁不住产生无边的遐想。

在那个久雨初霁的傍晚，你像小鸟一样飞到了我的身旁。一套白色的连衣裙在浓密的披肩长发映衬下，像一个美丽的天使。夜幕降临，星星含笑，我们手挽手在河边散步，似乎整个地球都只有我们两个人，车流人海都是匆匆过客。听你小鸟般的话语，看你溢光流彩的双眸，我涌起无比的甜蜜，觉得自己变得超凡脱俗，变得潇洒轻松了。

我们徜徉在公园里，树影婆娑，鲜花含笑，公园处处留下了我俩的足迹。你小鸟依人地站在竹帘里，把自己变成一竿风姿绰约的修竹。我们相拥在一起，让时光停滞。我们相互凝视着对方，默默无语，却胜过海誓山盟。

我们彼此听到了两颗跳动的心，苍天可鉴，潇水作证。

有你，我不再所求；有你，我每天都是光亮的日子。

让我俩的心紧紧地拴在一起。你中有我，我中有你。互相为未来祝福，携手创造美好生活。

岁月流痕

　　翠竹掩映的小亭，是我们爱的小巢。我们依偎在一起，互相倾诉衷肠。亭下是一汪荷塘，荷花绽放，绿叶相映，更显得荷花的娇艳。你说我是韩湘子，我说你是何仙姑，我俩用心用情修道，终会双双羽化成仙，去享受无穷无尽的欢乐。

　　流连中的时光变得特别短暂，公园里的游客已渐渐稀少。夜风凉了，我们牵手离开了公园，沿着潇水河岸漫步。只见灯火阑珊，昏黄的灯火倒映在河面上，有一种梦幻般的感觉。桥上车流如注，城市的夜晚仍没停止躁动，只有河水缓缓地流淌，像静静地诉说着思念。

　　多么希望与你牵手走过一生。不管道路坎坷，人生艰难。虽说留得住岁月，留不住青春。但我们的感情会像那陈年老酒，越来越深厚，越来越醇香！

1997 年 7 月 13 日

感悟三十

一眨眼，就到了三十岁。

光阴似箭！从心底迸发出这种感叹。温馨中度过十岁童年的幼稚，迷糊中越过二十岁的狂热，我跨进三十岁的门槛，恰似喝下一杯香醇而浓烈的老酒。从此，我不再轻浮人生。

三十岁是一根负重的竹扁，一头肩着家庭，一头负着事业。十岁生活在父母的呵护里，二十岁陶醉于唐诗宋词、扑克象棋的旋律中，无忧无虑、怡然自得。人生之舟漂进三十岁的港湾，为人子，抛不开父母的牵挂；为人夫，舍不得妻子的盼归；为人父，忘不了儿女的渴望。

三十岁的我更加沉稳。我再没有"一路行来一路歌"的潇洒；更失去了"过把瘾就死"的癫狂；不再人云亦云随大流；不会再有陷入困境、触到苦头的恐慌和焦躁。因为我经历了世事的艰难，人生的变幻，学会了在顺境和逆境中把握自己。

三十岁的我更加懂得珍惜。珍惜童年母亲为我缝补衣服的煤油灯光；珍惜饥荒年间父亲嘴角边节省下的颗颗饭粒；珍惜小伙伴光屁股的泥泞摔打；珍惜好友的雪中送炭；更珍惜上司的善意批评。拼搏的艰辛、成功的喜悦、失败的沮丧、挫折的磨砺，一切真善美、假恶丑的人生际遇、春夏秋冬、寒来暑往、酸甜苦辣、

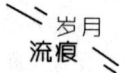

分分秒秒,我都珍惜。

三十岁的我将更能笑对人生。我不再感叹自己地位卑微,再没有"到中流击水,浪遏飞舟"的激情飞越;不再去争名位高低;不必去计较个人得失,更多的是平淡和自然。只求兢兢业业地做事,老老实实地为人,心安理得地生活。

岁月如梭,人生苦短。跨过三十岁的门槛,唯愿能少一些四十岁的困惑,五十岁的惆怅;步入晚年,不因虚度年华而痛苦,而悔恨。

1997 年 11 月 8 日

耕读为本

从满是苞谷气红薯味的山村走出，走进庭院深深的学府，又走进滚滚尘世中，蓦然回首，漫漫三十载后，发觉自己竟然又站在原处。

看腻了股市风云中投机者暴富的新闻；熟稔了武侠小说中的怪招儿奇情；独行于田野、溪边、小桥；寻缭绕如梦的莺声燕语；看落霞入水时的潋波光影；读"小桥流水人家"的古朴意趣。没有阮囊羞涩时的心浮气躁，没有人生失意时的沉重浩叹。

回望归处，山岚与烟霭相融，水墨般淡痕一线。意兴阑珊后，又觉索然寡味，想点儿事做。也不知从何时起，对土地的那份特有的亲情撩拨心间。一个周日，我在屋后的荒地里开垦出一畦菜地。

闲暇时，揣书携茶荷锄于荒地里，铲去鱼腥草、菟丝子、马齿苋，拣尽砾石枯枝腐叶，拢好畦垄，捣碎土坯，满足地坐在草坡上歇憩。喝口茶，翻开书，随书中的佳句隽语而意兴翩飞，忘了身居何处，位至何等，倒觉自己成了圣人：笑芸芸众生的你争我夺；叹身居显要者的谨小慎微……

夜深露浓，薄衫渐湿，夜半凉醒。

没有吴伯箫先生《菜园小记》中的轻松与自信，撒下一粒籽，极希望第二天早上就露出嫩嫩的新芽,更没有名臣曾国藩"莫问收获,但问耕耘"的坦荡胸襟。

喜莴苣绿叶堆成草树,蒜肥葱翠,玉米吐缨怀胎,高粱秋穗披霜。

乐有东坡先生的"春食苗,夏食叶,秋食花实而冬食根"的时令小菜。

难怪爷爷告诉父亲,父亲又告诉我,我又告诉儿子——耕读为本。现在想来,这"本"是植于泥土中的,是植于大自然中的,我辈虽难于免俗,达到物我两忘之境,但却淡了太多的欲望,多了一份人生的思索。

1997 年 12 月 10 日

呼唤春天

和煦煦的风，晴朗朗的日，报告春天的到来。

春天真的步履姗姗地来了，田野里新开的菜花黄灿灿的，小草也发芽了，小河流淌出一路欢笑。

连绵了一冬的雨，不知跑到天外去了，还是躲在山里暂时憩息。天空湛蓝蓝的，薄薄的白云飘在天际。山坡上的橘园和茶树青翠耀眼，不时有布谷鸟的长鸣告诉人们，春天已来到人间。

窝在家里的人们，一个个走出野外，呼吸春的气息，踏着春的足迹。太阳暖融融的，小朋友脱去了臃肿的棉衣，便变得轻盈灵动起来，禁不住在铺满绿毯的田野里活蹦乱跳；大人们在旷野里漫步，伸伸腰腿，松松筋骨，似乎要抖落一冬的积垢。扑入眼帘的新绿和随风摇曳的花朵，人们从春姑娘身上获得了无限生机。

清晨推开窗户，和风拂面，像喝了一杯醇浆。墙外坡上的衰草金黄金黄，草下已长出新芽，草芽青青，春风一吹便节节拔高。在春天的日子里，撒下一粒籽，很快就会发芽，春天充满生机，总给人无限希望。

春天经过一冬的孕育，一来到人间便显示出强大的生命力。

呼唤春天的到来，正是呼唤祖国的春天，人生的春天，大自

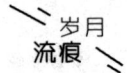

然的春天。

 只有自强不息的人,才会真正拥有人生的春天!

1998 年 2 月 20 日

乡音乡情

远　望

　　天灰蒙蒙的，像扯上了一块大大的黑幕。

　　屋里光线很暗，不能清晰地看书；我心神黯然地在屋里踱步。

　　雨下个不停，似乎天上破了个大洞，天河里的水往凡间倾倒，瓢泼大雨哗哗地下个不休……

　　伏在案上，铺开稿子，本想写点儿东西，可心太乱，怎么也静不下来。

　　只有听雨，听雨拍打大地的声音；听小草在哭泣；听流水在咆哮。听久了，听得我的心在颤抖，不知什么时候两滴泪水溢出眼眶。

　　我最怕连续下大雨了，故乡的老屋已过百年，每到下大雨，屋里就漏雨，滴答滴答的声音打在楼板和堂屋的地面上，吵得无法入睡。神经一直是绷紧的，总担心老屋会一瞬间垮塌，把我们一家老小压在下面。现在又连续下了半个多月雨了，我牵挂我的亲人们又在忍受着下雨天的煎熬、担心和受怕！

　　最难熬最揪心的还是想你！是大雨阻隔了你的音讯吗？是雨幕挡住了你的脚步吗？总不见你的身影！

　　我就这么盼你、等你。在这上苍作孽的天气里，我压抑得喘不过气来，多想冒着大雨冲出去，呼喊你、找寻你归来。用冰凉

岁月流痕

的雨水浇退我满身的燥热。

  我的思绪在书案边升腾，禁不住打开窗户，隔着绿色纱窗看雨。大雨编织出一道厚厚的墙，弥漫出浓浓的白雾。我久久地站立着，让自己蹙在那里。这么大的雨哟，我又怎么能看见你，我又能去哪里找你，我只有任自己的思绪飞到你身边，念着你的苦与乐，哭与笑。你的每一次好、每一份情都已嵌刻在我的心里，流淌在我的血液里。

  "长歌可以当哭，远望可以当归。"但愿如此，就够了！

  雨还在下着，不知什么时候结束。

  我似乎在雨中听到了你甜甜的笑声，听到了你来看我轻盈的脚步声……

1998 年 3 月 18 日

讲述春天

朔风带着洁白和晶莹,飞跃塞北莽原,掠过长城古堡,跨过黄河、长江,一夜间刷白了所有的意念,变出尊尊白白的雕像,于是疏枝在刺破清冷的天空时,让雪花发出爱的预言:既然冬天已经来临,那么春天还会远吗?

盼春,春在哪里?

捧读党的十五大报告,从字里行间去领悟春风柔情。体味春雨的蜜意和阳光、月光、烛光的诗意。"十五大"之魂——"中国特色"之旗、"中国特色"之路——邓小平思想的继承和发展将《春天的故事》在1998年续写。我们早在1997年,就把春的期盼延伸进1998年,就把构想的思路铺进1998年,于是1998年的春天在十二亿人民心中,早就热热烈烈,蓬蓬勃勃,花花绿绿,快快乐乐地舞起来了。在十五大奏响的旋律里,虎年的春天我们踏着节拍翩翩起舞。

恋春,春在何方?

在截流成功、寒霜凝结的长江三峡工程上,旋转满天飞雪,低调着属于一个1998年的沉重主题:负重加压,抢前争光。于是,子夜的工地,夯声伴着迎接新春的钟声,彩旗随着东方的霞光飞升。在小浪底工地和其他的建设工地上都有爱恋春天的工人,用

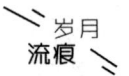

汗水和赤诚向春天吐露心声：春天来到土地上，春天在我们心中。

莫道旷野风雪舞，农家堂舍早着花。农业产业的金粒，早已播进了农村乡民的心中。科学种养，早已在秋天和冬天就写出了春天绿色的故事。占领市场的农民，在反季节的逆向思维中，早就把春天请进了冬天，早就把飘香的硕果，奉献在城里人节日的餐桌上，让灰色的楼群中也盛开出绿色的惊喜。

惜春，春在何处？

春天在每个人的身边，在山坡上，在田野里，在枝头上，人们抖擞一下筋骨都变得精神起来。山坡上的小草已经冒芽，田野里洒满了五颜六色的菜花，多情小鸟让枝头翠绿。一切都是新的，春光好啊！春光一刻值千金，莫负春光当自立。谁把握了春天，谁就能获得好收成。

讲述春天，心里涌动着浓浓春意，勤劳是通向春天的彩桥，智慧是邀来春天的伙伴。无论你是年长者还是年轻人，无论你身居闹市还是久住山村，只要你勤劳又有智慧，春天和幸福就永远伴随着你！

1998 年 8 月 10 日

冬 韵

像一次约会,当你抬头寻找南去的大雁时,一片片青翠欲滴的树叶变黄了;当你在一个清寂的夜里做着夏之梦时,金黄的树叶随着夜风簌簌落下,一条金色的路向着你的梦里延伸。

一切是这么悄无声息,一切又都这么平淡自然。

忽然间,一阵风,像一匹脱缰的野马,放肆地在每一条大街小巷,每一座院落,每一片原野上游荡——冬天真的来了!

野草渐渐隐去了。风像一把长鞭,抽打生命微小的野花,凋谢的花瓣在寒风中孤独地纷飞。

阳光变得吝啬了。老人们都变得缩手缩脚了,只有在阳光充足的中午,才一个个依偎在墙根底下,享受一天中最惬意的时刻。年轻人却竭力把冬天装扮得火热,绒绒的彩帽、帅气的马靴、飘逸的绸巾、大红的风衣,展示着冬天的无穷魅力。

少男少女都有一个洁白的梦。终有一天,清晨,打开窗户,猛地发现天空中飘舞着雪花,那是冬天的诗!所有的人都会想起冬天的浪漫曲——堆雪人、滑雪、打雪仗,还有一块块诱人的雪糕和冰激凌……

春天给人的是热血和激情,而冬天给人的是厚重和成熟。

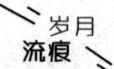

  冬天不应被淡漠和厌恶。它孕育着灿烂，培育着辉煌，迎接着春天！

1999 年 12 月 2 日

孤独也是一种美

孤独的美,不是消极的遁世之法,而是积极的入世之道;不是掩盖和封闭自己,拒人于千里之外,而是为了成就事业,为了显示自己真正的人生价值。孤独也并非不要友谊,不要社会交往,不要朋友的真诚合作,它只是摒弃那些耗费青春和生命的繁文缛节,那些无聊的扯皮与闲谈。

并非每一个人都能学会孤独之美。因为孤独具有很深的哲学意境,它是一种品质,没有献身精神的人是走不进孤独的境界的,更不可能领悟到孤独的真谛!只有守得住孤独,耐得住寂寞的人才能成就大事业。陈景润孤身斗室耗尽了青春,才求证了哥德巴赫猜想。司马迁受宫刑后忍辱负重,孤独奋起写成中国第一部纪传体通史《史记》。

孤独的内涵要用强烈的事业心和执着的人生追求去诠释。一个没有理想信念和奋斗目标的人,自然会贪图个人享受,沉溺声色犬马、吃喝玩乐之中,他们追求的是浮华和虚荣,怎么愿意又如何能与孤独为伴?更不用说体会孤独之美了。也有一些青年朋友壮志不凡,抱负不浅,最终却一事无成,空留一片惆怅在心头。究其原因,他们缺乏坚忍不拔的毅力和韧性,总坐不下来,耐不得这份孤独;更有许多才华横溢的青年,小有成就,却禁不住鲜

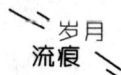

花与美酒的诱惑,把大块的时光和精力都丢在了酒杯、牌桌和无聊的应付之中,不久便露出"江郎才尽"之相,实在令人惋惜!

  随着经济的发展,物质的日益丰富,社会似乎变得越来越浮躁,往日的宁静与温情日渐减少。其主要原因是当今社会人们经不住外面世界各种利益的诱惑,生活中能守得住孤独、耐得住寂寞的人越来越少。交际作为现代人的基本素质,它是获得信息、知识和资源的重要手段。相对而言,孤独更是一种难得的品质,它同交际构成了现代人的两个素质系统,二者相互促进,不可偏废。愿我们守住自己孤独的领地,因为孤独也是一种美。

1999 年 12 月 5 日

思　念

思念是一种美丽的孤独。

也只有思念的时候，孤独才显得特别美丽。

思念是一种幸福的忧伤，是一种甜蜜的惆怅，是一种温馨的痛苦。思念是对昨日悠长的沉湎和对未来美好的向往。

正是在不尽的思念中，人与人的感情得到净化和升华。

思念没有距离，当轮船的汽笛拉响，当火车的汽笛长鸣，当汽车的轮子开始转动，当飞机冲出跑道腾空而起……思念，便开始了。

也正因为有了思念，才有了久别重逢的激动，才有了意外邂逅的惊喜，才有了亲友相聚的举杯庆贺。

思念折磨人，也锻炼人，铸就了人的性格的沉稳和感情的深沉，也铸造了人间的陌生和怀旧。

思念别人是一种温馨，被别人思念是一种幸福。当然，这是一种彼此间的思念。否则，单相思是一种哀愁，只被别人思念是一种负担。

因为思念，明月被注入了人类浓郁的情感。月缺的时候，思念显得泪光点点；月圆的时候，思念显得皎洁妩媚。不论月亮是缺是圆，思念总像一首深情的诗，一首只有彼此间才能读懂的抒情诗。

　　思念可以让你流泪，思念也可以让你含笑。不论你是笑着，还是哭着，思念都会让你心无旁骛。

　　的确，思念是一种纯净，一种美。

　　思念在朗月下，思念在黄昏里，思念在秋雨中。美丽的景致能勾起人思念的情怀，漆黑的夜，独处的萧瑟更易勾起情深意切的思念。

　　思念与等待同在。思念是一种巨大的精神财富。没有思念的灵魂，就像一片荒芜的沙滩、沉寂的冰原。

　　一枚凝聚着深情的邮票，一封散发着温馨的信笺，一张表达真挚问候的贺卡……都是这笔财富所支付。

　　岁月可以像落叶一样飘逝，但思念这笔财富永存，在你迢迢的人生长途中，她会永远陪伴着你，给你绵绵不绝的温暖与取之不尽的力量。

2000 年 4 月 10 日

乡音回响

　　望乡的目光始终是两根弹不断的琴弦,火辣辣的乡音是琴弦上跳动的音符。

　　童年的村口好温柔,如青石桥下潺潺流动的水,总把清脆欲滴的遐想写满天空。天空中飘动的云在我童年的脑海里幻化成各种意象。天高云淡,一个个口含马尾草的少年躺在稻草堆里晒秋日暖阳。我是水中一尾来回游动的鱼,永远也游不出那段水域和那段水域中浓浓的情。闯过多年的码头后,我更加感受到:最甜的是故乡的水,最明的是故乡的月。

　　离开家的日子,思念写满天空。乡音是母亲的手,颤巍巍地为我披上挡风御寒的外衣。乡情是父亲的肩,挑起全家积年的重担。总让我想起如火如荼的矿场,父亲布满老茧黝黑的手抡锤打钻,铁锤敲打钢钻迸发的火星非常刺眼,"哎哟哎哟"的使劲儿声在工地上回响。多年的高强度劳作,父亲的背早已变驼。他伟岸的背影在夕阳下拉长,我在父亲的背影中汲取力量,扬起风帆。

　　驻足河岸的岁月,我分不清哪是水乡,哪是港口。不停划动的木桨怎会成为一种守望,与生俱来的涛声依旧拍打着久违的歌谣,我在歌谣里倾听到浓浓的乡音……

　　望不断的连绵群山,唱不完的思乡小调。乡音回响,品味乡

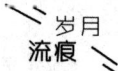

音,火辣辣的号子,火辣辣的情。我走不出茫茫的大瑶山,忘不掉热情奔放的乡音。

2000 年 7 月 18 日

夏天是女人的季节

总感觉夏天是为女人而来,夏天才是女人的季节。

即使夏日炎炎,脚底下热气直往上冒,人们身上汗流如油,但当一个花枝招展、线条柔美、身材丰满的美女神采飞扬地从你身边走过时,会顿觉一阵凉爽。你一时会忘却脸庞上直往下流的汗水,心里涌上一种美美的感受。

在这个季节里,女人出尽风头,独领风骚。在任何场合你都可以看到她们那风姿绰约的身影。女人在这个季节里可以几乎无需任何掩饰尽情地表现自己:丰满的更显神韵,苗条的更加婀娜,休闲的更具活泼。夏季只有女人就够了,男人似乎只是陪衬。

在夏季,男人似乎拿不出什么东西来显示自己的魅力。大热天的你能穿一套笔挺的西装吗?是庄重还是潇洒?可能你自己不热,周围的人看到你这副打扮,也会骤然觉得温度高了几度,心里感到怪别扭的。那男人光着膀子或上身,仅穿一条秋裤或休闲短裤,除非是在运动场上,否则别人总以为你太随便、不正经、没修养。美是一种朦胧,要有距离,展示人体美也要看特定的场合,大庭广众之下你身上的每块肋骨甚至孩提时代留下的一块小疤都让人看清了,还有何美可言?而且有碍社会公德。如果你穿一套休闲服跐一双拖鞋走在路上,一副闲散游民的样子,会被人

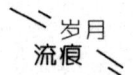

误解为不务正业,或者以为你是一个失业的落魄者,抑或是个有班不上、怕苦怕累的懒汉。

女人则不同,女人可以借助漂亮的衣服来充分地利用热:穿裙子,一看就很风凉。还觉得热,可以把衣袖做短,甚至干脆无袖;如果还觉得热,就穿吊带裙,露出香肩粉脖和莲藕般的玉臂来,让自己得意,更对男人产生出飘飘欲仙的诱惑。如果还不过瘾,可以穿超短裙,露出一块背或一段隐隐约约的嫩腰,让男人眼馋而去遐想万千。

别的季节里厚重的衣服使女人与男人同化了,厚实或臃肿的衣服掩盖了女人的曲线,但却没有男人的高大壮实与力量感。女人便翘首盼望夏季的到来,不但可以解除身上的累赘,还能将造物主在她们身上雕凿出来的美丽借助花花绿绿、风格各异的衣裙为炎炎夏日增添色彩。

夏天是女人如鱼得水的季节。

2001 年 8 月 6 日

寒夜情话

　　这个冬天特别冷，北风裹着雪粒拍打着窗户发出沙沙的响声。晚上 10 点半开完镇党政班子会议后就给妻子打电话，可是妻已关机休息了。我的心一阵阵发凉，窗外寒风凛冽，发出撕裂般的呼啸声，我紧缩了一下脖子，感到严冬真的来了。

　　我靠在床头无法入眠，翻看你发给我的信息，心里涌起十二分的愧疚，今天是你的生日，我却没有给你打个电话，也没有给你发个信息，一天到晚地瞎忙活，竟把自己最心爱的人忘掉了，我真的无法宽容自己。看到你幽怨的文字，我禁不住泪流满面，我怎敢忘掉你？又怎能忘掉你？其实，我无时无刻不在想你，我每天把想你的时刻当成我最快乐的时光，你早已成为我的血液流淌在我全身！每当想起你，我便心潮起伏，干劲儿倍增，不管工作再繁重、再艰苦，我都有信心去面对去克服！

　　因为爱你，我才更加珍惜！我珍惜我们相处的日子，我珍惜你的一颦一笑，我珍惜你的每一句话。我把拥有你的真情和挚爱当成我最大的财富。因为你强力的支持和痴心的等待，我才把冬天当成春天，我才会用乐观的态度去生活，用火热的激情去工作，用最好的表现去报答你，为你争光！

　　寒风拍打着门窗，是我在向你诉说无尽的思念；远方的爱人

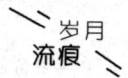

啊，你是否能听见。风儿啊，请把我的问候转达。我已把天空望成了海，你是否把海望成了天空，天不走在我舷边，海不走在你窗前，海天相接处是我俩滚烫的唇！

2001 年 12 月 21 日

一枝一叶总关情

连续下了三天三夜的暴雨，大风卷着大雨拍打着窗户，发出焦灼的响声，麻江河水像一头巨兽在咆哮。这是一个该死的梅雨季节。这里流传着一句俗语："三天下雨遍地河，三天日头干死禾。"夜色如墨，风雨声急。听着这一阵紧过一阵的风雨声，全乡人民都在揪心。那晚除我和一名年轻干部驻守办公室调度外，全乡干部都分组下派到沿河各村疏散人员、查看灾情、组织抢险去了。我焦急地一支接一支地抽着烟，想着这次暴雨来得急，会给全乡人民造成多大的损失啊？！

从第二天清晨6点，办公室的电话就响个不停，灾情报告一个接着一个，书记！书记！向您报告："麻江河道溃堤，经初步核查麻江、廖家、蒋家、湾夫等村已冲毁稻田300多亩""鳖栏江、刘家、欧湾等村冲毁水沟10千米""欧湾500亩禾花鱼全被冲走""廖家村九组山体出现裂缝，有滑坡危险，山下37户老百姓须马上转移""湾夫、雷家洞、刘家等村4座桥梁被冲垮，全乡被冲毁道路正在统计中""至今全乡没有出现人员伤亡情况"……听到这些灾情报告后，我迅速整理好思路，紧急召开了党委会议，明确当前抗洪救灾重中之重是迅速转移廖家九组37户老百姓，同时对全乡临山临河老百姓的房子和危旧房进行核查，实行紧急避险，

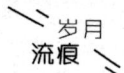

确保不出现人员伤亡事故。洪水退后积极组织群众开展生产自救和灾后重建。

散会后,我披上雨衣带领一队人马赶往廖家九组山体断裂点,憔悴的脸上透出急色,风雨催着我急行,满耳是风声雨声,满脑是村民急盼的眼神,不知怎的就想到了郑板桥的一首诗来:

衙斋卧听萧萧竹,疑是民间疾苦声。
些小吾曹州县吏,一枝一叶总关情。

以前待在县委机关十多年,对老百姓苦难的了解不直接不细致,从未想过老天爷下不下雨会如何如何,现在组织安排我负责一个乡镇的工作,心情就有了天壤之别:下雨急,不下雨也急。身为"父母官",也许是职责和情怀所在吧!

这年我们的抗洪抢险和灾后重建典型事迹先后被中央《新闻联播》和湖南卫视宣传报道了,省市相关厅局给予了大力支持,损毁的河堤、道路桥梁、水沟等基础设施都得到了恢复,特别是省国土资源厅还特批了18亩用地指标,我们帮助村民统一规划统一建设,将廖家九组37户老百姓统一搬迁至安全的地方,一个水电路等基础设施完善的社会主义新农村呈现在世人面前。

只要老百姓平安幸福,我们所有的付出、苦和累,都值得!

2002年5月14日

麻江观雪

好大的雪呀！好大的雪呀！好多年没有下过这么大的雪了，今年在麻江不期而遇。

昨晚的风很大，翻过山岭，掠过旷野，发出嗖嗖的尖叫声，吹在人脸上像刀割一样疼。今天清晨起来，往窗外一望，到处是白茫茫一片，成了银色的世界。远处除看到浅浅连绵的山际线外，没有任何颜色。庭院里的树木都戴上了白色的皇冠，树枝被积雪压弯了腰。四周没有车鸣狗吠，除过往行人踩踏积雪的沙沙声外，周围显得出奇的寂静。早饭后，我禁不住这个圣洁世界的诱惑，邀请几个朋友外出观雪。好久没有这份闲情逸致了，走进原野里，眺望山山岭岭，到处都是银装素裹，除电线上间或有几只麻雀在蹦蹦跳跳外，整个世界显得特别静谧。这么冷的天，农民没了农事，没了走亲访友，都蛰居在家烤火御寒。踏着厚厚的雪漫步在田间小路上，田野里堆积的草垛被积雪全部覆盖了，像一个个银白色的大蘑菇。融身在这个洁白的世界里，童真天性便自然流露出来。朋友们有的堆雪球，有的打雪仗，有的伏在雪堆中照相，有的在草垛下翻找老鼠，有的掰下树枝或岩石上的冰凌。一时成年人的包袱和烦恼都抛到了"爪哇国"，尽情释放他们的率真和天性。我却没有他们的自然与洒脱，面对这场大雪想得很多很

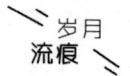

多……感谢上帝赐予这场瑞雪,祝愿明年百虫皆除,风调雨顺,百姓增收!

  在雪地里走了两个小时,大家的脸被严寒冻红了,手脚被冻僵了,讲话也变得木讷起来。一位朋友提议,找个地方烤烤火。我们一行人走进鳖栏江村主任刘新强家,他忠诚老实、正直善良。我们刚进院门,听到狗吠声,他夫妻双双出门迎接。进到堂屋,一盆红通通的木炭火暖融融的。大家落座后都忙着烤手烤脚烤鞋子,有的鞋子进了雪块湿透了,有的裤管都结了冰。围坐在火盆边一烤,整个堂屋里热气弥漫。不到一刻钟,嫂子端来了刚炒出锅的花生和南瓜子,泡上了滚烫的热茶,大家兴致盎然地吃喝起来。大约又过了半个小时,刘主任便弄出了热乎乎的饭菜,把米酒也温热了,大家围坐在火盆边,推杯换盏,把酒话友情,举杯谈未来,干群情谊浓郁。谈话中得知刘主任为了多一个菜招待我们竟不顾天寒地冻凿冰赤脚下塘捞鱼,令我们感动不已。这是多好的同志,多好的兄长啊!

  雪重情浓,但愿这场雪能给麻江带来好运!

2002 年 12 月 28 日

瑞雪感怀

好多年没有看到这么大的雪了,天地间纷纷扬扬,飘飘洒洒地下着,整整连续下了两天一夜。大雪封山,不能出行,独坐炉旁,思念人老,相见无期。窗外一片雪白的世界,鹅毛大雪随风飞舞;窗内是一个清冷的空间,我孑然一身守望孤独。独坐久了,开门望望远山的雪景,让冷风吹吹灼热的头脑,清理清理模糊的思绪,从心里长长地喘口气——世事多艰、聚散离合、爱恨情仇,谁能预料?

在记忆中,该有近二十年没有下这么大的雪了,地面积雪约有两尺厚,白白的,软软的,像堆积的棉花和鹅绒,真不忍用脚去踩踏。年轻人和孩子们可不这样想,他们看到这样厚厚的雪不知道有多欢喜,一个个扑入这个洁白的世界里,把自己天真的个性展现无遗。有的堆雪人,有的打雪仗,有的忙照相,有的相互搀扶着在雪地里漫步,大家呼出的热气都变成了白白的雾气。我似乎被他们感染了,心情也变得轻松了许多,禁不住走进雪地里,分享他们的欢乐。我掬了一捧雪擦着脸和手,感到特别的干净凉爽,精神也松弛了许多。这场雪给老百姓带来吉祥和希望。老天降下的不仅仅是雪,更是明年田野里美好的收成!

不知是年龄的增长,还是罩上职务的色彩,面对这个洁白无垠的世界，我很难焕发激情，更无法率真地进入放浪形骸的忘我境界。在世人眼里，当领导的应该是沉着稳重、庄严肃穆、不苟言笑的，也不能随便表露出喜怒哀乐。因此，传统的偏见把领导与部属和环境强拉开了一段距离，很难像朋友般的感情水乳交融在一起，很多领导在风光的背后有一种难以名状的孤独，他们需要真心真诚地交流，更渴望轻松和随意。

啊！……面对纷纷扬扬的大雪，在这个飘飘洒洒的洁白世界里，多想与自己心爱的人相依相拥，或踏雪，或观景，或嬉戏，或对坐，相互亲昵彼此依偎，谈那些共同的说不完的话题。不管地老天荒，唯有心心相印！

这是一个最值得留恋的冬天，她给了我收获，给了我启示，更给了我希望。

感谢这场雪！

2003 年 1 月 7 日

阳明风雨

盛夏的夜晚,特别闷热,令人窒息。我辗转反侧,难以入眠。突然间,窗外一道道闪电划破漆黑的夜空,接着惊雷阵阵,如同大炮轰鸣,令人心悸。

一道道闪电,一声声雷鸣过后,天上就下起了瓢泼大雨,宛如天神听到了信号,撕开天幕,把天河之水浇注人间。

狂风咆哮着,把门吹开了,房门重重地摔打到墙壁上。烟囱发出呜呜呜的声响,屋顶的杉树皮被风吹翻起来发出沙沙的撕扯声,犹如在黑夜中抽泣。

大雨猛烈地敲打着屋顶,狂风吹着雨滴拍打着玻璃和门窗,奏出激越铿锵的交响。

一小股雨水从天窗悄悄爬进来,缓缓地蠕动着,在天花板上留下弯弯曲曲的足迹。

雨来得快,去得也快。半小时后,暴雨就过去了,留下细雨的沙沙声。激越铿锵的交响变成了柔和舒缓的旋律,像优美甜蜜的催眠曲,抚慰着人们疲惫的身躯。

从窗外射进来的第一缕阳光,报道人间的黎明。碧空中飘浮着朵朵白云,在和煦的微风中翩翩起舞,昨夜的暴雨把蔚蓝色的天空擦洗得更加明亮。

岁月流痕

　　鸟儿唱着欢乐的歌,迎接着喷薄而出的朝阳;被暴风雨压弯了腰的花草伸着懒腰,宛如刚从睡梦中苏醒;依偎在花瓣、叶片上的水珠,金光闪闪,如同珍珠般闪烁着光华;艳丽的玫瑰花散发出阵阵芳香。

　　巍峨的阳明山迎着朝霞,披上玫瑰色的盛装;远处村舍被朝阳映照得闪闪发光,犹如姑娘送来的秋波,使人心潮激荡。

　　岁月如歌,江山如画!

　　昨晚,狂暴的大自然似乎要把整个人间毁灭,而它带来的却是更加绚丽的世界。

　　有时,人们受到种种局限,只看到事物的一个方面,而忽略了大自然整体那无与伦比的和谐之美!

2003 年 3 月 29 日

等 待

这个晚上,风儿很静,新月悄悄升起,星星眨巴着眼睛。我独自徘徊在潇水岸边,沿着这条熟悉的小道,从左边走向右边,又从右边走向左边。

听着潇水的欢歌,伴着蟋蟀的弹琴,一颗终年奔波劳碌的心应归于平静。况且好久没有这份闲心到县城的边缘,选个静谧的地方待待了。面对波光粼粼的潇水,倒映在水面昏黄的灯光及河心小岛摇曳的树影,我想得很多很多……

不知是来此过滤世事的风尘,还是驻足小憩一天的劳顿,抑或是另有所思另有所想。回顾走过的艰难岁月,透析世态炎凉、世事纷争、仕途茫茫,总觉得金钱如粪土,名利走过场,唯有真情永远、健康为本、快乐至上。为了真情,可以茶饭不思、日思夜想;为了朋友,可以两肋插刀、倾囊相助、肝胆相照。风风雨雨数十载,得到了许多,失去了不少,唯有友情弥足珍贵。

河风吹起来了,凉丝丝的。月亮已越过了树梢。

沿着这条滨河小道,我仍在独自徘徊。从左边走到右边,又从右边走到左边。

往城区眺望,来往的车辆少了,结伴而行的情侣似乎都已倦怠,一双双潜回爱的小巢。我不知怎的,仍无去意。不知在等待什么，是否是等待那个梦里出现的明眸皓齿婷婷袅袅像紫丁香一般的姑娘。她会不期而遇吗？她会善解人意地出现在我面前吗？我痴痴地想着等着呆呆地把自己站成了一棵苍老的大树。

  月亮慢慢地落到山那边去了，喧嚣的城市恢复了宁静。我丢掉手中的空烟盒，揉揉远望得有点儿充血的双眼，长叹一声无奈地离开了潇水岸边。

  不知道是什么思想在作祟，我咬了咬牙地对自己说：不甘心呀！于是打开车门、坐进驾驶室、开启发动机、挂进挡位、封上油门，车像一匹脱缰的野马在这座城市里狂奔，寻遍每一条街道找寻她的身影；多次来到她的楼下，望着紧闭的窗户，灯火熄灭，信息断绝，我的眼圈湿了，酸酸的，涩涩的，不知为了什么……

  我不知该往何处。夜很深了，街灯都已熄灭，我似乎走入了一条长长的漫无尽头的黑暗隧道。

  我的心变得好冷好冷。在这个美好的夜晚，不知在为谁寻觅，为谁等待，徒添了许多惆怅……

2004 年 5 月 20 日

这样的女孩

不知你心里藏着什么，也不知道你在等待什么，总是看见你站在窗前久久地凝望。一拨儿又一拨儿人过去了，一台又一台车过去了……你依然站在那里一动不动。你的双腿站痛了吗？你的盼望饥渴了吗？你的双眼胀痛了吗？你难道要把自己站成一道永不褪色的风景？真不知道你为什么这么傻！

也许你是在盼望一种奇迹的出现，盼望你日思夜想远游他乡的心上人回来；或者是等待着一种幸运降临到身旁。任何一个善良的人都会为你感动，因为你痴痴地等待，久久地凝望，你似怨非怨、布满忧伤的脸庞足以让人热泪盈眶。

不经意地从你楼下走过，又不经意地翘首看到你露出窗外的脸庞。从你浅浅的笑容中我看到了你的等待，从你含情的双眸中我读懂了你的盼望。你是这个时代少有的深沉含蓄而痴情执着的女孩！你为什么要把这份真挚的爱深深地埋藏在心里，如果没有一个男人能读懂你，你将会多么痛苦和失望！

我没有停下匆匆的步履，渐行渐远的距离模糊了你的脸庞。我禁不住对你回眸远望，带给我的是无限的遐想。

2005 年 6 月 18 日

岁月流痕

喊一声"娘亲"

秋风凉了,我坐在欧湾村支书家里吃饭,一阵阵晚风吹来让人惬意,桌上摆满了美酒佳肴,主人溢满笑脸,热情招呼,客气周到,使人沉浸在幸福之中。

刚喝了几杯酒,我突然感到背出虚汗、心跳加速、四肢无力、呼吸困难,从来没有的疲惫和窒息袭上心头。我放下碗筷,不愿打扰主人和客人们的兴致,一个人悄悄离开餐桌,独自坐在屋外晒谷坪的石凳上休息。

一阵阵凉风吹来,我紧缩了一下身子,感到全身发冷,我觉得自己真的病了。田野里青蛙的鸣叫变得聒噪;天幕灰暗,没有一颗星星;田边、树上、菜园里几只萤火虫在夜风中颤抖,一闪一闪,朦胧着人们的眼睛,让过往行人怵然。我独自坐在这里,身上一阵阵发冷。

在外坐了一阵子后,看见我还没返回席位,支书的母亲便出来找我,看见我一人坐在晒谷坪里,气色不好,大娘拉着我的手问长问短,我如实地告诉她我的身体症状后,大娘说:"你下乡走路出了汗,傍晚天气转凉,你闭了汗受了寒感冒了!"她一边安慰我一边说有办法为我祛寒除病。随后她拉着我进屋坐下,先倒来一杯滚烫的热茶,嘱咐我趁热喝了。看到我喝下热茶后,吩咐我脱掉上衣，匆忙打来半桶热水，撒入食盐，叫一个精壮小伙儿用毛巾浸着热盐水给我搓胸、搓背、搓肚、搓手，搓得我一身发热。在这个小伙儿给我搓身子的过程中，大娘又提着马灯步履蹒跚地到菜园里拔来一把小葱，洗净后切成长段，用她那布满青筋老茧的双手使劲儿为我擦背，她手一边搓口中一边祈祷神灵保佑我身体健康、除病消灾。这时我再也抑制不住自己的感情，眼泪顺着脸颊扑簌簌地掉了下来，我真想叫她一声"娘亲"！作为一个普通干部有点儿病痛，她就像对待自己的儿子一样无微不至地关心关怀，这该有一颗多么善良的心啊！这份母爱般的关心爱护，不就是"娘亲"吗？

我陶醉在这片浓郁的乡情和亲情里，感悟到母爱的伟大。不管你年龄多大、官职多高、财富多少，母亲永远不会嫌弃你，永远牵挂关心着你！

大约搓了半个小时，再用热水擦洗完身子后，我出了一身毛毛汗，先前的症状消失了，全身也变得轻松了。

大娘，你就像我的亲娘一样，你有一颗金子般的心，愿上天保佑您身体健康、长命百岁！

2005 年 8 月 10 日

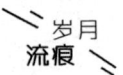

秋风秋雨秋叶

似乎是从盛夏打了个转,暑气消去,秋天到了。天气变得一天天凉爽起来。早晚时光,凉风习习,吹到身上感到阵阵寒意,露在衣外的手臂禁不住温差的考验起了一层细细的鸡皮疙瘩。秋风过后,秋雨也知趣地飘飘飒飒地下起来,细细地斜斜地慢慢地浸透这片干涸的土地,滋润着漫山遍野的庄稼,轻轻地流淌在人们的心里。晚稻舒展着腰,向飘落的秋雨点头,使劲儿地喝足水,为一串串稻穗输送琼浆。老农也趁这个机会到旷野里赶热闹,吆喝着耕牛翻田整地,抓紧种上一片片秋天的作物。这场秋雨来得及时,它带给农民播种的喜悦和丰收的期冀。

一阵阵秋风秋雨过后,抬头一看,树上的叶子变黄了。随风而过,片片黄叶飘落,可谓"一叶知秋"!其实,人生莫过于此,春天是少年,夏天是青年,秋天是中年。如果没有少年的成长,青年的奋发,又哪有中年的成熟和收获!每一个阶段都需要努力,每一段人生都有不同的美丽!唯有认真把握,方不负韶华,因为生命只是宇宙长河中短暂的一瞬!

树叶黄了,花谢了,草也渐渐枯萎了。唯有院子里的桂花开得浪漫,清香四溢。零落的花瓣散满一地,像铺了一层厚厚的金毯,为这偏僻山乡点缀出一道靓丽的风景。

在这个季节里，不管工作多累，条件多苦，看见这清香四溢的桂花，就觉得生命多了一些活力，多了一些颜色。每到夜晚，枕着桂花的香味入眠，那是多美的享受，多好的意境啊！这份惬意让我感到弥足珍贵、无比留念。

秋风、秋雨、秋叶，我深爱这片美丽的秋色，特别是这个秋天促使我充满生机、饱含留念、努力奋斗！

2008 年 10 月 24 日

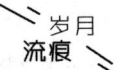

月夜寄怀

　　从未如此真切地感受到月光的那份温柔。仰起头,我看到夜幕上一闪一闪的星星调皮地眨着眼睛。不知有多久了,我的眼睛没有像这般清晰,以往眼里的月夜总是朦朦胧胧的,似害羞少女脸上的那一抹轻纱。

　　这么美的月夜,我坐在江边,尽情享受月光的给予和慰藉,城市里那特有的饱含热度的空气轻轻地吹过来,抚摸我的脸、我的手。什么都不用想,什么都不用做,只是静静地闭上双眼,沐浴着月光,倾听着远处隐约传来的夜泳者的戏水声及挖沙船隆隆的机器声,这彰显了深夜一个城市所独有的那份宁静。

　　慢慢地睁开双眼,我看见江心中的那条渔船,随着轻波,有韵律地上下摇动,远处那绚烂的霓虹,让人感觉到那不逊于午后气温的热度。我闭上双眼静静地躺在河岸的草地上,在这里我可以听见来自心灵的声音,闻到属于黑夜的味道。

　　柔柔的月光洒下来,让我的心在这喧嚣的都市得到慰藉,得到解脱,刹那间,我的心灵变得水洗般干净和轻松。

2009 年 8 月 1 日

乡音乡情

漫步潇水

傍晚,夏天的燥热已褪去,路上行人稀少,这时鸟儿已归巢,只有一些昆虫还在草丛中"唧唧"地叫,我独自徜徉在潇水岸边,不知为了什么,也不知在等待什么。

累一天了,拖着疲惫的身躯,来到潇水岸边,闹中取静观赏月湖风光。残阳如血、宝塔夕照、渔舟唱晚、浮岛初睡、平湖波光等美景,在我往返漫步中徐徐摄入眼底,心境变得怡然和轻松起来。每天的独自漫步,是我一天真正属于自己最轻松最享受最惬意的时光,什么都可以想,什么都可以不想。有时我把自己站成一尊雕塑,让时光静止;有时我展开想象,让思绪天马行空;有时我静静伫立,品味湖光山色。这时一切都可以由自己做主,随自己把握,管他春夏秋冬!

几十年来,自己都在风雨中奔波,在泥淖里摔打,虽有诸多不尽如人意,但生活正一天一天变好,处事也日渐成熟,事业也在向前发展。其中的苦累和委屈,只有自己知道。人事纷杂,世事难料,唯有抗争、坚守和坚持!无数次对自己说:已心力交瘁了,放弃吧!过自己想要的轻松开心自由的生活!但责任和信念又让我抛弃了这种想法。"曾经沧海难为水",人只有经历过沧海桑田,才不枉活一生。

岁月流痕

二十年前秋天的一个傍晚，我爬了一天格子，头昏脑涨，一个人在潇水河边漫步。刚刚大学毕业的你，披着瀑布一样的长发，穿着一件灰白色风衣，婷婷袅袅地向我这边走来。四目相对时，也许有一种磁场让我们感觉到彼此之间的美好。我们几乎是异口同声地搭讪，彼此留下了联系方式，共同探讨人生理想。你是一个励志的女孩，两年后你就到了深圳工作，从此我们天各一方，相互遥祝生活幸福、事业进步。感谢此生美好的相遇，让我难时苦时累时有一种甜美的念想和回忆，这种美好的情愫让我抖落疲惫、扬帆起航。

苦尽无言新境界，居功不邀平常心。宠辱不惊方男儿，苦乐不弃真君子。让我们为了梦想前行，为了美好努力！

2010 年 9 月 25 日

紫藤花开

春暖神州,百花吐蕊,竞相绽放。世间的花儿大多以明亮鲜艳取胜,而我独爱紫藤花那一抹充满梦幻和神韵的紫色。

小区院子里有一条几十米长的紫藤休闲走廊,花事繁盛的时候,引得我日日光顾流连。紫藤花不像其他花种怒放鲜艳,一簇簇,一片片,随风摇曳。紫藤花绽放是一片梦幻般的淡紫色,像一条条瀑布,从空中垂下,仿佛在流动,在欢笑,在不停地生长。紫色的瀑布上,泛着点点银光,就像迸溅的水花。仔细看时,才知那是每一朵紫花中最浅淡的部分,在和阳光互相挑逗。花开时节的长廊,无数的紫色瀑布倾泻而下,形成了一个梦幻般的童话世界,带给人们无限的欣喜和震撼。这个季节,人们纷至沓来,有恋人牵手来这里散步、拍照,有孩子来此追逐嬉戏,有文人墨客驻足观赏品味,有老人搭起班子咿呀唱戏,有无数运动爱好者在长廊下晨练……一幅幅温馨和谐的画面深深印刻在我的脑海里,以至于紫藤花谢后,我就急切盼望第二个春天的到来,等着紫藤花开!

因为喜爱紫藤,我曾多次在阳台上的花盆里种植紫藤,但都没有成功,也许是花盆太小营养不够,根无法生长,枝藤因夏天酷热就被晒死了,这成了我的遗憾。无独有偶,住在一楼的邻居,

岁月流痕

家的后面有个小院,他种在土里的一棵紫藤却长得茂盛,紫藤顺着墙角的下水管道旋转缠绕着爬上三楼,那些紫绿色的枝蔓触角不断地探索、缠绕、开拓,很快茂密的枝叶便占据了我花架的半壁江山。紫藤发芽长叶了,枝蔓上开满了朵朵淡紫色的花儿,一簇簇、一串串,凑在一起,却又仿佛排列有序。每一穗花都是上面的盛开,下面的待放。颜色便上浅下深,好像那紫色被沉淀下来了,沉淀在最嫩最小的花苞里。

花开的日子里,空闲时光我最喜欢的事情就是在花架下沏一壶茶,一边品茶,一边细细观赏眼前的春色如许。温柔的阳光透过紫藤繁茂的枝叶在茶桌上留下斑驳的光影,有微风轻轻拂面而过,垂挂枝头的串串繁花随风摇曳着,清新娇美的花儿散发出淡淡的香气,引来几只蜜蜂嘤嘤嗡嗡地在花穗间上下飞舞,盛开的紫藤花一串换着一串,一朵接着一朵,在花架后蓝天和白云的大背景下,它们像一个个纯净、快乐的小精灵,彼此推着挤着,好似在上演一出活泼热闹的轻喜剧。紧邻着紫藤,我的爬藤月季也开了,绽放出红的、粉的、白的、黄的各色大大小小的花朵,一旁的凌霄花也不甘寂寞,扎堆似的吹起了橘红色的小喇叭。偶尔有一两只鸟儿经过,大概是被这些花儿吸引,会在花架上做短暂的停留,此时我便凝神屏息,生怕惊扰了这些美丽的小生命,当我全身心地倾听时,我不但听到了轻轻的呼吸声、小鸟的啁啾声,甚至听到了花开的声音……世界都顿时在这一刻静止了,绽放出大千世界的绚烂和美丽!

2011 年 9 月 26 日

盘王节的由来

盘王节是瑶族祭祀祖先盘瓠的重大节日,海内外的瑶胞都十分重视这一民族祀典。在湘南的江华、江永、宁远、蓝山等县的瑶族地区,每年的农历十月十六日,瑶族男女老少都要穿上民族的节日盛装,集聚在一起唱歌、跳舞,欢度盘王节。他们唱的歌是以《盘王歌》为主的乐神歌,跳的舞是每人手拿长约80厘米木制长鼓的长鼓舞,一般为双人或四人对舞。

瑶族民众为什么要在每年农历十月十六日祭祀盘王并唱《盘王歌》、跳长鼓舞呢?相传在远古时代,瑶胞乘船漂洋过海,在海上遇上狂风大浪,船在海中漂了七七四十九天不能靠岸,眼看就要船毁人亡。这时,有人在船头祈求始祖盘王保佑子孙平安,并许下大愿。许过愿后,风平浪静,船很快就靠了岸,瑶民得救了。这天正是农历十月十六日,恰好又是盘王的生日。于是,上了岸的瑶民就砍树挖成木碓,把糯米蒸熟舂成糍粑祭祀祖先。之后,大家唱歌跳舞,庆祝瑶人的新生和盘王的生日。从这以后,逃难重生的瑶民在盘王生日这一天举行庆祝活动,活动流传下来便叫"盘王节"。

瑶族地区还流传下来关于"长鼓舞"来历的故事,相传盘王死后,官家便欺压瑶民,逼迫瑶胞,争夺瑶山领土,瑶民向上告状，禀帖（状纸）总到不了金銮殿（皇帝）那里。后来，聪明的瑶民想了个办法，把禀帖藏在长鼓里，闯州过府打长鼓，表演民族技艺。这样，瑶民好不容易才到了京城，上了金銮殿，打开长鼓，向皇上呈送了禀帖，才把状告准。以后，遇上盘王节，瑶胞就跳长鼓舞，唱《盘王歌》，并且一代一代地流传了下来。

2012 年 4 月 10 日

姑婆山传奇

相传在东汉年间,湘桂大地上发生瘴气(瘟疫),危害严重,尸骨遍野。据说在湘、桂、粤交界的萌渚岭南端的天堂山有妙药灵芝能驱瘴气治瘟疫。出生中医世家的青年阿满在未婚妻妙红的支持下,婉谢父老乡亲的劝阻,只身前往豺狼虎豹出没、险恶无比的天堂山寻找灵芝为百姓治病。日复一日,阿满进山后便杳无音讯。其未婚妻妙红思夫心切,便瞒着家人,背着干粮只身前往天堂山寻找未婚夫阿满。七天七夜过去了,她未能找到爱人阿满,却找到了成片的灵芝。她将灵芝采摘回来配以中草药熬成汤汁让患病的百姓饮服,真是药到病除,千千万万的百姓都被医治好了。乡亲们万分感谢妙红姑娘。

乡亲们都得救了,但妙红姑娘日夜思念未婚夫阿满,终日到天堂山寻找,并发誓找不到阿满终身不嫁。年复一年,妙红姑娘年纪越来越大了,当地人将年长未婚的女人称为姑婆,大家也都敬称妙红姑娘为姑婆。

有一天,乡亲们发现妙红姑娘不见了,就派人到天堂山寻找,但始终没有发现她的踪迹。后来,当地来了一位仙风道骨的长者告诉大家,王母娘娘为妙红姑娘采摘灵芝普救苍生并痛失未婚夫而终身不嫁的事迹所感动,把她召唤到天上册封她为仙姑,请众

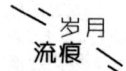

乡亲不必再寻找了。乡亲们为怀念妙红姑娘,决定把天堂山改名为姑婆山。姑婆山由此而来,并在湘、桂、粤三地家喻户晓。

2013 年 4 月 15 日

乡 愁

"有故乡的人回到故乡,没有故乡的人走向远方。"乡愁是一种致命的忧伤和浪漫。

故乡,是中国人伦文化中一个古老的话题。"忽闻歌古调,归思欲沾襟。""举头望明月,低头思故乡。""日暮乡关何处是?烟波江上使人愁。""春风又绿江南岸,明月何时照我还?"乡愁总是伴随着那些暮春,那些落日,那些明月,在悠远的烟波江上迷离着,荡漾着。

一个人,不管他有多大的功名事业,他最终可能还是想回归故乡,只有走进故乡的尘俗中,他才能找到人生最平淡最真实的幸福。

人一旦生在什么地方、长在什么地方,那地方的山水草木、人文地理、村间小巷、乡俗民情,便会像盐渍力斫一样深深地渗透在他的心窝里,镌刻在他的记忆中,使他一生一世都会与之结下浓得化不开的乡情,时时刻刻都在怀念着、向往着、追忆着,每每使心中充满温馨,使生活洋溢喜悦,这就是乡愁。

"乡音亘古今,乡愁暖人心。走遍天涯路,最是乡愁深。"乡愁是一种故土情绪,是一种人文情怀,是一种社会情缘,是一种精神情韵。而在长期的社会变迁和情感沉积中,乡愁更是渐渐成

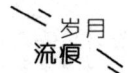

为中华文化的传统元素与精神基因,成为民族情感的依凭与精神家园的归附。

"一路景色,弥望青碧,池水清涟,田禾秀蔚,日隐烟斜之际,清露下酒,暖气上蒸,岚气舒发,云霞掩映,极目遐迩,有如图画。"

这是多么美丽的故乡山村的水墨画!

乡愁,就是家国情怀,就是父脉延亘,就是精神归属。记得住乡愁,即有心安处。

2014 年 11 月 14 日

晚　秋

　　留不住时光的脚步，又到晚秋。日渐变凉的天气，给人增添几分忧愁。

　　时光流逝，眨眼人到中年。没了少年的稚气、青年的狂热，心已变得淡泊。得到的更为珍惜，失去的别去强求。虽然每天还忙忙碌碌，但很少有刻骨铭心的感动！心似乎麻木了，爱情也好，友情也罢，随着时光流逝都会成为过往。身边许许多多的朋友，走着走着就散了，从此，就断了联系，连回忆也渐渐变得苍白。我和你，也从曾经的相聚相拥、无话不说，到今天天各一方、无话可说，慢慢地消失在彼此的生命里。而我的心却难以磨灭对往事的回忆，总是在月圆的夜晚，独自走出阳台，望着月亮静静地想你……

　　那是一个晚秋的傍晚，残阳映红了湖面，晚霞将湖水倒映成粉黛，使沿江的风景笼上了朦胧的意境。我拖着辛苦一天疲惫的身躯，沿着河边蹒跚漫步，让晚风吹走沉重的思绪。世事的艰辛，工作的压力，复杂的关系，常常使人身心疲惫。每天下班后在河边走一走，对自己的压力是一种释放，也是一天中自己最自由最轻松最惬意的时光。漫步中不经意间我看见你扶在河边的护栏上看着波光粼粼的湖面，眼光里泛出丝丝的柔情和淡淡的忧伤。至今我还清晰地记得,那天你里面穿的是一件白衬衫,外面穿着一套黑底嵌着银丝线的小西装,一头乌黑光亮的长发像瀑布一般向你的两颊流去,衬托出你白净靓丽的脸庞。你的身影就像一竿斜在河边的凤尾竹,让我这颗被世事麻木的大脑突发灵感……

因为这次不经意的相遇,成为我暗香经年散不尽的美好。第二次相遇,你向我浅浅一笑,使我全身上下荡漾着春天般的温暖,禁不住走到你面前搭讪,你用悦耳的声音告诉我你的联系方式,用一双会说话的大眼睛柔柔地看着我,似在诉说你对我的认可。

从此,我的心已被你带走,我期待着一有空闲就与你联系,总想把开心、烦恼、苦累、压力、委屈都向你倾诉。你在电话那边,总是静静地听我诉说,给我关心和慰藉,你的话语就像一股清泉浇灌着我荒芜的心田。

不知是"三观"吻合,还是情感需要,我们彼此都把对方当成精神支柱。我们梦想着来一次说走就走的旅行,牵手去爬雪域高原、看大漠孤烟、探东海龙宫、游名山大川、品人间美食……把生活过成一首诗!

然而,欢乐的时光却如此简单而短暂。早知分离,不如不见!在一个寒风凛冽的冬夜,你约我来到断桥边,一见面你就紧紧地抱着我,从痛哭到抽泣,然后哽咽地告诉我,你要到美国去定居,那里有你的丈夫和年幼的孩子。听到这个消息,我的心一阵抽搐,不知道说什么好。我紧紧地将你抱在怀里,任你冰冷的泪滴沿着我的双颊流入我的脖子、流进我的心里,我感到那个夜晚好黑好冷……

你走了,从此我很少到河边散步。我怕走到我们相遇的地方再也看不到你的身影,我怕睹物思人总是刻骨铭心地想你!就像一个作家曾说的那样:"即便用去一辈子的时间,可能也等不来一场相遇。有时,一别,便是一生。一个转身,便是陌路。"自与你相遇,又匆匆离别后,我开始相信命运。人与人之间原本就是命运注定的结果!

夜已深了,我依然没有一丝睡意,我怕自己一闭上眼睛,就会永远失去对你、对我们那些美好往事的记忆。那些属于你我的美好日子是我珍藏在心底最宝贵的东西,到老不忘,至死不渝!

又到晚秋,你还好吗?

2015 年 10 月 7 日

孤独，是一种美丽

孤独，就其含义是一种心理表现，是一种主观自觉与他人或社会隔离与疏远的感觉和体验，是一个人生存空间和生存状态的自我封闭。

林语堂曾经这样诠释过这两个字："这两个字拆开来看，有孩童，有瓜果，有小犬，有蚊蝇，足以撑起一个盛夏傍晚的巷子口，人情味十足。稚儿擎瓜柳棚下，细犬逐蝶窄巷中，人间繁华多笑语，唯我空余两鬓风。孩童水果猫狗飞蝇当然热闹，可都和你无关，这就叫孤独。"

是啊，孤独的人都一样，但真正的孤独者却从不言孤独。

我时常感到孤独。我守望孤独，享受孤独，陶醉孤独。因为孤独能让我净化灵魂，思绪才能像一匹野马畅游天地人寰，才能静下心来看看书、撰撰文、写写字。这个喧嚣的尘世太浮躁，让人失去灵性，丢掉"三观"，在无聊的社交中虚掷了太多美好时光，要想找回自我，必须要耐得住孤独，守得住寂寞。

低质量的社交，不如高质量的独处。一个人若是不能与自己相处，就越会感到寂寞，与人相处的愿望也越强。但愈是想与人相处，就愈发会怕寂寞。这般恶性循环，最终离不开社交，离不开人群，然后在看似热闹的狂欢中，失去了自己。

叔本华在《人生的智慧》中写道："社交聚会要求人们做出牺牲，而一个人越具备独特的个性，那他就越难做出这样的牺牲……因为在独处的时候，一个可怜虫就会感受到自己的全部可怜之处，而一个具有丰富思想的人只会感觉到自己丰富的思想。"人生还有太多重要的事情，不要总把精力消耗在别人身上。

真正强大的人，从来不需要迎合别人的喜好，委屈自己跟别人搞好关系。比如低质量的社交，他们更享受高质量的独处。与其在一群人的狂欢中感到寂寞，不如在一个人的独处中收获惊喜。

很多优秀的人之所以能够成功，很大原因就是他们能够安然独处。远离一些不必要的社交活动，摒除世间琐碎之事的烦扰，才能够将全部心思付诸热爱的事业，早晚都能获得成功。

耐得住寂寞才能守得住繁华，熬得住孤独方能等得到花开。与其盲目从众，不如高傲地享受这种孤独。

其实，孤独也是一种天性。

在生活中，我们时常会觉得孤独。有时候感觉自己与身边的人和事格格不入，以为自己不合群。每个人都是孤独患者，这并没有什么不好的，相反，为了逃避孤独，而去刻意合群，迎合大众，才是真正可悲。

在这个浮躁的时代，人心最缺失的，就是保持一颗清醒的头脑。其实，与其盲目从众，不如高傲地享受这种孤独。

一个作家曾说："如果你足够孤独，这是你的荣幸，亦是上帝对你勤奋的奖赏。因为孤独不是天生的，而是通过长期培养才能学到的。孤独是伟大灵魂的显著特征。孤独并不意味着封闭，孤

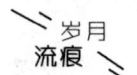

独的最高境界是可以在喧嚣与孤独中自由出入。"

孤独和寂寞不一样,寂寞让你发慌,孤独让你强大。因为对内心信念的坚持,永远是你最真实、最好的模样。

我时常会想起作家张小砚说过的一句话:"后来许多人问我一个人夜晚踟蹰路上的心情,我想起的却不是孤独和漫长,而是波澜壮阔的海洋和天空中闪耀的星光。"成长,或者就是学会和孤独相处,因为没有什么能比孤独更能锻炼一个人。享受孤独,才配拥有自由。

一个能享受孤独的人,才会变得更加强大。

画家蒋勋年轻时,曾背着包一个人去旅行。他历时十年,走遍台湾大大小小的角落,找寻生活在这片土地的记忆,倾听那些似乎远走的人和事。他说:"只要像个少年一样,背起背包在岛屿上浪荡游走,在孤独里和自己对话,你的生命永远都可以重新出发……"

因为每个人唯有遇见生活的万般模样,方能知晓自己真正想要的生活是什么样子。达摩祖师面壁九年,董仲舒三年不窥园,他们都是远离尘嚣扰攘,独处求法,静中觉悟,最终达到了理想的彼岸,他们在与人相处后,清醒地认识到自己的优秀源于孤独,它是孤身一人的荣光。

任何一颗心灵的成熟,都必须经过寂寞的洗礼和孤独的磨炼。寂寞不要紧,要紧的是自己能耐得住寂寞;孤独不可怕,可怕的是自己在孤独的怀抱里颓废消沉。

所谓庸俗,就是活在世人的眼光中,失去了自己,忘记了真正的渴望与热爱。

所谓孤独,则是让我们与自己相处,听见真心,看见真我,理清人生。

守望孤独,享受孤独,成就大我!

2016 年 12 月 20 日

做人如草

做人如草，低调就好。虽然普通，个性独特；虽然渺小，却有颜色。坚强地生长，低调地活着。

做人如草，踏实就好。不与大树争高低，不与花朵比美丽，坚守自己的姿态和风格。风，吹不倒；雨，淋不跑。

做人如草，努力就好。忍得住孤独，耐得住寂寞。不在孤独中消极，不因寂寞而伤心，把时间和精力用于扎根生长。

做人如草，平凡就好。不羡慕花朵的芳香，不嫉妒大树的粗壮。即使普普通通，也不放弃生长；就算平平凡凡，也散布田野山岗。

做人如草，充实就好。扎根在自己的岗位上，不因四季变化而异动。随风摇摆，却不轻易倒下；雨打雷鸣，却不改变色彩。

做人如草，豁达就好。虽小，心胸开阔；虽弱，内心坚强。开不了花，依然不放弃生命；结不了果，也会努力活着。

做人如草，在平淡中活出自己的性格，在雨水下彰显自己的独特。就算某一天生命走到了尽头，也无怨无悔！

做一棵默默无闻的小草，没有人鼓掌，也在努力生长；

做一棵自力更生的小草，没有人心疼，也能无比坚强；

做一棵充满傲骨的小草，没有人欣赏，也依然活得精彩！

2017年5月12日

浅冬物语

时光微凉，流年轮换。初冬的南方，白天仍然暖和如春，早晚寒气日重，草木日渐凋零。可这一场凋零，又何尝不是另一场蓬勃？

永水河畔。

暖阳、和风、我。

天朗气清，旷野辽阔。南飞的大雁在山峦边翱翔，地里一畦畦蔬菜绿油油的。田野里突兀而立的几棵大树上，鸟雀跳跃着、追逐着、欢唱着，像一群小孩儿在做游戏。收割后的稻田里散布着成群的鸡鸭，它们在空旷的田野里悠闲地散步，不时低头啄食。田埂上一丛丛一簇簇的茅草花，在微风中摇曳，在冬日里明媚着，让日渐枯寂的枝梢，生出淡淡的温情。

河水明净而温婉，在静静地流淌……

浅冬，一塘枯荷，也是最不可错失的一道风景。

一池清水，半亩寒潭，零落枯梗，残枝断萍，不禁想起李商隐的诗句："秋阴不散霜飞晚，留得枯荷听雨声。"苏轼也曾描述："荷尽已无擎雨盖，菊残犹有傲霜枝。"荷叶荷花兀自凋零中诠释了生命的坚韧，这何尝不是一种风骨？它让我们在冬天的孤独和萧瑟中，穿透时光，感悟到一种精神！

岁月流痕

冬天的寒风凛冽吹来,慢慢褪去了金秋的颜色。

五彩缤纷的秋天,给人收获,给人美好,给人梦幻般的情境。而所有的力量都无法阻止"四季轮回",冬天真的来了!

入眼是树叶纷纷飘落,落在林中,落在街衢,落在近水,落在远方,落在眼前,也落在心中。

秋尽繁色褪,冬临物华休。

日子如尘埃,时而飞扬,时而沉落,好在有剥夺也有馈赠。

心境平和,淡泊自然。日子就这样浅浅地过……

2018 年 11 月 18 日

感悟独处

人活一世，从稚嫩到成熟的过程，无非就是一个人喜欢从"群处"到"独处"的过程。

人到中年，开始渐渐喜欢"独处"。随着年龄越来越大，知道自己想要的到底是什么之后，反而会觉得推杯换盏、成群结队没有什么意思了。

一个人开始喜欢"独处"，往往是一种成熟的标志。

喜欢"独处"，意味着不再惧怕孤独，学会与自己和解。懂得将更多的时间留给自己，花更多的精力做自己想做的事。

喜欢"独处"的人，会花更多的时间，钻研自己的事业，集中精力去为理想和目标奋斗。

歌德说："人可以在社会中学习，然而，灵感却只有在孤独的时候，才会涌现出来。"

独处时，不被任何事情干扰，不但能更好地了解自己，而且还能看清事态发展的轨迹。独处的人，看问题会更透彻、更全面、更深入。

当一个人开始变得喜欢独处，意味着他已经懂得取悦自己，不再轻易讨好他人。他开始学会直面自己的内心，渐渐远离低品位低质量的人群和人际关系，懂得断舍离，让自己活得简单而充

岁月流痕

实。能够独处，他的内心已经变得强大了，已不会在意别人的评论和指责，留足属于自己的空间。懂得把一切放下，反而得到了内心真正的安宁。他不再假意逢迎任何人，活得更加轻松自在。因为，他终于不用考虑他人的感受，也不用在意别人的看法。简单快乐地做自己，也是一件很惬意的事情。

  喜欢独处，意味着一个人的内心变得更强大了。他终于不用为谁而活，懂得为自己而活了。终于找到了自我的定位，敢于活出属于自己的个性，活出与众不同的人生价值。喜欢独处，不再依赖他人，不再需要抱团取暖，学会通过自己的努力发光发热。生活中遇到风雨，也不再有恐惧和慌张，而是学会了平静地接受岁月的考验。内心变得十分富足和强大，心灵永远为自己指明方向。

  能把独处时光变得无比充实的人，往往活得很有魅力。

  人生在世，别再惧怕孤独。学会独处吧，你将迎来更加美好的自己！

2019 年 7 月 26 日

故乡，再也回不去了

我是一个特别恋家的人，虽然离开家乡几十年，但故乡有父母兄妹，有孩时的玩伴，有生我养我的山山水水。父母尚在，他们就像一块磁铁一样把我们兄妹紧紧地吸在一起。逢年过节，我和弟弟都急着往家赶。

我离开家乡四十多年在外地学习和工作，几十年来我没在工作地过一个春节，不管工作再忙我都会提前赶回老家张罗年货陪爷爷、父母过一个开心的年。孝敬父母、思念故乡这种情结流淌在我的血液里，伴随我慢慢变老，甚至成为一种信念支撑我在他乡艰苦创业，为父母争气，为故乡争光，为亲人们过上好日子而努力拼搏！

他乡创业艰，冷暖唯自知。几十年来，我不分昼夜、没有节假日、高强度地工作，筚路蓝缕、节衣缩食，终于让亲人们过上了有尊严的生活。我支持哥哥在老宅基地上建了一栋三层楼房，留了一层自己回去住，家具电器一应俱全，院内还建有一个小花园，父母、哥嫂、侄儿侄女都有了较好的居住和生活环境，而自己仍住在工作地一套旧房子里，甚至自己一年也难得回老家住几晚，对自己所有的付出我都无怨无悔。

四十多年前我离开家乡乃一"青葱"少年，四十多年后我已

岁月流痕

临近退休。努力打拼几十年已身心疲惫，想静下来休息了，回到故乡的小山村里静养自己疲惫的身体，平复自己受伤的心灵，找回儿时行走山野的童真。然而，故乡却回不去了！自己外出工作几十年，我的领导、同事、下属等朋友圈都在工作地，回到老家儿时的玩伴都已成为爷爷、奶奶、外公、外婆，家庭琐事缠身，各家有各家的事；再是知识水平和文化修养已不一样了，心里产生距离感了，谈话的内容就少了，见面只是寒暄几句，再也找不回儿时的随意和亲切了。有的少年好友在农村经济条件也不好，我们的生活水平差距较大，觉得和我在一起有自卑感，还有意躲避我，与我保持距离。就拿自己的哥嫂和侄儿侄女来说，他们虽然住进了楼房，享受了现代生活，但他们没有读多少书，心灵是空虚的，思想是苍白的，眼界是狭窄的，处理问题是简单的。看问题囿于偏见，观点狭隘，比较急躁，而且生活习惯不同，与他们同住在一栋楼里生活久了也有诸多不适，住上一段时间，我自己就待不住了，反而要返回工作地来寻找清静，不知为了什么！父母尚在，我们逢年过节都会回去陪伴；父母不在了，故乡也将成为他乡了。

我魂萦梦绕的故乡呀，我是再也回不去了！未老莫还乡，还乡须断肠！

2020 年 8 月 18 日

话说男人和女人

总喜欢用山的巍峨,来形容男人的稳重、刚毅的品格;用水的柔情,来形容女人与生俱来的婉约、清澈。总喜欢用无尽的草原,来描述男人心胸的辽阔;用奔腾不息的江河,来书写女人心中的万顷柔波。

如果说,好的人品,是男人的立世之本;而铮铮铁骨,则是男人的脊梁和灵魂。男人,可以平凡得像一棵小草,但春风一吹,就会铺满天涯海角。男人,可以是太阳,为大地投下光芒万丈,即使是一只萤火虫,也要用微弱之光把黑夜点亮。男人,要活成一束光,照亮别人的同时,也温暖了自己。

女人,是绽放在时光里永不凋谢的花朵,是挂在天上那轮皎洁的月亮,用她柔柔的光,给人间带来美好和希望。她不仅拥有外表的光鲜亮丽,更有根植于内心的善良,用母爱盈盈,融化世间的沧桑和寒凉。

男人,物质上不一定很富有,但精神上一定要丰盈富饶。出身不一定很高贵,地位也许很卑微,但也要力争站在精神领域的最高处,做一个有理想有抱负的人。能力大就做点儿大事,能力小就做点儿好事;钱多就做点儿善事,钱少就做点儿力所能及的事。

女人，要自强自立，多情而不滥情，自信而不自负。既要有玫瑰绽放的妩媚和娇艳，也要有寒梅斗雪的孤傲和凛然；既有我自风情万种、与世无争的洒脱，更要有我若盛开、蝴蝶自来的自信满满。在喧嚣的尘世间，既不被名利的诱惑迷住双眼，也不让一颗晶莹剔透的心蒙上灰尘。

男人，为官要一生清廉，为商不赚昧良心的钱。男人在世，要顶天立地，上有保家卫国的英雄气概，下有独当一面的担当胸怀。烈日下，是一棵投下阴凉的树；风雨天，是一把遮风挡雨的伞。

一直认为，喜欢读书的女人灵魂里透着悠远绵长的香气；月光融融的晚上，一杯茶飘着淡淡的香，浪漫的音符在空气里缓缓地流淌。在一段如莲的时光里，喜欢看一个女人读书的模样，看见她的双眸在文字里行走时，泛起的无限柔情和爱意的目光。原来，诗和远方，也会在不徐不疾的烟火里生长；如水的文字，也会氤氲在灵魂深处，开出姹紫嫣红的花香。

男人，要有敢想敢干的勇气、坚韧不拔的毅力和立于不败之地的气魄和胆识。如汪国真的诗里写的："我不去想，是否能够成功，既然选择了远方，便只顾风雨兼程。……我不去想，身后会不会袭来寒风冷雨，既然目标是地平线，留给世界的只能是背影。"

总是心疼，喜欢用文字疗伤的女人，认为她是世界上那个最孤独的灵魂。她用一腔柔情，点燃文字的篝火，为行走在黑夜里的人送去温暖和慰藉。用文字，诉说着世间的悲喜，让一颗多愁善感的心，在文字里温暖地栖息。可以说，文字是她痴恋一生的情人，是她相知相惜永不相负的恋人。在漫漫长夜里，忧伤着她的忧伤,也欢喜着她的欢喜。

男人,可以没有风度,但不可以没有风骨;可以平凡,但不可以平庸;可以没有气场,但不可以没有格局;可以没有小情调,但不可以没有大情怀。

世上没有哪一朵花的芬芳,能比得上女人灵魂深处透出的墨香。而女人的一颗慈爱怜悯之心,在薄凉的世界里,温暖了流年,饮醉了时光。

世间最美的风景莫过于:男人有立世的风骨,女人有似水的柔情……

2021 年 9 月 9 日

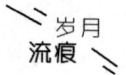

奔向未来

岁月无情,人生有意。日复一日,年复一年,我们都在奔忙。为什么要奔忙?是为了人生的目标和方向!是为了不甘平庸,不甘落后,不甘比别人差!人活一辈子,要活出滋味、活出价值、活出人生无悔!不为谁,不慕谁,只为了一生应有的价值!

也许我们有失落、有抱怨、有责备、有泪水,这些又算得了什么?这都是正常人应有的情绪。关键是不计较、不悲伤、不放弃!你的胸怀有多宽,你的格局才有多大。如此才能更有作为、才会有更广的人脉、才有你生存的空间和广阔的天地!

亲情比友情重要,友情比路人重要,必须铭记在心。兢兢业业干事,老老实实做人,这是我们的立身之本!不嫌贫爱富,不畏强欺弱,不自以为是,低调做人,高调做事,扶贫济困,方能彰显人间大爱!

吃得苦中苦,方为人上人。唯有不断地吃苦,不断地总结,又不断地吃苦,方能将自己提升到更高的层次,才能对社会和家人更有益,才能实现人生的价值,才会真正体会到成就感!

永不停歇对未来和美好生活的追求,不轻易停下我们奔忙的脚步,我们才会有更加美好的未来。让我们共同展望,明天一定更美好!

展望未来,永不停歇。
共同发力,奔向未来!

2022 年 2 月 3 日

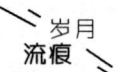

悠悠故乡情

夜深了,我却丝毫没有睡意,个人端着一杯茶,走出阳台,任晚风撩醒自己的思绪,眺望远方的灯火忽隐忽现,大部分的家庭都已进入梦乡,旷野里的虫子也停止了吟唱,唯有我的心却难以平静!

自外出读高中,一晃离家四十多年,几十年的奔波,数十载的打拼,他乡的山也好,他乡的水也甜,但永远没有自己的家乡好!对故土的依恋,这种根的情结已铭刻在我的心里,流淌在我的血液里。在他乡所受的委屈、失落、失败,一踏上故乡的土地都烟消云散了,在他乡所有的躁动、飘浮、不安,一回到家乡心就踏实了。

我深爱着我的家乡,我在他乡再成功再风光,总觉得自己是飘移游走的魂,回到家乡我才是实实在在有血有肉的人。家乡有我的老父老母,有我的骨肉兄弟,有我童年少年的玩伴,有我成长的艰辛和奋斗的足迹,有我无数美好的回忆。在外打拼苦了累了,我就会想到故乡的纯朴和恬静;在他乡享受甘甜琼浆时,我就会想着父母兄妹在家的艰辛和拮据。正是这份依恋故乡的情结,让我远在天涯都想回家,年纪大了总想着叶落归根!

明天又是端午节了,下午我急忙处理完单位的事情,就偕妻、弟、侄儿开车匆匆往老家赶,其实这是我在外地工作几十年的常态。记得我刚参加工作不久,又结婚生女,经济十分困难,一般的节日都没有回老家看望爷爷、父母,盼呀盼等呀等,终于等到春节来临,组织上照顾在外地的工作人员,可以提前一至两天回家过年。回家的前一夜我总是激动得无法入眠。清晨拖着行李背着女儿拉着妻子匆匆赶往车站乘车,工作的地方到老家没有直达车,几经换乘辗转一整天才回到老家。那段年份家运多舛,我总担心家里又出了什么变故,每次在村口下了客车都不敢问碰面的乡亲,屏着呼吸急匆匆地往家赶,正所谓"近乡情更怯,不敢问来人"。在外几十年,每到节假日,无论事多再忙,我都会提前一晚赶回来,争取多陪伴父母一个晚上,依偎在老父老母身边,听他们唠叨,陪父母聊天。今晚回到老家,来不及放下行李,径直走进后院看望老父老母。还没走进父亲的卧室,瘫痪在床的老父亲似乎听到了我回家的脚步声,使劲儿"啊——啊——啊——"地呼唤,我知道他一直在等我回家。拉开门帘,坐在床沿,父亲用青筋突暴的手紧紧地攥着我,泪眼婆娑,我宽慰他要坚强开心,父亲不断地点头。老父虽然不能说话,但我们父子的心永远相通。虽然现在我们已经给了父母较好的物质条件,但他们最缺的是儿女的陪伴。我外出几十年陪伴父母太少了,即使送一座金山银山给他们,也无法弥补我对父母的亏欠!

明天又是端午节了,快六十岁的哥哥为了生计还远在海南打工,不知他是否安好?女儿女婿、侄女明天也将赶回来陪伴老人过节,这让我为后辈的懂事孝顺倍感欣慰。"百善孝为先",让这种传统美德在我们这个家庭里代代相传。年近八旬的老母听说孙女要回来,今天早早地到集市上买了糯米、花生、绿豆、红豆、

> 岁月流痕

五花肉，然后泡米发豆卤肉，她佝偻着身躯，精心地包着粽子，然后用一口大锅烧柴蒸煮粽子，至夜里 12 点多才能煮好。她要用一天一夜的操劳来做好这锅粽子，这不仅仅是端午节的象征，更是我勤劳善良的老母对后辈倾尽心血的爱！此时，我坐在阳台上写这篇文章，似乎看到母亲用专注的神情，不时地探视着蒸锅，粽子浓浓的香味儿随风飘到了我的面前。

　　过节真好！不同的节日是不同情感的寄托，而父母是我永远的根！"父母在，方知来处；父母去，只有归途。"父母健在，怎么尽孝都不为过。我深爱我的父母，也深爱着我的家乡！

2022 年 6 月 2 日

乡音乡情

我的生日

小时候家里穷，兄弟姊妹多，生日那天，爷爷偷偷给我煎了一个荷包蛋放在碗底，并嘱咐我盛满红薯丝饭把蛋盖上，我端着饭碗一溜烟跑出门外坐在石凳上一边大口吃着难以下咽的红薯丝饭，一边用筷子夹一点儿荷包蛋咀嚼，那个香啊无以言表。吃着盈满老祖父深情的荷包蛋，我泪流满面，心里好满足好幸福！长大了读高中远离家门，生日只有自己一个人知道，独自吃着学生食堂粗陋的饭菜，内心勉励自己要"吃得苦中苦，方为人上人"，一定要坚韧不拔，奋发图强，考上大学，冲出农门。三年高中的生日就是在烛灯寒窗书本中度过。考上大学了，读的是师范专业，由国家供养，每个月都定时发放菜票和饭票，伙食算得上较好了。生日这天，几个知心学友便凑点儿饭票菜票到食堂里多打几个菜，还会买两瓶香槟酒在寝室里陪我开心地过生日。在过生日的交往中，我认识了我的妻子，妻子是我的同班同学，温柔贤淑，秀外慧中，孝老爱幼，找到这个好妻子是我大学生涯中最大的收获。大学毕业参加工作了，我在江华一中当上了光荣的人民教师。我用微薄的工资将弟弟带到身边读书，我每个月微薄的工资使我经济拮据，只有厉行节约。在教工食堂两兄弟吃饭只打一份菜，为了咽饭只有抢先在木桶里盛一大碗洗锅汤，用汤勺往桶底搅动能捞到一根骨头一片菜叶都特别金贵。可怜我那正长身体的弟弟，只有靠多吃饭才能充饱肚子。生日这天，我才多打一份菜，算是两兄弟一起打牙祭了，心里感到特别满足。结婚了特别是调到双牌工作以后，我们三口之家享受着天伦之乐，每一个生日都是岳父岳母提鸡带鸭领着亲人给我过生日，饱含着老人对我的关爱，让我感到无比幸福和温暖。下乡当党委书记了，六个生日有五个生日都是在工作中度过，唯有三十六岁的生日，乡里几个干部陪我一起过，一桌饭一杯酒一生情，一辈子都值得珍惜！

2007年，我被调回县直部门担任一把手，这期间的十五个生日我除一个生日在家里备了一桌饭与亲人度过外，我都是躲在村里或者外地偷偷地过生日，生怕造成不好的影响。这其中，我去过长沙，广西的全州、兴安，本市的零陵、冷水滩、东安、宁远等地躲生日，虽然有奔波之苦，但内心无比的踏实和坦然。今年7月中旬自己退二线了，生日与家人简单地过，身上的担子终于卸下来了，远离了世事尘嚣，心情感到从来没有的轻松和惬意！

人生就是这样日复一日、年复一年地过。生日不管是简单过还是隆重过，都要不可避免地过。说真的，越来越不愿意过生日了，因为过一个生日，人就老了一岁。岁月无情，人生苦短，青春易老，事业难成，心里便涌起许多无奈和遗憾。但人的一生不如意的事太多，也要学会自己释放和安慰，重要的是要保持一种平和的心态，唯其如此，才能度过平安健康、幸福美满的一生！

2022年12月5日

父 亲

父亲于 2023 年 1 月 16 日（农历壬寅年腊月廿五）晚 10 时去世，享年七十八岁。

天地呼号、山岳崩裂、河水断流、呜呼哀哉！

一生要强倔强、风风火火、勤劳能干、办事利落的父亲就这么突然走了。他晚年不幸患了脑梗，半瘫了四年，没能躲过去冬变"阳"这一劫，是新冠病毒夺走了他的生命。父亲很不情愿地离开了我们，离开了他的亲人和朋友，离开了他无比眷恋的世界。

父亲去世的前一天，我和弟弟带着妻儿从外地赶回老家陪他过小年，一家子人围坐在一起，他气色很好、露出笑靥，也吃了不少东西。饭后我们兄弟闲聊说："老爸身体还行，活到过春节没问题。等年后暖和了，老人家的血脉流通了，身体会慢慢好起来，还能再活上几年。"第二天（农历腊月廿五）我早早过老屋给他煮早餐，他吃了半碗面条，喝了一杯牛奶。早餐后，他将手伸出来，冲着我喊"啊——啊——啊——"，原来是叫我帮他修指甲。手指甲修完后，他又将脚伸出来，我又帮他修了脚指甲。指甲修完后，他感到很舒服，紧紧抓住我的手边笑边点头。父亲虽然不能说话了，但头脑很清醒，他与我的心灵是相通的，他认可我这个儿子。我知道他依赖我，他离不开我，要我多陪陪他！

岁月流痕

当晚村里一个堂弟请哥哥和我吃晚饭，饭后回来我还问过母亲，打听父亲晚餐吃了什么。母亲说父亲晚餐吃了三个冻蛋、喝了一碗筒子骨汤。然后母亲帮他洗完澡，换了衣裤袜子，父亲便上床躺着了。听到父亲没事，我和哥哥就回新屋里烤火聊天了。几年来照顾父亲，母亲养成了一个习惯，每晚10点她临睡前都要去看看父亲给他倒一次尿。当天晚上母亲打开灯走到父亲床前，看到父亲靠在枕头上闭着眼睛脸色苍白了，就慌忙给我打电话说："小仔，你们快过来，你老子好像不行了！"我放下电话，同哥哥急匆匆赶到父亲床前，我用手指放在父亲鼻孔前，又用手捂在他的胸口上，感到父亲鼻孔没出气了，心脏也不跳了。父亲就这么走了，从面相看他没有经历痛苦的挣扎，走得很安详！父亲突然走了，儿子来不及跟你说几句话，来不及跟你握握手，来不及帮你了却心愿！父亲真的走了，我无法承受这个现实，我紧紧抱着父亲，嘴里禁不住喊道："爸爸！爸爸！……"泪水扑簌簌地往下流，可父亲再也听不到我的呼喊声了，他真的丢下我们走了，他有多少不舍啊！无数次我开玩笑对他说："老爸，你瘫了又说不出话了，死了算了！"他看着我总是微笑着摇头。他真的是不愿意死的呀！他舍不得亲人，他不愿意离开这个世界，他还有好多心愿未了！父亲你走了，从此我就是无爹的崽了！远在他乡工作几十年，有你在，无论天长路远时间多紧我都会赶回老家过年，陪你度过短暂的快乐时光，今后我盼谁、我陪谁?！苍天啊，求您还给我父亲生命，我要与他相伴永远！

父亲，你离开我们一个多月了，你好像还在我的身边。我在无数个夜晚梦见你，眼前浮现出你的音容笑貌和办事风风火火、干净利落的身影，你的教诲永远铭刻在我的心里！

父亲严格。对待子女，父亲严格要求，近于苛责。记得妹妹小时候拿筷子，五个手指握不拢，食指总是竖起，父亲教育她多次仍没改过来。有一天在吃饭时，父亲看见妹妹拿着筷子，食指竖起像指着别人，他生气地用筷子使劲儿地敲了一下妹妹竖起的手指，妹妹的手指被敲肿了，疼得龇牙，从此妹妹就没了这个坏习惯。我八岁时与堂哥去放牛，堂哥的牛吃了生产队的禾苗，生产队队长看见了说要扣家里的工分，堂哥不仅不承认是他的牛吃的还谎报是我的牛吃的，我一气之下同堂哥打了一架，我气力大把堂哥摔在地上狠狠地揍他，不小心把他的头打破了，流了好多血。虽然我是正义的，而且打赢了，但回来后父亲扇了我一耳光，还狠狠地批评了我，并带着我到堂哥家里道歉。父亲说："儿子，谁的牛吃了禾苗总会搞清楚的，你打架是不对的。出手没有轻重，万一弄出大事来，我们负不起责任啊！"从小到大，父亲在尊老爱幼、忠孝礼义、家庭卫生、言行举止、待人处世、学习生活等方面都对我们五兄妹谆谆教诲，严格要求，要我们懂道理，守规矩，老实正派，勤劳节俭，孝敬老人，友爱兄妹，不做违法乱纪的事，这些都让我受益一生。

父亲整洁。父亲一生特别爱干净整洁。家里的东西他总是摆放得整整齐齐，房前屋后家里都扫得一尘不染，连他坐的自行车和摩托车都擦得干干净净。家里的碗筷、炊具、厨柜、灶台，他嘱咐母亲洗了又洗，擦了又擦，看不到一丁点儿灰尘。到田地里做农活儿，他穿的衣服每天都要换洗。不管春夏秋冬，他每晚都要洗澡，不洗澡就睡不着觉。外出走亲访友，他会穿上家里最好的衣服，把胡须刮干净，把头发梳整齐，皮鞋擦得锃亮锃亮，显得特别干练精神。他常说，出门把自己收拾得干净整洁既是对别

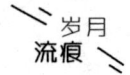

人的尊重，又不会给家人丢面子。

父亲勤劳。父亲的一生是勤劳的一生。我们家自父亲往上三代都是单传。父亲生育了我们五兄妹，作为独子为撑起这个家，总是起早贪黑、披星戴月、走南闯北。在生产队时他拼命挣工分，每年还争取出去搞副业，赚钱改善全家生活，供我们兄妹读书。分田到户后，他更吃苦更会谋划了，与母亲没日没夜地耕田种地，每年秋收后，稻谷、花生、玉米、黄豆堆满屋子堆满仓。他把玉米卖给饲料厂做饲料，把黄豆卖给豆腐厂做豆腐，每年的农产品都能换不少钱。他又把花生榨了油，全家一年的食用油不用愁了，吃不完的就卖了换钱。农闲时，他就外出打工，不论苦活儿累活儿脏活儿，哪样能赚钱就干哪样。父亲节俭持家，懂得每一分钱都来之不易。家里有点儿余钱，他都要备齐生产工具和生活用品。他经常告诫我们："千有万有不如自己有。别人的东西借一次是一次，靠别人只能靠一时，靠不了一辈子。"父亲为了这个家苦了一辈子，但从不抱怨。随着年龄增大了，他从田地里回来，实在累了，就坐在矮凳子上，靠在墙边一口接一口地抽烟。父亲用勤劳的双手，坚强的毅力，一生的心血，撑起了我们这个家，抚育和培养了我们五兄妹，让我们拥有一个温暖幸福的家和对未来执着追求的信念。受父亲的影响，我们兄妹都继承了父亲勤劳节俭的品质，才让我们这个大家庭越来越好，生活过得越来越美。

父亲能干。父亲读了高小，在那个年代也算是有知识有文化的人了。从我懂事起，就知道父亲是生产队的会计，每年对生产队和全体社员的收入和分成核算不差分毫。他从小就跟着祖父在矿山长大，不仅会采矿，而且对锡矿的品质一眼就能分辨出好差。他懂工程会核算，对土石方工程、房屋建筑工程根据项目大小很快就能算出工程量和用料多少，而且还会组织施工。记得2009年、2010年弟弟和我分别回老家建房，我们只拿了图纸和钱款回去，其他所有建房事宜都是父亲一人操心完成的。待春节我们回去，崭新的一栋房子已建好并搬家入住了，我心里那个高兴啊无以言表！吃完晚饭，父亲拿着一个本子向我交账，他将建房开支在本子上记得工工整整、清清楚楚，甚至精准到一元钱。

  父亲好客。他一生节俭，却热情好客。小时候家里穷，他把烘烤的干鱼和省出来的鸡蛋留着，全家舍不得吃，等外公外婆、舅舅舅妈来了，才拿出来煮了待客。外公和舅舅们都爱喝酒，他就用布袋装几斤米叫我和哥哥去大队酒厂换酒，自己在家剥一小碗花生炒香了给外公、舅舅下酒。在那个连饭都吃不饱的年代，父亲是多舍得多大方啊！我和弟弟参加工作后，家里条件慢慢好些了，每年我们拿回去的好烟好酒好茶，他舍不得吃喝，自己还是抽几元钱一包的烟，好烟好酒好茶都留着待客了！他外出办事或走亲访友，兜儿里放着两包烟，好的递给别人抽，差的留给自己抽。每当家里来客人了，他早早就上街买菜，准备得很丰盛，席上还给客人们敬酒敬菜，生怕客人们吃不饱喝不好。做菜时如发现配料没买齐，吃饭时看到烟酒饮料不够，他马上骑上摩托车一溜烟到集市上采购，有时一顿饭都要跑好几趟。他虽然对儿女严苛，但父爱如山。我们每次回家，他都早早准备了饭菜，陪儿孙们开开心心地就餐。每当我们离开时，他都给儿孙准备了礼物，大包小包地装在车上。车子发动后又千叮咛万嘱咐要我们开慢点儿注意安全，回到家打个电话报平安。父亲在瘫痪前，人不胖不瘦，腰背挺直，健步如飞。每年的农产品收获了，茶油或花生油榨出来了，他都要送些给我们尝尝鲜。记得父亲七十三岁了，还

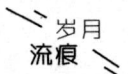

骑着摩托车搭着母亲跑了近二百公里来看望我和弟弟，父亲骑摩托车的样子真潇洒！我慈祥的父亲，今后我再也听不到你的声音了，再也得不到你的关爱了，再也看不到你的身影了！

父亲，我一生挚爱的老父亲，你一路走好！愿你在天堂没有苦难没有烦恼，每一天都过得开心快乐！

2023 年 2 月 18 日

老 屋

　　清明节回乡扫墓，忙了一天，全身沾满了汗水、泥土和杂草，晚饭后急忙把自己冲洗干净，顿觉神清气爽。端上一杯茶走到三楼的阳台上，任晚风亲吻自己的面颊，旷野里青蛙和昆虫弹奏出和弦，乡村里错落有致的灯火映照出朦胧静谧。这就是生我养我的地方，是我远在他乡魂萦梦绕的家乡。

　　这座新房子是我们三兄弟秉承"守住祖业"的父命于前年共同出资建设的，建在老屋的宅基地上。回想起老屋，它就像一个百岁老人步履蹒跚地向我走来，它呵护我们全家，我生命的岁月里有四十三年在它的怀抱里度过，它见证了我的出生、成长、学习和创业。从我懂事起，就看见它很老很旧了，据爷爷说，这座房子在他懂事时就建好了，是一个姓谢的地主修建的。我爷爷七十三岁离世，假如活到现在算来有一百零六岁了，那这座房子至少有一百一十年以上。房子有一间大堂屋和十八个房间，大门前挑出大梁，建有一排走廊，刮风下雨到所有房间都能遮风避雨。这么大座房子用的是砖木结构，走廊上的柱子很大一根，楼椽都是用大树锯成方木，门楼和窗户都有雕花。爷爷还告诉我们，姓谢这个地主特别吃苦耐劳、勤俭节约，不是逢年过节，他们一家人都舍不得吃肉。他年轻时拼命做事，积攒钱后就买田买地，当

岁月流痕

了地主后还和下人一起到田里干活儿，省吃俭用攒钱建了这一大座房子，他不纳妾不抽大烟不赌博不欺压百姓，不做损人利己的事，在我们上五堡十九个瑶寨深受好评，很有威望。1949年全国解放了，共产党要打倒地主，把田地分给农民。他担心挨斗受辱，就投河自尽了。他的子孙们也逃离了家乡，听说有的在广西，有的在印尼，有的在新加坡，子孙们继承了他吃苦耐劳、勤俭持家的好品德，都在国内外干得很好，但我从未见到他们回老家走一走看一看。

新中国成立后，这座地主房子被分配住进了八户贫农。我爷爷是贫雇农，带着我奶奶、父亲和姑姑，分到两间房和四分之一的堂屋。一间堂屋分给了四户人家，四户人家都在堂屋里打着大灶小灶，大灶煮潲喂猪，小灶煮饭做菜。当年大家都烧柴烧草，有的柴草未干，遇上春天或秋天阴雨绵绵，烟子从门窗出不去，四户人家同时生火做饭，整个堂屋里全是浓烟，脸都看不清，只能看见眼白和牙齿，烟子呛得人都喘不过气来。后来我父亲结婚了，我们五兄妹都在这个环境里出生长大。由于人口多了，两间房无法容身，哥哥带着我们五兄妹住在楼上，夏天在楼板上铺上草席，冬天在楼板上垫上厚厚的稻草，年纪小贪睡，我们在这样的环境里也睡得很香。但在楼上睡觉最担心的有三件事：一是上下楼不安全。上下楼没有扶梯，是一架八米多长的爬梯，兄妹年纪小爬上爬下很危险，稍有不慎或踩滑就会摔下来。我上小学要走几里路，每天都要匆忙起早，有几次眼屎粘着睫毛没看清楼梯空格，一脚踏空而摔下来。二是担心晚上梦游。有两次弟弟和妹妹晚上做梦起来懵懂地朝着楼梯口走，好歹我睡眠浅，吵醒后起来急忙把他们拉住，否则出了楼门一脚踏空会出人命。三是老鼠特别多。楼上的方桶里一年四季都贮藏着稻谷、玉米、花生、黄豆、芝麻、红薯等农作物，这些正是老鼠的美食。煤油灯一吹灭，夜深人静后老鼠就开始成群结队出动，"吱吱吱"地呼朋引伴。方桶盖得严实，它们就用尖利的牙齿啃着方桶，啃下一层层木屑，啃出一个洞来钻进方桶去取食，把老鼠养得体大膘肥。有时老鼠为争食打架，会窜到我们的身上，吓得弟弟妹妹惊叫啼哭，让我们整晚都睡不好觉。

　　老屋就像一个佝偻的老人，墙壁的泥土剥落了，屋檐的椽皮也掉落了，大门口的木柱已腐朽倾斜，屋顶的瓦也断了不少。住在老屋里，我最怕冬天和雨天了。冬天寒风呼啸，从门缝墙缝窗户吹进来，让衣着单薄的家人有一种刮骨的冷，晚上一家老小蜷缩在火坛边相拥着取暖。因堂屋很高，又没有装楼板，寒风在空旷的屋子里游荡，钻进人的衣服里，再烤火都感到冷。老屋年久失修，下雨天雨水滴在楼板上发出"咚咚"的响声，又从楼板渗透滴落地上，发出"滴答滴答"的响声，堂屋和房间里的地面上滴出大小不一深浅不一的雨坑，凹凸不平，千疮百孔。遇到刮风落雨下雪的天气，我总担心老屋禁不住摧残，会轰然倒塌，把八户几十口人埋葬。但老屋无比坚强，在风雨飘摇中抗争到2014年冬天的一个深夜，在一场雨雪中轰然倒塌，变成了一堆废墟。它经历了百年风雨，已完成了它的使命。房子倒塌的前五年，勤劳致富的这八户人家都已搬进了新房，侥幸地躲过了一劫。第二天我们老屋里出生的这代人自觉地汇聚在老屋前，久久地伫立，脸上写满了庄严和肃穆，从心里虔诚地为老屋祭奠！

　　我在老屋里出生成长，考上大学，走上社会。这里有我点着煤油灯伏在吃饭的小方桌上埋头苦读的身影，有爷爷清晨煮潲在

岁月流痕

灶里煨熟红薯塞进我口袋里的温暖，有祖孙三代含辛茹苦、同甘共苦的坚强，有父母为了生存起早贪黑挣工分匆忙的脚步，有童伴窜这家走那户捉迷藏打纸炮的欢乐，有八户邻居相互帮助和睦相处的温馨，有春水初涨带着弟妹打鱼采茶挖笋的勤劳，有跟着叔伯兄长奔走数十里看电影唱山歌的激情，有坐在老屋石凳上缠着大人讲故事、躺在晒谷坪上数星星的好奇，有一家八口围坐三餐团聚过年的等待；也有吃菜咽糠红薯玉米当餐三月不知肉味的饥饿，有寒冬腊月穿着单薄衣服在寒风中瑟瑟发抖的痛苦，有父亲为躲债逃避责任负气出走的无奈，有爷爷抱着被水淹死的小孙女尸体的浑浊泪水和抽泣，有母亲因无钱过年的哽咽和叹息，有家庭遭难后别人的侮辱和指责，有爷爷父亲妹妹等亲人突然离世的伤痛……所有的辛酸和泪水都已镌刻在我的内心深处，怎能忘怀?! 一颦一笑，一悲一喜，都烙印在我的脑海里，怎能忘记?!

老屋是一部历史，记下了我全家的悲欢离合、兴衰成败；老屋是一座熔炉，磨炼了我的意志，催生了我的希望；老屋是一个港湾，为我们遮风挡雨、抵御风寒；老屋是一本厚厚的书，使我读懂了风雨沧桑、人间冷暖。

我思念老屋，有老屋的地方才是我的快乐老家！

2023 年 4 月 5 日

田　埂

　　我的家乡在南方农区，一望无际的稻田少的有几千亩，多的达上万亩。站在高处眺望田野，田埂就像散开了一张巨网，网住了一大片一大片延绵的稻田。每年清明节后，稻田都被翻耕整理好了，并灌满了水浸田，田埂不规则地把稻田分割成大大小小的块状，在阳光照射下像一面面镜子。一座座村庄也分布在广阔的田野里，从家门口出发，面前就是状如网络的田埂，不用思量要选择哪个方向哪条道，沿着田埂往前走你不会迷失在偌大的田野里；沿着田埂往回走，不管离家多远，你都能走回来。

　　在老家，天气暖和了，全村老老少少到田里干活儿都打着赤脚走路。晴天，泥土晒干了，田埂的泥土里夹有一些小砂石，踩着有点儿硌脚；小雨天，泥土湿润了，软绵绵的，走在田埂上就像踩在厚厚的鞋垫上，感觉很舒服；遇到大雨天，泥土都喝饱了水，往田埂上行走，稀泥从脚趾缝里挤出来，滑滑的，发出"吱吱"的声音。在农村乡亲们的双脚每年约有半年时间与泥土如此亲近，他们的脚什么病都没有，既没灰指甲，又没脚气病，只有厚厚的脚皮。久住城里的人们，为了形象和风度，每天都穿着鞋袜，许多人都有灰指甲和脚气病，经常痒得乱搓乱抠。由此看来，亲近自然，常接地气，是多好的事！

岁月流痕

沿着田埂，就能走到村外、山外和更远的地方。跟着田埂，我什么时候都能走回自己的家。乡村的田埂就像一张网，撒得再开、再远，哪怕像高高飞扬的风筝，放飞的线也总是紧紧地攥在自己手心里。

老家的田埂上，一年四季都有不同的风景。春风拂暖，家家户户都在清理田埂的杂草，将田里的稀泥挖出来糊在田埂靠田的侧面上，防止插秧后漏水渗水；田埂上，大家牵着牛扛着犁耙，忙着翻耕稻田；插田时节，田埂上摆满了粪箕和秧苗。夏天正是早稻田间管理的时候，人们挑着肥料，背着杀虫机，在田埂上奔波忙碌。时不待人，不误农时，抢收早稻，抢插晚稻，"双抢"是南方农区最忙的时节。人们在田野里割稻打稻清理稻草犁田耙田插秧挥汗如雨，田埂上挑着稻谷和秧苗的人群川流不息，一派热火朝天的场面。秋天晚稻收割后，勤劳的乡亲们一排排荷锄走在田埂上，忙着翻田整地，种上蔬菜、草籽，既不荒田，又能蔬菜自给，增加绿肥，土壤保墒。冬天寒风凛冽，滴水成冰。田野里白茫茫一片，一个个草垛像一座座岗哨守护着田园。田埂上、旷野里行人稀少了，冰雪覆盖的田野成了我们儿时快乐的天地。我们在草垛边立起一张网，网下撒些稻谷，远远地埋伏着，一根捆着网子支柱的长长的线紧紧地攥在手里。看见鸟群"叽叽喳喳"地扑下来，落地急忙啄食时，我们就迅速用力拉线，网"嘭"的一下罩下来，有时一网就能捕到几十只鸟。小时候缺油水经常饿得慌，冰天雪地里我和哥哥到田埂边巡察，特别是靠山边和坡高一点儿的田埂，只要发现田埂侧面有光滑的洞，里面就会有老鼠。我和哥哥削好竹片，傍晚就在老鼠洞前用竹片立成一个三角支架，在其中一片削利的竹片上插上红薯，随后在三角支架上轻轻放上一块平平的石板。晚上，饥饿的老鼠出洞找食，嘴一啃红薯，支架摇动，石板"叭"的一声砸下来，就把老鼠砸死压在石板下面。第二天清晨，我和哥哥豪情满怀地到田野里收取胜利果实，只要老鼠洞前石板砸下去的下面都有一个老鼠，经过石板一个晚上的重压老鼠都被压得扁扁的。收取时，翻开石板一个，翻开石板又是一个，那种高兴劲儿和成就感比捡到狗头金还开心。每天我们都能打到几十只或上百只老鼠，拿回家用开水烫后开膛剖肚取出内脏，清洗干净挂在灶膛上烘着，吃时用姜蒜米酒剁辣椒文火炒香，再放点儿水焖软，佐以少许酱油味精调味出锅，那种味道堪称山珍海味。这种美食家里还舍不得吃，经常留着待客。冬天虽然寒冷，冰雪的世界，却是孩时我们的乐园，冬天的田埂也成为我和哥哥谋生的地方。

记忆最深的还有祖父走在田埂上的身影。记得祖父七十多岁了，依然每天早早起来，抿过两口醇厚的米酒，便习惯性地系好他的烟袋烟斗，扛着一把锄头，慢慢地走上田埂。没有人知道他要去哪里，要去干什么，反正村里的人都知道祖父硬板的身影几乎总是全村每天第一个出现在田埂上的。他无视家人的担心与规劝，不管风和日丽，还是刮风下雨，他一辈子总是那么固执地走在田埂上，似乎只凭一顶破斗笠和一袭棕蓑衣，烈日与风雨都阻挡不了他的脚步。于是，一个苍老的身影就那么凝重地定格在乡村的版图上。

年轻时我沿着田埂走出乡村、走向社会、走进城市，年长了我又沿着田埂远离尘嚣、回归自然、走回田园。这也许就是人生的缩影吧！

2023 年 4 月 17 日

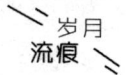

漫步田野

妻子到市里带外孙去了,我一个人在家,伙食也不好安排,常常煮一餐吃一天。今天窝在家里看了一整天书,觉得两眼昏花、腰酸背痛。晚餐把剩菜剩饭吃了,出去走走,松动松动筋骨。

这时夜幕降下来了,大部分人都已散步返回,不管男女老少,大部分都成双成对或三五成群散步,有说有笑,享受傍晚的快乐时光,脸上溢出开心和惬意。

只有我一个人往田野里走!

天黑了,田野中的水泥路呈灰白色,四周村庄里昏黄的灯光朦胧而恬淡,回望城市辉煌的灯火,像浓妆艳抹骚动的少妇。在远远的淡淡的灯光映照下,让我还能看清脚下的路。我喜欢夜里一个人在这无比静谧的环境里漫步,无需向熟人打招呼,不必给过往的人让路,没有城市的喧嚣和嘈杂,觉得这片天地就是我一人的。

我个人散步,不必与别人比步伐的快慢,我想走就走想停就停,想快就快想慢就慢,可以什么都想什么都不想,让自己变得彻底自由和散淡。走出汗了可以把衣服脱掉光着膀子,还可以哼着小调或吼几声,偌大的田野里谁也不会在乎。我喜欢每天夜里个人在田野里散步的轻松时光。

个人在田野里散步,你更能体会到大自然的生机勃勃。晚风吹着稻浪的声音,沟渠里的潺潺流水声,池塘里鱼儿跳出水面"啪啪"的声音,青蛙"呱呱"的叫声,虫儿的"唧唧"声,甚至还能听到花开的声音,还有自己脚步的"唰唰"声,这些声音形成了动人的交响曲,让你心情陶醉,悠然自得,不再寂寞!

　　这时已褪去了白天的燥热,田野里的晚风凉习习的,吹在脸上身上舒服极了,坐在田埂上吸上一支烟也是一种美美的享受。这时夜空中飘来了淅淅沥沥的小雨,打在我的光膀子上顿生一阵阵凉意。好久好久没有这种感受了,我淋着小雨从田野里往回走,让雨淋湿我的全身,让雨洗涤我的灵魂,洗尽我满身的污垢。人赤条条地来,也赤条条地去。其间在尘世中的这段旅程,总会染上一些不干净的东西,能藏污纳垢是胸怀和格局,但我们更要有清洁自我的勇气和能力,方能平安顺利地度过一生。

　　岁月静好,要开心健康地走下去!

　　晚风习习,将我送回幸福的港湾!

2023 年 7 月 18 日

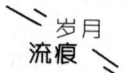

小 萃

  小萃是我的高中同学,她是高三从外校来插班的,我俩仅做同学一年。初来时看到她身材苗条,瓜子脸细眉毛双眼皮大眼睛,扎着两条粗黑油亮的辫子,活脱脱一个古典美女。成熟得早的男同学都两眼直勾勾地看着她,她有时脸上飞上红晕,大部分时间总是低着头,从不左瞟右看,静静地坐在座位上像一尊雕像。相处久了,知道她不是一个活泼好动的女孩儿。课堂上她从不交头接耳开小差;上体育课时她不怎么爱运动;课间休息时她不会与同学们聚着聊天,不像一些女生尖着嗓子说话,一惊一乍地让人厌烦;上劳动课时她啥活儿都抢着默默地干。总觉得她过早地成熟了,成熟得像一个大姐姐!

  我那时是班长,家庭出身十分贫寒,除代班主任安排和管理班级事务外,就是心无旁骛铆足干劲儿读书,考上大学,冲出农门,改变命运,很少与女同学交往。班上有几个吃国家粮、父母拿工资、家庭条件好的男同学都已找女同学谈恋爱了,作为班长我是知道的,但我没有向学校"告状",因学校纪律严格,如果学生谈恋爱被学校知道了是会被开除的。只要他们能按时上课,不影响同学学习,我也不会向学校举报,毁了他们的名誉和前途。至于他们能不能考上大学是他们自己的事情。高三一年的时光里,小萃没跟我说过一句话,在校园里或进出教室碰见了,她便对我露出浅浅的笑意,虽没说话,但我的心里还是暖洋洋的。

进入高三,因为学习紧张,时间过得特别快。为了鞭策学生珍惜时间,刻苦学习,奋力冲刺。班主任老师在教室黑板的左上角划了一个四方框框,里面用红色粉笔写上离高考还有多少天,每过一天由我更改日期。这种红色提醒,就像老师用一个巨大的打气筒给全班同学打气,同学们都憋着气使劲儿往前冲。有不午休的,有挑灯夜战的,有不休星期天和节假日的,有夜以继日通宵达旦的,有因病坚持不下火线的,有累了在课桌上打个盹儿揉揉眼睛又苦读的等等,这一幅幅感人的画面足以催人泪下、感天动地!当时经济落后,学生伙食很差,高强度的学习使大家油头满面,个个长毛嘴尖面黄肌瘦,像一个个鸦片烟鬼。我们这一代人为了考上大学、冲出农门,改变命运,真是不要命地读书!

朋友,我有必要向你交代一下,我们那个年代,不是所有的高中生都能参加高考。高中毕业考试又叫高考预考,成绩达到县里高考预选分数才有资格参加高考。其实,绝大部分应届毕业生都考不上预考,没有资格参加高考,十年寒窗苦读,连高考都看不到。三年高中,即将毕业,各奔东西。毕业考试前大家都买来毕业纪念册,相互留言纪念。一天晚自习,小萃走到我面前将她的毕业纪念册递给我,要我给她留言。我感到既意外又惊喜,假装矜持礼貌地把纪念册留下,对她说:"晚自习后我写好送给你。"晚自习后,大部分同学都到寝室休息了,只有三分之一的同学还挑灯夜战。我趁着这份安静,略加构思,模仿柳永的《雨霖铃》在小萃的纪念册上填了一首词,署上我的名字,然后将纪念册送还给她。想不到几天后,我这首词不胫而走,在同学中广为传诵。

词中华丽的辞藻、空灵的意境、哀婉的格调和难舍的离情跃然纸上，隐喻我们同学之情难舍难分。但也听到一些传言，说我给小萃写这么忧伤哀婉多情的词，一定是我这个穷小子爱上了小萃。眼看很快就要毕业考试了，我把这些传言束之高阁、抛到脑后，全心全意备考。高三一年时间过得飞快，眨眼就高三毕业考试了。分数出来后，我们班五十六名同学只有九名通过预考，其中七名应届生、两名复习生，我有幸成为七名应届生之一。毕业考试后没考上预考的同学们领到高中毕业证后都已离校各奔前程了，只有我们九名同学继续备战四十天参加高考。学校和老师对我们寄予厚望，老师对我们进行重点辅导，似乎要把全国的出题信息、历次高考的成功经验和他们的毕生学识都传授给我们。正是学校和老师的无私奉献和艰辛付出，才让我们在这次高考中取得了好成绩，我们九名同学都考上了大学或大专，实现了大学梦。记得当年我从一中参加完高考返回学校正在寝室打包行李时，班主任老师把我叫到他家里，他从书桌的抽屉里，取出了七封没开封的信交给我。老师对我说："高考在即，紧张备考，怕你分散精力，就先将你的信扣下了。现在你高考完了，把信还给你，你好好看吧，别怪老师！"我先是诧异，然后一股暖流涌上心头，湿润了我的双眼。多好的老师啊！为了学生的前途，默默奉献严师慈父般的爱！我从老师手里接过信件揣在怀里，告别老师踏上了回家的路。

　　路上我一直在揣摩这些信是谁写给我的。回到家，在家人和邻居"考得怎样？考起了吗？"的询问中我闷声不响吃完晚饭，就把自己关在窄窄的房间里，拿出信件看到信封上的字迹十分娟秀，我猜测这是女性写的字。我小心翼翼地拆开信件，七封信都是小萃写给我的，每一封信都嘱咐我专心学习，注意身体，好好发挥，金榜题名。信中虽然没写一个爱字，但内容却溢出满满的爱！爱虽然是我憧憬的，但此时我不敢去爱，前途未卜，不知将来身处何方，我只有把这份爱藏在心灵的最深处。高考后这个夏天是最难熬的一个夏天，心总是悬起的，忍受着焦急等待和繁重劳动的双重煎熬。父亲在外躲债，哥哥身陷囹圄，家里九亩稻田都靠母亲、我、妹妹和年迈的爷爷耕种，没日没夜地干了二十多天终于在立秋前完成了抢收抢插。记得立秋这天上午，秋阳灼灼，我从仓里挑出堆放的稻谷在晒谷坪上翻晒，快11点了，妹妹跑到屋后的晒谷坪叫我，远远就听到妹妹高声喊道："哥——哥哥——有同学来看你了！"我放下推耙，边往回走边问妹妹："是什么同学？"妹妹逗笑说："是三个女的！"我脑袋蒙了，怎么也不相信会有女同学来看我！当我从后门走进堂屋，看到小萃带着两个妹妹站着向我微笑，她们都穿着灰白衬衣、深色长裤、黑色皮鞋，显得特别庄重而充满仪式感。这身穿戴展示出她们成熟少女的线条，宛如三只白天鹅骄傲地站立在我面前，我一时竟手足无措，喉咙哽咽，说不出话来。一会儿，我才缓过神来，拿来几张凳子，招呼她们坐下。左邻右舍听说有几个漂亮的女同学来看我，一窝蜂地围到我家堂屋里一睹芳容。生怕客人害羞，妹妹说笑着礼貌地劝走了邻居。坐了一会儿，我带着她们到屋后的梨园散步，摘了些梨尝鲜。两个妹妹像树上的麻雀叽叽喳喳，说我们这个地方真好，又宽又平，稻田一望无际，稻谷堆成小山，遍地都是禾苗、玉米、红薯和黄豆。回到屋里，小萃的两个妹妹像孙悟空戴上西洋镜一样，瞅着我家住的这破旧的地主房子，所有窗户都没有玻璃，冬天扯一张薄膜用图钉钉上遮挡寒风；几户人家在堂屋里打上大灶

岁月流痕

小灶烧柴烧草煮饭煮潲；屋后用泥砖砌了一个猪圈和厕所，苍蝇蚊子乱飞，用茅草盖上的屋顶长满了青苔和杂草；堂屋因长期没翻修常年漏雨，地面被雨水滴成大小深浅不一的坑，担心她们穿着皮鞋走在高低不平的地面上会不小心扭伤了脚。房内除了一张用两条长凳搭几块木板铺上稻草的床外，家徒四壁。她的两个妹妹"啧啧啧"地叹息，说我的家真穷，夸这种家庭还能送我读书实属不易！小萃只是细细地看慢慢地品，她一句话也没说。为了招待来自远方的客人，爷爷把家里仅剩下的一只老母鸡杀了，炖了一锅黄澄澄的鸡汤，再煎了几个荷包蛋，煮了一锅蔬菜，就这么简单地招待了小萃三姊妹。饭后，我妹妹带着小萃的两个妹妹到她的房间里聊天，小萃拉着我的衣摆一同走进我的房间，低着头轻声告诉我：她在一个与广东交界的小山村里当民办教师。她虽然低着头，但我感觉到她眼里盈满了委屈的泪水。我俩站在房间里静静地沉默了几分钟，随后她抬起头往我房间里环视了一遍，发现我将洗净晒干的毯子扔在床上，她便弯下腰慢慢地细心地帮我铺好，又将皱巴巴的蚊帐扯平压在毯子下面，我禁不住走近她的身后，似乎闻到了她少女的体香。她忙完后立起身子转过身来，看到我在她跟前，她的脸唰地红了，双手不知往哪儿放，嘴唇嚅动，像有什么话要说。但她很快恢复了平静，牵了一下我的手，说："尽早听到你的好消息！"随后，就叫上两个妹妹和我们告别了，我把她们送到大路边等车，直到将她们送上车看到车子远远离去，我才失魂落魄地返回！

那个暑假，我焦急地从夏天等到秋天，终于在8月下旬等到了大学录取通知书，拿着录取通知书我的眼泪扑簌簌地往下流，全家老少都陪着我落泪。因为我是全村第一个大学生，村支书听到消息后便带着村组干部到我家里来道贺,为体现重视,村里还出钱请公社电影队来村里放了一晚上电影,电影放映前村支书对着扩音器话筒发表了热情洋溢精彩纷呈的讲话,倡导尊师重教,表扬我奋发有为,希望我早日学成归来,报效生我养我的地方。我由衷感谢我的父老乡亲,我至今为没能回报桑梓造福家乡而羞愧无比!收到录取通知书后,我给小萃写了封信告诉她我考上大学的消息,但却迟迟没收到她的回信。离开学只有三天了,我和妹妹用板车拖了三百斤稻谷交到粮站办了农转非户口,我就成为吃国家粮的大学生了。第二天就要开学报到了,头一天我必须走了,当时家里穷,连一个板箱或皮箱都没给我置办,我就用一个大纸箱装上衣服和书本,用塑料薄膜包上被子,肩扛手提将行李搬到公路边等车,母亲给我送行,攥着我的手说:"儿啊,你一定要好好读书,不要犯错误;老婆要娶吃国家粮的,不然当半边户太拖累了!"上车后,母亲的话在我耳边久久回响,我不知道我的未来会是怎样,但我知道我这次是真正地离开农村了,离开生我养我的地方了,离开我辛勤耕耘的这片土地了!虽然内心有万分的不舍,但为了理想我还是选择了离开,选择了远方!

  大学生活是轻松愉快、丰富多彩的,除集中上课外,既可以组织兴趣小组,又可以在图书馆博览群书,还可以参加各种文体活动,只要不把女同学肚子弄大也默许谈恋爱。我在大学里也当班长,因家庭出身苦,比大部分同学显得老成持重,课间学的知识不够,课外就到图书馆读书,常常读得脸耳通红全身发热。第一个学期我和小萃互通了两封信:一封信是过问她的工作和生活;一封信是请她帮忙买一本《现代汉语词典》。后来我在她的回信中得知她为了帮我买词典,从她教书的小山村辗转乘车大半天才到

岁月流痕

县新华书店买到，邮寄给我后，又辗转大半天深夜才赶回教书的小山村。我收到这本沉甸甸的词典，心里充满感激，知道这本词典来之不易的过程，倾注了小萃对我的爱。我发誓要加倍努力，用优异的成绩来报答她。

眨眼之间大一第一学期就结束了，寒假我回到了久别的家。全家老少欢欢喜喜地过了年。这年的正月雨水多，路上拜年的行人变少了。天气十分寒冷，家里人都关上门围坐在堂屋里烤火。一天中午时分突然听到门外噼里啪啦的鞭炮声，母亲第一个起身打开大门，听到三个女孩齐声叫着阿姨，母亲笑呵呵地把她们迎进门，我定睛一看原来是小萃三姊妹来给我们拜年了。看着她们风尘仆仆，头脸被冻得通红的样子，我不知说什么好，心里顿时充满爱怜。连忙招呼她们坐下烤火，妹妹马上递上三杯热茶，捧出粿子点心。爷爷急忙披挂上阵，不久就做好一桌热腾腾的饭菜，将点心撤了将饭菜摆上桌，桌下放着火盆，边烤火边吃饭，热气腾腾，全身暖和和的。大家边吃边聊，而小萃只顾细嚼慢咽，看到大家有说有笑，不时点点头搭搭讪。当天她们在我家里住了一个晚上，第二天早饭后就坐班车返回了。大二的第一个学期刚开学不久，我就接到小萃的来信，她说她要结婚了，丈夫是她乡里中心校的老师。她嘱咐我要好好学习，争取以优异成绩毕业，还祝愿我找到称心如意的另一半。这突兀的消息让我不敢相信是真的，心里涌上一阵酸楚。我半天才缓过神来，从纸箱里翻找出我长跑比赛获得的奖品——一对枕巾枕套，跑到邮局寄给小萃，算是我送给她的结婚礼品，表达我的一份心意。

大学三年很快过去了，遵照母亲和小萃的嘱咐，我以优异成绩从大学毕业，并收获了爱情，我与同班一位女同学确定了恋爱关系。由于是定向分配，我又驮着书本和行李回到了县里。在等待分配的两个月时间里，我寄住在已参加工作的一个高中同学家里。我经过激情澎湃的三年大学生活，现在又回来了，由于我读的是师范专业，不会被分到乡镇中学教书吧！为了使自己的工作单位分得好一点儿，我初生牛犊不怕虎，到处托人找关系打招呼，争取分到一个好一点儿的单位。求人比登天还难！由于心情郁闷，有天晚上同学聚会我喝了很多酒，回到同学家里，突然想起小萃来了，不知道她近来可好？生的宝宝有多大了？过得幸福吗？这样左思右想，弄得彻夜无眠。第二天，我找上在县粮站工作的一个最知心的高中同学一起去看看小萃。我们清早先乘船后坐车再转车，行程四个多小时，终于找到她居住的一个叫回龙寨的小山村。远远地看见村寨建在山边，像守卫在山边的一排排钢铁卫士。我们在公路边下车，走过一段荆棘丛生的小路，蹚过一条浅浅的清冽的小河，再爬上一百多级麻石砌成的台阶，一座写着苍劲黑色隶书"回龙寨"三字的高耸寨门扑入眼帘。这座门楼高大威严，楼顶飞檐斗拱，气势不凡，想来这个与广东交界的寨子一定出过达官显贵。我带着几分崇敬走进门楼，映入眼帘的房屋错落有致，青砖碧瓦飞檐，鹅卵石嵌着的石板路弯弯曲曲地伸向村庄的每个角落。我俩边走边问，终于在村庄的东北角找到了小萃的家。当时是"双抢"时节，她家里的青壮劳力都去打禾插田了，只看见她婆婆抱着孩子在灶边添柴煮潲。我们进到屋里，叫声"阿姨"，介绍我俩的身份并说明来意，阿姨说小萃在插田，她来不及给我们倒茶，就抱着孙子一路小跑出了村外，到田里把小萃叫回来了。也许是感到突然，或者是想见我们的心情迫切，小萃来不及仔细清洗衣袖和裤腿的泥巴，就趿着拖鞋跑回来，脸上红扑扑的，看着我面带微笑小声地说："你来了！"在她与另一个同学打招呼时，我趁机打量了一下小萃，因汗水湿透了她薄纱般的衬衣，初为人母肿胀的双乳更为坚挺，皮肤白皙红润，眼里透出明亮柔情的光芒，两根浓黑的辫子油光水亮，全身散发出恬静质朴丰腴的少妇韵味。看着她这个样子，我悬着的心终于放下了。这时，她丈夫也火急火燎地赶回来，一边招呼邻居兄弟帮他到乡里打酒买肉，一边自己操动锅碗瓢盆下厨，不到一个小时，一桌饭菜就新鲜出炉。主人和邻居兄弟陪我们左一杯右一杯，开怀畅饮，小萃要奶孩子，用饮料陪我们喝了两杯，席间荡漾着酒气菜香和开心祝福的话语，直到酒足饭饱。这天我不知喝了多少酒，但没醉，头脑清醒，口齿清晰，四肢有力。饭后饮完三杯茶，我们感谢主人盛情款待，双方互道珍重，告别小萃一家老小。小萃抱着儿子将我们送到门楼外，我们示意她回去，她还站在那里。我们走下台阶，蹚过小河，穿过布满荆棘的小路来到公路边等车，回头远远望去，小萃抱着儿子仍然站在门楼外眺望着我们，我挥手示意她回去，她却仍然站在那里。约二十分钟后班车来了，我们上车后车子开动了，我站起来推开车窗将手伸出去再次向她挥手告别，并大声催她快回去，但她仍然一动不动站在那里，直到她消失在我的视线里。"多想在此久留，可挡不住行程脚步；盼望还有相见的时候，让我们紧紧相守。"此次分别，我不知道什么时候才能相见，也许错过，就是一生。想到这些，我的泪水扑簌簌地滚落下来！

冥冥之中，是上天注定。从那次分别后我们就再没见过面。我在本县工作三年半，因为婚姻原因，调到外县工作，一晃三十三年。漂泊在外，举目无亲，他乡创业，倍感艰辛。为了生存，为了活出人模狗样，我没日没夜拼命工作，竟把同学真情搁置一边！前两年才打听到小萃民办教师转正后评了职称并已退休，工资待遇很好，丈夫当了多年校长，工资待遇也很好。最值得欣慰的是她培养出两个优秀儿子，现都在一线大城市工作，两个儿子都已结婚生子。小萃现已儿孙满堂，退休后帮着带孙子孙女，过上了大城市的生活。每天含饴弄孙，其乐融融。小萃是个好人，她应该得到好报，她应该过得幸福！

随着年龄增大，思念之情愈切，同学情谊弥坚。回首那份纯真的感情，回望那段走过的路，几许失落，几许忧伤，几许怀念！美丽的小萃！心中的小萃！

2023 年 8 月 14 日

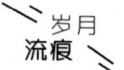

乡 恋

　　一个人最不能忘记的是最初哺育自己的那一块土地。无论你走得多远，无论你身处哪里，家乡永远是心底最眷恋的归宿。对于在他乡落脚、打拼发展的人们，家乡就是母亲温暖的怀抱，就是无比温馨的港湾，就是魂萦梦绕的地方。

　　自读高中开始，屈指一算，我离开家乡已四十二年。即使在高中、大学的寒暑假，我也在外地打工，靠自己的双手挣学杂费和生活费，很少待在家乡。如今回到家乡，四十岁以下的乡亲们大多不认识我，我也很少认识他们了，碰上面也只有微微一笑打个招呼，真有"少小离家老大回，乡音无改鬓毛衰。儿童相见不相识，笑问客从何处来"的悲怆和喟叹。然而，家乡始终铭刻在我心里，乡情早已流淌在我的血液里。岁月无情，人生易老。随着年龄增大，思乡愈切。

　　20 世纪 80 年代中期，我大学毕业被分配在本县工作，三年半后因家庭原因被迫调到外地工作，没有背景、没有依靠、没有经验，只能一步一步摸爬滚打、蹒跚前行。打拼的酸甜苦辣，只有自己知道。许多年来，有过高光时刻，也有过黯淡时分；有过成功的欢乐喜悦，也有过挫折的困顿迷茫。每次取得一点儿成功，获得一些掌声，赢得一片赞誉，总是与汗水、泪水相伴。但我始终感觉有一根线牵着自己,我仿佛是天上飘荡的风筝,一头是我,另一头是家乡。他乡创业艰,想着家乡的厚望,亲人的期盼,再苦再累再难,我都咬紧牙关坚持。我时常告诫自己,不能放弃,不可懈怠。

家有回头山,游子盼归乡。随着年岁的增长,阅历的增加,心目中的家乡变得愈发清晰和透亮,我愈来愈看重它的意义和分量。退居二线后,回家乡参加各种活动便也多了起来。亲戚的、同学的、同道的、乡邻的……一张张曾经青春靓丽的面容,都已被岁月磨蚀变成一脸皱纹、满头白发;一幅幅已经泛黄的老照片,都让我惊叹岁月的残酷,叹逝水流年。聊起分别这些年的话题,我的内心总是升腾起无限的感慨。在外工作几十年来,每一次归乡前夜我都夜不能寐,泪水打湿两腮。"为什么我的眼里常含泪水?因为我对这土地爱得深沉……"快退休了,我与妻子商量支持哥哥在家乡老宅基地建一栋房子,就是想老了还乡,回归自然,颐养天年。

归乡的心愿自古以来都是相似的,归乡的情形却不尽相同。春节的归乡,是挚爱亲情的呼唤;旅行者的归乡,是平平安安的欢愉;成功者的归乡,是衣锦还乡的喜悦;逃难者的归乡,是历经劫难的幸运;落魄者的归乡,是难以言说的酸楚;退休人的归乡,则是风轻云淡的坦然。但是,无论哪种归乡的情形总是奔着共同的目的而去的,如同倦鸟归巢一般。家乡的亲人们曾动情地对我说:你的归乡,是落叶归根的自然,是轮船远航后回归母港,是游子返回来时的路啊!闻听此言,我不禁潸然泪下!

我们这一代人大多来自农村,出身贫寒,靠读书冲出农门,改变命运。我参加工作的前二十年,忙家庭、忙工作、忙事业,加之工资低、收入少、经济拮据，每年除春节外，很少回家乡探望。父母也很理解我，连家乡亲友的红白喜事也不告诉我，为我的经济考虑，让我安心工作。这些年虽然闯了大码头，看了大世界，但永远没有回到家乡感到亲切和踏实！

记挂家乡，是心心念念家乡的一草一木、家乡散发出的泥土气息以及家乡日新月异的变化；记挂家乡，是因为那里有勤劳慈祥的老父母、有一起成长的兄弟姐妹、有朝夕相处的邻居、有一起耍泥巴捉迷藏的玩伴、有小学和中学的同学；记挂家乡，总想为家乡做点儿事，哪怕是牵线搭桥、出谋划策也好。每每听到家乡的变化和进步，自己总是发自内心的欢呼；传来亲朋好友取得成就的音讯，自己总是致以诚挚的祝福。

百年为客老，一念爱乡深。他乡遇故知，是人生三大幸事之一。千里寻故地，月是故乡明。亲不亲故乡人，美不美家乡水。这些流传千古的名言佳话诠释了游子对家乡的依恋。人的本土性以及对家乡的依恋，是一种十分奇特的情感。在外打拼，偶遇一个老乡；在旅途上，或闻一句乡音；在单位，听说有一个乡党，内心涌动的情感复杂而微妙。从许多将军县、院士县、产业集聚区、商协会等等，都能看到家乡人互相搀扶、相互支持的魅力，乡情是无法回避又自然涌动的磁场，是无处不在的情感升华！

每一个人的身上都会打上自己家乡的烙印。走出国门，所有华夏儿女都会引为家乡人；在国内，你会以一省一市一县一乡一村为家乡人，故而能找到许多共同的话题。维系他们的，正是浓烈的乡音、浓厚的乡情和浓郁的乡愁。家乡难忘，更难忘家乡的味道。有许多人说，三岁定口味。几十年来，我走遍大江南北，尝尽海味山珍，但还是家乡的食物最让我留念，家乡的味道最难忘记。我始终怀念家乡的瑶山腊肉、水煮糍粑、荷叶粉蒸肉、瑶家十八酿……

多年在外漂泊，每当听到"归来吧、归来哟""谁不说咱家乡好"的歌声，我总是情不自禁、泪流满面。如今即将退休，卸下了工作担子，终于可以收拾行囊回乡了。回到自己的衣胞之地，回到追求理想的起锚地，自己有一种困兽出笼、鸟儿归林的感觉，是无比的自在、惬意和欢喜。不计得失，不念过往；珍惜现在，安度余生。朝迎旭日，暮送晚霞。听鸟叫蝉鸣，嗅泥土芳香。邻里走访闲聊，读书品茶种花。侍奉老父母，友善众弟兄；其乐融融，此生足矣！

2023 年 9 月 8 日

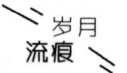

人间最美是清秋

窗外还是骄阳似火,暑气还没散去,不经意间秋天来了。

我喜欢秋天,不只因为它秋高气爽、风轻云淡,更喜欢它不惊不扰、给人传递丝丝凉意,还喜欢它稻浪金黄、硕果压枝的丰收景象。要读懂秋天,就必须读懂秋天的品格和内涵。

秋意一天天浓了,天气也一天天凉爽起来。浅黄的秋叶落了一片又一片。有风的日子,落叶随风起舞,像彩蝶追逐,搔首弄姿;无风的日子,秋叶片片飘落铺满地面,任人踩任车碾,有好心人把它们收起,放在寂静的一角。

想着秋叶在春夏时节,它们使尽力气为人间奉献绿影婆娑,秋天它们力尽衰竭便扑向大地化作泥土涵养生命。

绿叶是生命的代名词。有了绿色,生命便有希望。山绿了,水绿了,世界才充满生机。

一叶知秋,树叶由绿变黄,便是最好的注释。无须多言,无须证明,所有的一切不言而喻。

于是我们的心中要留下的不仅仅是盛夏的繁华,还须留下秋天的清冷和肃杀。正如丰子恺说的:"不乱于心,不困于情,不畏将来,不念过往。"如此,于薄凉的世界深情地活着,藏一份冷暖,多一份喜欢,便是懂得。

此时，我想问：你心里的秋天是什么？是不是城市里、院落里、村庄里和旷野里层层叠叠堆积的淡黄的韵脚？是不是秋高气爽、云淡风轻、千山秋韵和层林尽染的风景？是不是"抬头望鸿雁，低头盼佳音"的思念？是不是田野里金黄的稻穗随风摇摆点头、请求颗粒归仓的倾诉？是不是河水由大变小、由急变缓、由宽变窄、由深变浅的深情吟唱？

　　我曾无数次站在大树下，感受生命的律动。夏天，人们站在大树下，受浓荫的庇护，微风吹来，凉意阵阵，那是绿叶为我们撑起了遮阳伞；秋天树叶黄了，片片飘落，扑向大地，叶落归根，向大地倾诉一生的爱恋。它们尽管有多么不舍，不愿离开养育它们一生的大树，但秋风残酷，四季轮回，只有泪眼婆娑地离开大树，融入泥土，化作明年春天的一叶新芽。

　　绿叶的生命不是终结，而是新的开始！

　　人的一生也不过如此，人到中年也进入了人生的秋天。应该阅尽沧桑，淡泊处世，不急不躁，不温不火。要学会善待自己、善待工作、善待他人。懂得断舍离，才能获得真正的快乐。没有谁的生活一直完美，但无论什么时候，我们都要把握方向，满怀希望，默默努力，创造更加美好的生活！

2023 年 10 月 25 日

岁月流痕

过 年

　　现在过年感觉没有啥年味儿了，因为大家生活都好了，鸡鸭鱼肉成了生活日常，过年也不外乎吃这些东西，对过年也没有了解馋的期盼。人们每天都穿着款式新颖干净整洁的衣服，不像小时候到过年才能穿上新衣服，那种穿上新衣服走亲访友的喜悦心情已荡然无存。现在的年轻人普遍存在"断亲"现象，他们过年都是窝在家里，玩玩手机、打打麻将、睡睡懒觉、看看电视，都不想出去走亲拜年了。在他们心目中，只要自己过得安逸舒心，有没有亲戚已无所谓。身处这繁华竞争的时代，家庭单元越来越小，人口流动越来越大，许多年轻人为了创业奔走东西，甚至过年也不能回家，像几十年前四世同堂、祖孙三代几十口或十几口人一起团圆过年的家庭越来越少，也就缺少了原来过年的热闹气氛。久居城市，看惯了繁华，却少了许多人间烟火。过年跟国庆、中秋一样，街上挂挂灯笼，高楼大厦亮亮彩灯就算点缀了节日气氛；不准燃放烟花炮仗，除夕守岁，迎接新年，一家人只是围坐在电视机前看看春晚，节目不好看就各自回房睡觉，静悄悄地迎接新年的到来。年过得索然无味，冷冷清清！

　　城市哪有农村的年味儿浓，回想小时候在农村过年的味道，我总是盼望着回农村老家过年。每年快到年底了，我都会请两天假携妇将雏提前回老家过年，在外地工作三十六年从未间断。我的老家在江华上五堡瑶寨，我们瑶族过年别有一番情趣。过年似乎是从冬至就开始忙了，冬至过后条件好的家庭就杀猪烘腊肉了，没猪杀的家庭也会去市场买肉烘。我们老家有句俗语叫"冬至腊肉喷喷香"，意思是冬至后烘的腊肉才烘得透，烘透的腊肉才会香。烘腊肉也有讲究，腌制三五天的猪肉用热水清洗后，挂在灶膛上，除煮饭煮菜煮潲烧柴草烟熏外，还要收集油茶壳、花生壳、甘蔗渣堆在柴火上烟熏，这样烘出来的腊肉瘦肉呈枣红色、肥肉晶莹剔透亮晶晶的，香气扑鼻。烘过的腊肉洗后不管是蒸出来或用青红椒蒜苗炒出来，肉不柴，色泽鲜亮，满口生香。腊月二十四全家老少出动搞卫生，洗灶台扫炉灰，将楼顶墙面房前屋后打扫得干干净净过小年。腊月二十五至二十七家家户户做粑粑粿子，做粑粑粿子既是力气活儿又是技术活儿。小时候农村里都穷没钱买糖食果品，过年了都是用自家种出来的糯米做零食，我家里每年过年都要做一百多斤糯米的粑粑粿子。头天晚上用温水把糯米浸好，第二天清晨把米淘洗干净沥干水分，放在石臼里舂米粉，上百斤米要舂成米粉需要两个精壮劳力舂一整天，双脚反复踩踏起沉重的石锤在石臼里将糯米捣成粉，再用细细的筛子过筛，筛出来的粉子才能用。过筛后粗的米粉再放到石臼里舂，反反复复直到所有的米粒都舂成可做粑粑粿子的细粉。当年我们生产队二十七户人家只有两副石臼，每年这几天都忙不停，各家各户排着队轮流夜以继日地舂米粉，石锤石臼撞击的"咚咚"声回荡在乡村的旷野里，直到20世纪90年代有了电动磨粉机，才结束了用臼舂米粉的历史，这种苦力活儿现在回想起来我的膝盖、小腿和腰胯都是痛的。

　　做粑粑粿子也不是一件容易的事，先将几十斤米粉倒进一个大簸箕里，再用木刮子将米粉稍微刮平，在米粉堆上划一个"米"字，取出八分之一的米粉，用温水揉成团再分捏成一个个拳头大小的坨儿。用一口大锅融糖水，在我们老家都是到广西沙田买的黄砂糖，糖融化到能扯丝了将粉坨儿放进糖水中煮透再用锅铲将粉坨儿划烂成小坨坨儿，这时的糖水糯米粑粑又软又甜又弹。又香又糯又甜的糖水粑每年只做一次，我们兄弟姐妹馋得不行，总是哭闹着要父亲盛一碗给我们兄妹尝尝。糖水粑粑熬好后，将簸箕里的粉堆扒一个坑，再将糖水粑粑倒进粉堆里，趁热抓紧揸揉。揉粉团需要技巧，要从下面外面捧着干粉子一层层地把糖水粑粑笼住，双手用力抓捏，否则手会被烫伤。几十斤米粉要揉捏成团，即使寒冷的冬天一个壮汉也会气喘吁吁大汗淋漓。粉团要揉得不干不湿，做的时候才不开裂不粘手。粉团揉好后，全家人齐上阵，有的捏坨坨儿，有的擀粉皮，有的切坯子，有的上芝麻，有的用粉坨儿捏成鸡、鸭等动物形状，炸香了哄小孩子开心。粿子又分成大粿子和小粿子两种。大粿子就是盘龙粿，将粉坨儿搓成长条，然后盘成约两个手掌长宽的粿子，拍上芝麻，炸熟后用作正月里到亲戚家拜年的礼品；小粿子即短粿子，将粉坨儿擀薄了，用刀切成手指大小长短的坯，拍上芝麻，炸熟后用作过年在家招待客人的零食。粑粑粿子做好后，就起油锅炸，一百斤米粉做成的粑粑粿子要炸半天，耗油三十余斤，可装满两大箩筐。爷爷有两个专门存放粿子的大瓮，炸好的粿子放了一夜冷却后，他就把粿子放在瓮里，瓮装满后再用牛皮纸封口盖好，来年春天气温回升吹南风也不会回潮，粿子还会保持又香又脆。正月里亲戚来拜年了，就从瓮里抓一碗粿子出来，帮每人倒上一杯酽茶，边喝茶边嚼粿子边聊天，算是那时农村正月来客接待的标配。

　　腊月二十八、二十九家家户户磨豆腐。发好的豆子用石磨磨浆，用纱布过浆，用大锅煮浆，家家户户房前屋后都摆放着压豆腐的木箱子，整个村里都回荡着推磨子摇豆浆"吱吱呀呀"的声音，飘荡着豆浆的清香。豆腐下箱后，放在缸里或桶里用清水漂着，有的做米豆腐（将豆腐压干水捏烂拌糯米、盐、五香粉，再做成丸子过油炸成金黄，再蒸熟食用，又香又糯），有的做油炸豆腐，有的做家常豆腐，有的做麻婆豆腐，有的做五花肉焖豆腐，有的做酿豆腐，有的做白豆腐丸（将豆腐压干水捏烂拌鸡血、鸭血、剁碎的鸡鸭内脏、胡椒粉、盐、鸡精，使劲儿搅拌后再做成丸子，用茶油将两面煎成金黄，再用猪脚、鸡汤炖煮食用，鲜嫩香甜多汁、回味无穷）。过年豆腐成了主打菜，家家户户都要磨二至三锅豆腐。米豆腐丸和白豆腐丸是我们上五堡瑶寨的特色，有除夕夜没吃上豆腐丸不算过年的说法。

　　大年三十这一天主要工作就是准备年夜饭。有的家庭在腊月二十九下午或三十清晨还要杀一头猪，目的是留下新鲜猪肉做米粉肉、肉丸子、扣肉（我们老家又叫它为跑锅肉、走油菜）、新鲜猪脚煲汤炖豆腐丸，大部分没猪杀的家庭也会去市场买新鲜猪肉回来做。老家的年夜饭有赶早吃的习俗，吃得早喻示着家庭搞得好。大年三十这天不吃中饭，大人、小孩儿实在饿得受不了了可以吃点儿粑粑粿子充饥。早饭后，大人们就开始忙着做菜了，年轻人贴对联、挂灯笼，中午过后当家人带上年轻人提着公鸡带上祭品到祖宗坟上宰杀公鸡，用鸡血浇在纸钱上，摆上祭品，点燃纸钱、香烛、鞭炮，请祖宗回家一起过年。祭祀回来后，下午3至4点钟，年夜饭已准备得差不多了，菜陆续上席，神龛上摆上酒肉水果等祭品，烧过香纸、蜡烛，并向先祖磕头后，席上分长幼尊卑依次落座，年轻人在屋外点燃鞭炮和花炮，全家老少就正式开席吃年夜饭了。席上少的向长的、卑的向尊的敬酒劝菜，互道祝福，其乐融融。年夜饭结束后，全家老少围炉畅谈，讲讲今年的收获，聊聊明年的想法，大人分别向老人和小孩儿发压岁钱，整座屋子里弥漫着浓浓的亲情。三十晚上每个人都必须冲凉洗澡，喻示洗掉一年的疲劳和尘埃，干干净净、轻轻松松地迎接新年的到来。大年三十要守岁，全家老少有的打牌打麻将，有的看春晚，有的吃水果聊天，全家老少团聚在一起。晚上10点多钟后，老人、小孩儿熬不住困了，就先回房休息。因年夜饭吃得早，当家人和年轻人都饿了，就热几个菜，烧上火锅吃夜宵，边吃边喝边聊，不觉快到零点，慌忙起身拿出鞭炮、花炮到屋外燃放，迎接新年的到来。这时，方圆数十里都是"噼噼啪啪""吁——吁吁——叭——叭叭——"的声音，鞭炮炸响声、花炮冲天呼啸声、花炮空中炸响声响彻云霄，花炮晶莹璀璨五彩斑斓照亮天际，燃放鞭炮、花炮的声音此起彼伏一直响彻到大年初一的八九点钟。

　　大年初一，家家户户都会到井里去挑一担水，我们叫"新年水"，喝了会一年健健康康、无病无痛，洗东西会除百病、祛百毒。当天不得扫地倒垃圾，意为大年初一财源不外流。初一这天在村里拜年，全村的人每家每户都要走到，互相拜年，互道祝福。村里的年轻人还会舞龙耍狮到各家各户拜年，到家里来了都要备好茶水、糖食、果品，走时要给一个红包，放一挂鞭炮。大年初二就开始到村外走亲拜年了，马路上、小径上、田野里、村子里、院落里都是提着礼物、穿着新衣、成群结队、谈笑风生的人群，我也融入这熙熙攘攘的拜年大军里……

  我总是盼望着回家过年，因为在老家过年有浓浓的年味儿。家乡的年味儿装满了我记忆的背篓。

2024 年 2 月 28 日

爷 爷

1992年寒冬的一个下午，我接到妹夫发来的一封电报，上面写着："爷爷已逝，速归！"我怎么也不相信，没有病症的爷爷竟突然走了。我和在煤厂打工的哥哥租了一台车急匆匆在路上奔波了三个多小时才赶回老家。这时夜幕降临，踏过门槛走进堂屋，看见爷爷的尸体凄冷地躺在用两张条凳摆放的门板上，我和哥哥趋跪在爷爷身边抱着爷爷号啕大哭。父母外出打工不在家，当时没有手机也无法联系得上。我和哥哥帮爷爷刮了胡须剪了头发穿好寿衣将爷爷入柩。后来问邻居方知，爷爷吃了中饭后就睡午觉了，这一睡就没有醒来。大家都说爷爷一辈子都做好事，在生的时候积了德，老天爷才让他无病无痛地走了。爷爷突然离去，没有一个人给他送终，连他自己唯一的儿子也不在场。我和哥哥代父行孝把爷爷安葬了，祝爷爷在天堂幸福快乐、保佑全家。爷爷是七十三岁去世的，一晃已过去三十二年了。岁月冲洗不掉我对爷爷的思念，随着时间的推移，爷爷在我脑海里的印象越来越深，思念之情也与日俱增。

在我的内心深处，爷爷是农村的"百事通"，没有什么事是他不会干的。爷爷出生很苦，出生三天就被从另外一个村抱过来过继给我没结婚的太爷爷做儿子。太爷爷是独苗，因病去世得早，爷爷十多岁就成了孤儿，只有给地主做长工养活自己。新中国成立后，国家在我们家乡办了一个代号叫"729"的矿山，据说是为造原子弹生产铀矿的，爷爷根正苗红年轻力壮被选进矿山当工人，在矿上娶了我奶奶生了我爸爸和姑姑。姑姑十一岁因病夭折，只剩下我父亲这根独苗。我父亲以上三代单传，人丁不旺，家族势力弱，后来我们全家在村里没少被别人打骂欺负！爷爷带着奶奶、爸爸在矿上过了十多年安稳日子，20世纪60年代全国过苦日子，国家对厂矿企业职工大裁员，动员企业职工回到家乡建设农村，爷爷、奶奶坚决响应党的号召，自愿买断了身份回到了农村，分到原地主家的一间卧房和四分之一堂屋。爷爷带着奶奶、爸爸除在生产队出工外，还辛勤地耕作我家的自留地，养鸡养鸭喂猪，生活过得还不错。父亲在这座地主房子里结了婚，我们兄妹五人在这座百年老屋里出生长大读书走上社会。爷爷勤劳吃苦、能干善良、慈祥坚忍、热情大度的高尚品质，影响了我的一生！

爷爷勤劳吃苦。父亲结婚后，母亲生了哥哥和我，一家人其乐融融没过上三年，在我还没满周岁时，我的奶奶因患肝癌去世。当时爷爷只有四十七岁，正当盛年。后来爸爸、妈妈又陆续生了一个弟弟和两个妹妹，全家八口人生活相当清苦。为了这个大家庭，爷爷一直没有续弦。他是顶梁柱，用勤劳支撑起这个家；他是男保姆，用爱心抚育我们成长。他既做男人的事又做女人的事，除完成高强度的农业生产劳动外，洗衣浆裳、缝缝补补、做饭做菜、做粑做粿，煮潲养猪、喂鸡打狗、种菜浇肥、洗碗刷锅、洒扫庭除等等，都是爷爷做的。每天他起得最早睡得最晚，他高大的身影像陀螺一样在屋里屋外忙碌，累得不行了，就坐在凳子上抽一袋烟歇歇，他从不抱怨责备，我对爷爷无比的崇敬！小时候，

岁月流痕

农村的生产生活燃料都是烧柴草，村子四周的山上都割得光秃秃的，砍柴要到十多公里外的大山里。有一次，我和哥哥陪爷爷到山里砍柴，刚砍了不到一捆，爷爷的胃病犯了，痛得他大汗直冒、脸色发青。他不得不停下来，卷了一只旱烟吸上，用柴刀把子顶着胃。过了约二十分钟，胃痛好点儿了，爷爷忍着痛继续砍柴。柴砍够了，他捆好插上扦担，咬着牙硬是将一担重达一百五十多斤的柴火挑回家。一路上，他嘴里虽然"哎哟哎哟"地哼着，但没有撂下挑子，步伐是那样地坚实有力，我在后面小跑着才能跟上爷爷的脚步。爷爷忍着胃痛挑一担一百五十多斤的柴火步行十多里山路，这需要多强的吃苦精神和多大的毅力啊！

爷爷能干善良。爷爷虽然没有读书，一个字也不认识。但他勤奋好学，什么东西一学就会，是农村远近闻名的能干人。在村里他既是厨师，又是木工；既是草药医师，又是砌工；既会酿酒做豆腐，又会做各种粑粑粿子。爷爷虽然五大三粗，却心灵手巧。正是爷爷身上有这么多才艺，他成为我们镇里最受欢迎的人。村里或邻村办红白喜事都要请他去做酒席，犁耙、风车、锄头等农具坏了都要找他去修理，过年有的家里不会酿酒做豆腐都要请他去帮忙，哪户人家盖新房都少不了请他去砌墙上梁，特别是有的人生了疖子、毒疮等无名肿毒或被生锈的钉子戳穿脚了，他只用三服草药就能治愈。一般第一包草药是止痛消肿，第二包草药是吸出肉里的脓血或毒锈，第三包草药是收口发痒生肉，让人不出一周就好了。爷爷从山里帮人采来草药不是用锤子锤碎或用碾子碾碎，而是放进自己的嘴里嚼碎，再配上他自制的药粉敷在伤口上。我曾好奇地问过爷爷，草药为什么不锤不碾，而用嘴嚼，他说用嘴嚼出来的草药粘了人的唾液有灵气疗效更好。遗憾的是爷爷的草药方子没有传给我们，这成了一大损失！一年里来自七村八寨不知有多少人来找爷爷，他都不厌其烦，热心为患者服务，却分文不取。他用内心恪守的善良书写了人间大爱！

爷爷慈祥坚忍。在跟随爷爷成长的日子里，爷爷既是我们的老师和榜样，又是我们的温暖和支柱。爷爷的衣服补丁摞补丁，但每年他省吃俭用都会给我们兄弟姊妹买新衣服新鞋子，不让我们冷着冻着。小时候家里穷，床上没有垫褥，晚稻收割后，爷爷就用稻草织垫子，冬天床上垫着稻草垫子暖和和的。爷爷带着我和哥哥睡一张床，他晚上不知起来多少次，为我们卷好盖好被子，生怕我们兄弟着凉。我在公社中学读初中，上学要走近十里路。每天清晨我起床洗漱后背上书包，爷爷早已坐在大灶前煮粥了，他把我叫到跟前，从火红的灶膛里拨出几个煨熟的红薯，嘱咐我趁热吃两个当早餐，又拿起两个吹吹拍拍草灰塞进我的书包里，嘱咐我中午在学校当午餐吃。爷爷满脸的慈祥和爱怜，让我感到无比温暖和幸福。我们这些吃红薯长大的孩子，对每一丁点儿来之不易的幸福生活都特别珍惜。那个年代日子虽然清苦，但爷爷用他勤劳而灵巧的双手，把家庭的苦日子过成了一幅图。一年春夏秋冬，他四季翻新做菜，让我们变换口味，虽然没有大鱼大肉，但口味很好的素菜也让我们吃得特别开心。记得爷爷把扁豆或四季豆切成丝和辣椒丝炒，特别入味儿好吃；他把黄豆发胀了再用文火炒香，铲到碗里备用，再打几个鸡蛋调散倒入锅里烫成像纸一样薄的蛋饼，再将蛋饼卷起切成丝，然后起锅放油将黄豆、蛋丝、青红椒丝一起翻炒，再放少许清水焖一会儿出锅，这道菜香辣可口，是下酒咽饭的佳肴。爷爷最拿手的是煮狗肉，村里哪户人杀了狗，都请他去掌勺儿。爷爷将整条狗的肉和内脏放进一口

岁月流痕

大锅里用茶油爆炒,炒至狗肉变焦黄,再放大料、生姜、大蒜、干辣椒用水焖,汤汁变少后出锅前放点儿糖调味,这时满院飘香,一大盆狗肉不一会儿就被吃得精光。爷爷再苦再累从不抱怨,从不当着我们的面生气,我们有时做错了事,他从不打骂我们,只是把我们叫到跟前轻言细语地指出我们的错误,要求我们必须改正。20世纪改革开放初期,爸爸借了相邻三个村老板的钱做蚊帐竹子生意全亏了,被迫外出躲债十多年未归。母亲也经常出去找父亲而不在家里。爷爷既是祖父,又当爹当妈,带着我们五兄妹在责任田里插秧打禾,在自留地里种菜播豆,在猪栏鸡圈里养猪养鸡养鸭,没钱了就到集市上卖点儿米、卖点儿糠、卖两只鸡鸭换钱买点儿日常用品。爷爷每次到集上卖了东西,除买生产生活用品外,都要买点儿水果零食回来给孙子孙女。我和哥哥年龄大些都懂事了,看着爷爷省下钱买的水果零食都舍不得吃,留下来给弟弟妹妹们解馋。哥哥和妹妹因家里穷都辍学了,爷爷每年卖头猪供我和弟弟读书。爷爷很会持家,他虽然不通文墨,但每年收入多少支出多少,每天日子怎么过,他都拿捏得清清楚楚、明明白白。他勤劳能干节俭不仅还清了父亲欠下的债,还送我和弟弟读书,我考上了大学,弟弟也高中毕业。他忍受着常人无法忍受的苦和累,却无私地给孙子孙女们带来温暖、幸福和欢乐,像一头老牛为了家庭辛勤耕耘,像一根蜡烛为儿孙燃烧自己,不抱怨不指责,默默忍受,相信上苍的安排,努力与命运抗争,带领孙子孙女们吃苦耐劳、顽强拼搏,坚信总有一天会熬出头,过上好日子。爷爷去世时,我已大学毕业参加工作五年了,每个月我都会寄钱给爷爷,叫他别再辛苦了。但爷爷勤劳惯了,去世前还在地里种菜浇肥。他为了这个家付出了全部心血,却没享过一天福。我还来不及报答爷爷的恩情，他就突然离我们而去了，这成了我终生的遗憾！

爷爷热情大度。记得小时候，外公外婆或舅舅舅娘来了，家里再穷，爷爷都会炒几个蛋，炸一碗花生米，有时还煮一碗小鱼小虾，叫哥哥和我到大队酒厂打一瓶酒，倾其所有招待亲戚。每当邻村有人到家里来，碰上吃饭时间，他都热情挽留吃一顿饭。逢年过节家里做了粑粑粿子，他都叫我送些给邻居品尝。特别是过节杀了鸡或宰了鸭炖了肉，煮熟了还没出锅，他先打大半碗叫我送给生产队的孤老太太。小时候我们家里人手少，经常受人欺负，甚至哥哥和我经常被打得鼻青脸肿，爷爷总是忍让，从不与别人争吵，从不记别人的仇。他对我们几个孙子讲："现在受欺负，是为了长记性，等你们长大出息了，就没有人敢欺负我们了！"我们总是记住爷爷的话，暗中使劲儿，发奋图强，终于实现了爷爷的愿望。现在我们全家在村里活得有尊严了，爷爷却离我们而去了，有多少心愿未了，有多少恩情未报，愿爷爷在天堂保佑我们全家，永远平安幸福！

爷爷在我心目中比父亲地位更重要，影响更大。他是我的精神领袖，教育我为人处世，影响我一生一世。我爱卫生、会做菜、能吃苦、善待人、敢担当、重亲情和顾大局的品质都是从爷爷身上学来的，爷爷身上还有很多优秀的东西够我品悟一生。我会将这些优秀品质传承下去，不断发扬光大。愿爷爷在天堂永远开心快乐！

2024 年 3 月 12 日

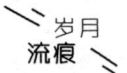

难忘粽子香

这么多年走南闯北,吃过各地的粽子,但都没有母亲包的粽子香,味道也没有家乡的粽子醇厚。

我们江华瑶山不像汉族地区,为纪念屈原投江明志每年端午节才包粽子,我们瑶族地区只要过节都会包粽子做粑粑,以端午、七月半、中秋三个节日最为集中。包的粽子分为甜粽和咸粽两种。甜粽其实糯米里没有放糖,用稻草、黄荆枝条烧成灰,火熄灭冷却后将柴草灰盛进一个大木桶里,倒进清凉的井水将柴草灰泡一晚,再用细纱布将草木灰水过滤后用桶装上,倒入糯米浸一个晚上,糯米在含碱的灰水里浸泡一晚变成金黄金黄的,然后用粑粑叶将泡好的糯米包成枕头状,粽子煮熟后,剥掉粑粑叶,粽子黄灿灿地散发出稻草的清香,吃时用纱线绞成一片片放在碗碟里,再醮上融好的黄糖水吃,咬一口香甜软糯、满口生津。包一根甜粽子要三至四斤米,绞一根甜粽子可供一家人食用。做咸粽子就不用灰水浸米了,米用井水浸泡一晚,捞出沥干水后拌盐、花生、红豆、绿豆、五香粉,包一根约要半斤米,蒸熟后人手拿一根,剥开粑粑叶即食,咬一口慢慢咀嚼、口感丰富、唇齿留香。我从小不喜欢吃糖,因此不喜欢吃甜粽子,但没有用灰水泡过的糯米不经留,留久了粽子就会变馊,因此咸粽子每次都包得少。我总是霸着吃咸粽子，不准哥哥和弟弟妹妹吃。记得我小时候有一次家里做了粽子，母亲要送点儿给外公外婆尝尝，她在竹篮里放了两根甜粽、四根咸粽并已走出村口，我知道后哭着追赶上母亲硬是从母亲提着的竹篮里抢下两根咸粽子带回家里。这件事邻里街坊笑了我好多年，说我耍赖皮，喜欢吃咸粽子，真不要脸！

从到外地读高中，我大部分时间都不在家乡了，大学毕业被分配到外地工作，我彻底地离开生我养我的故土了。不管我走到哪里，家乡的味道，妈妈的香粽，总令我魂牵梦绕。他乡创业，倍感艰辛。公务繁忙，每年只有中秋和春节才能回去。母亲知道我爱吃咸粽子，听说我回去的头天就做好了，我回去刚放下行李，母亲就用小簸箕捧出粽子送到我面前说："小仔，这是你最喜欢吃的咸粽子，你多吃几个！"我禁不住诱惑，一口气会吃两到三个。有些人吃多了糯米不消化，我却生了一个吃糯米的胃，饱餐一顿粽子也很快能消化。母亲年复一年都在无微不至地关心爱护我们，做粽子从年轻做到老，如今八十多岁高龄了，还在念着我，想着我爱这一口。现在生活好起来了，母亲做粽子更讲究更精致了。今年清明节我回老家扫墓，她又要做粽子给我吃，我对母亲说："老娘，您年纪大了，做粽子太麻烦太累，不做了；想吃，我就到市场买点儿。"母亲回答说："市场买的不好吃，我还能动。只要动得，你每次回来老娘都做给你吃。"面对慈祥的母亲，我的泪水在眼眶里打转，不知道说什么才好。当天晚饭后母亲浸了糯米，接着炒了一大碗花生，去了花生皮，再将花生米放进一个铁钵里捣碎用碗装上，然后浸泡绿豆、红豆和粑粑叶。第二天早上她将糯米捞出沥水后，又拖着蹒跚的脚步到市场买回五花肉卤熟，再切成约一寸厚五寸长的肉片，用一个大碗装上。料备齐后，她将花生碎、

岁月流痕

绿豆、红豆、盐、五香粉放进泡好沥干水的糯米里拌匀。然后，靠墙放一张小木凳，边上放着拌合好的糯米、卤肉和粑粑叶。母亲靠墙坐在矮凳子上，用手铺开粑粑叶，用碗舀一碗糯米（约半斤），再用筷子夹一片卤肉放在糯米里，然后小心翼翼地用粑粑叶包裹好，用稻草用力捆紧。包好的粽子像一个个小枕头，大小一致，十分规整漂亮。包粽子必须要捆紧实，否则煮粽子时糯米会外泄，不仅营养流失，还影响口感。看到母亲包粽子，一坐就是两三个小时，她虽佝偻着身体，神情却十分专注，让我感到母爱的温暖和伟大。

粽子包好后就放进大锅里煮，母亲又守在灶膛前喂柴，还不时站起来掀开锅盖看锅里的水干了没有，水干了还要往锅里续水。持续煮六个多小时，直到将粑粑叶煮得蔫透出油了，粽子才算煮好。捞出煮熟的粽子趁热吃，咬一口，那个香啊，无以言表。

美食来之不易，母亲辛勤操劳，一口美食要辛苦母亲一天一晚。想念家乡，那里有生我养我的母亲；故土难离，那里有魂萦梦绕妈妈的味道。每次吃着或想着粽子的醇香，我就想着母爱的无私和伟大。吟得一首小诗，聊寄我对母亲和故乡的思念：

>瑶家粽子香，母爱情义长。
>三更浸糯米，五更配料忙。
>清晨来包粽，半天背腰酸。
>稻草捆粑叶，母子心相连。
>拳拳游子心，遥遥归无期。
>有母方有根，思乡泪满襟。

2024 年 4 月 10 日

人生感悟

岁月流痕

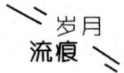

走出人生的误区

亮着红灯的交通亭很快就会变成绿色,而人生的路上亮起了红灯却很难逾越。

不同的人都有不同的人生喟叹!

当你辛苦劳碌做完一件工作,却得不到上司肯定的时候;当你全身心投入一项工作,却被领导安排这安排那而分身乏术的时候;当一年扎实工作,年终评优评先总沾不到你边的时候;当看到比你能力弱、业绩差、资历浅的人都被提拔了的时候;当你满腔热血,奋力施展才华抱负,而领导却不信任你,不给你发挥的平台,甚至还处处束缚你手脚的时候;当你全身心放在工作上,对家庭关心太少,妻子儿女误解你的时候;当你入不敷出,身无分文,而又处处需要钱的时候;当你心无旁骛扑在工作上,却被人冷嘲热讽,处处拆台的时候,等等。此时你是如何思考和对待呢?弱者,肯定会丧失信心、自暴自弃、愤然离去,有的甚至受不了打击而一蹶不振,或自寻短见;但强者却能坚定信念,冷静分析,总结经验,实现跨越。正如郑板桥《竹石》所云:"咬定青山不放松,立根原在破岩中。千磨万击还坚劲,任尔东西南北风。"只要心无杂念,笃定前行,就终会有所收获!

世人都羡慕天堂的美好,但天堂的门却永远不会敞开,所以我们也看不到人世间那些坏人都会下地狱。其实好人和坏人只在一念之间，只在关键的一个决定和处理关键的一件事情。因此，在对待人和事及所有的不公平和委屈上，最重要的是平和的心态、向前看的勇气和一往无前的执着，有了这种态度，所有的崇山峻岭都会变成一马平川，所有的急风暴雨都会变成风平浪静，所有的急流险滩都会变成闲庭信步！

有了这种心态，你就能忍受一次又一次严峻的考验，用自己的血汗换来沉甸甸的收获。埋怨没有用，诅咒更是愚蠢。"江山代有才人出，各领风骚数百年。"谁都不可能永远是社会的主角，只要你锲而不舍、顽强拼搏，就能创造辉煌，展示出人生的风采！

1994 年 1 月 10 日

兴教与建庙

近年来，我因公出差到过全国不少地方，发现了两种比较普遍而又令人奇怪的现象，彼此之间虽然没有什么必然联系，却让人产生联想。即经济繁荣、生活富裕的地方对教育是相当重视的，至少从表面上看，其学校很像样子。到这些富裕的县里、乡里或村里去看，最豪华气派的建筑之一当属学校。如果到了那些经济落后、贫穷愚昧的地方去看，最像样子的建筑常常是庙宇。而学校则是最简陋和破旧的，这两种具有强烈反差的现象见得多了，不能不令人深思。

有那么一个不算富裕的县，近几年修建的庙宇多达百余座，几乎村村有庙，有的村还不止一座，什么关帝庙、土地庙、观音庙……庙名繁多，有的村甚至把庙宇建在小学校园内，每逢"黄道吉日"，进香拜佛者络绎不绝地拥进校园，严重影响了学校的正常秩序和教学工作。据有些地方估算，近几年修建庙宇所花费的资金，远远超出建设学校的资金。在这些地方，庙宇修建好了，可农民的住房还依然破旧，生活还是那般贫穷，学校仍然那么简陋。曾听朋友讲到某贫困县的一个小乡村，学校破旧不堪，教师的工资还拖欠着，却盖起了雕梁画栋颇为气派的大庙，其实修庙的钱大多是村领导"动员"农民"捐献"的，村领导逢人便不无得意地说："这是我这一生干得最得意的一件事情。"听了这话，令人悲哀。哀其不以为耻，反以为荣。

如果把修庙的钱放在办教育上，那将起到多大作用啊！说到此，我想到东莞市清溪镇的党委书记殷顺喜。清溪是东莞的一颗明珠，改革开放以来发生了翻天覆地的变化，生活富裕了，也曾有人提出，应建几座庙宇，殷顺喜说："清溪的腾飞不是靠神仙皇帝泥菩萨，而是上靠党的改革开放好政策，下靠我们的勤劳致富一双手。为了给小镇插上腾飞的翅膀，让小镇经济发展更有后劲儿，不能修建庙宇，而应大办教育，国富民强，教育为本。"因此，他们几年来先后投资几千万元为镇中学盖起了新的教学科研大楼，使其成为全镇最好的建筑，还购买了电脑和各种教学仪器。还计划用五年时间，把全镇二十一家小学全面翻修改造，改善学校环境。镇里决定不断接续加大投入，改善全镇中小学的办学条件。为了办教育，殷顺喜还带头向学校捐款。他说："盖好清溪中学这座教学楼是我干得比较得意的一件事。当年我是从这所学校毕业的，但由于'文革'，我没能上大学。但我要让更多的清溪子弟从这里毕业后走进大学的学堂。"这铿锵的话语，这美好的憧憬，体现了一个乡镇党委书记的为民情怀。

办教育和建庙宇本是风马牛不相及的两件事，但将其放到一起来看，从不同的人们对其不同的态度，便可折射出人们不同的观念、不同的表现、不同的做法及文明与愚昧、可敬与可悲……要建设有中国特色的社会主义，靠建庙宇非但不行，还有可能误大事。因此，努力办好教育，多培养造就一大批跨世纪的人才，才是当务之急。

1994 年 9 月 10 日

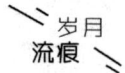

夜　读

　　夜深人静，我一个人伏案读着散文，心被一篇篇意境深远的文章所陶醉，思绪也走入文章的意境里，真正达到了物我两忘。读散文需要一种心境，更需要安静的环境，尤其适合在夜深人静时静心地品读。写散文何尝不是如此？好的散文应是作者在空灵的境界里写就，而且还要带着一种"禅"意去写，唯其如此，写出来的散文才有味才耐读！

　　我痴散文，有十多年了。开始只好语言优美一类的散文，稍后爱读饱含哲理的散文，及至今日更喜蕴含人生至真至诚至情至爱的散文。每读到一篇这样的好文章，便会扣动我的心弦，心情如潮水般翻腾，或喜、或忧、或叹，想自己的坎坷人生，叹似水流年，恨事业难成，心头总有一种说不出来的滋味。

　　每个人的情感深处都藏着或多或少不为人知的东西。

　　每个人在孤独无奈寂寞时总想找最想说话的那个人倾诉。

　　我虽然物质上贫乏，但精神上却很富有。

　　读一篇好的散文，会让我忘掉忧愁，寄托情思；想着远方的你，就会让我思绪如织，心潮奔涌，内心充盈。

　　古人说："书中自有黄金屋，书中自有颜如玉。"这强调的是功利方面的，而我读书主要是精神层面上的。我认为读书可以提高修养、丰富知识、开阔眼界、寄托情感、充实生活。多读书，才不会被物欲迷惑住双眼，才不会空虚地参加无聊的活动，才不会人云亦云随意被别人左右。

我爱读书。读书让我生活充实，内心变得充盈而强大！

1996 年 11 月 6 日

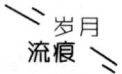

女人当自立

中国妇女素有吃苦耐劳、甘于奉献的传统美德。但在经济飞速发展、知识日新月异的今天,应赋予这种美德新的含义,而不仅仅是为丈夫为家庭做出牺牲。笔者走访过许多离婚的妇女,她们谈及为家庭、为丈夫辛勤劳作都泪流满面。没想到丈夫成功了,她们得到的却是离婚的苦果。这种现象,不得不使人深思。

一个家庭,即使夫妻双方十分和睦,如果以牺牲女方换取男方的成功,那女人是拿婚姻作代价。有资料表明:近年来,功成名就的男性离婚率逐年上升,而且多以男性给钱让房的形式协议分手。表面上看,女人得到了一笔数目可观的财产,然而女人失去的更多,包括青春、丈夫和家庭。

为什么妻子做出了莫大的牺牲,却得不到丈夫的珍爱和回报呢?主要原因是相当一部分妻子把自己的全部希望寄托在丈夫身上,自觉不自觉地由社会退到家庭。埋头干家务,信息闭塞,知识萎缩,对丈夫的事不闻不问,知之甚少,终于有一天突然发现自己远离丈夫视野的时候,夫君已离你相当遥远了。

其实,男人从奋斗到成功的过程,也是一个自我提高、自我完善的过程,他不可避免地会抛弃那些与自身不相适应、不相匹配的因素。如果妻子不能与他同步提高与完善,很可能会面临被抛弃的危险。作为妻子只有不断提高完善自己，充分展示出独特的个性和魅力，才能跟上社会前进的脚步，与丈夫并肩同行。

一桩美满的婚姻不仅是家庭稳定和睦的基石，而且是两颗心灵交流与撞击形成的和谐保障。试想，如果一个妻子不谙丈夫的事业，她哪有交流沟通的基础从而成为丈夫的另一半呢？如果妻子过于依赖丈夫，她不仅迷失了自我，同时也遗失了对方。由此看来，为人妻不仅要有传统美德而且要有丰富的内心世界和相应的素质，既能胜任丈夫生活上的"贤内助"，也能当好丈夫事业上的"好帮手"，还要有撑起自己一片天空的能力。

人们习惯说一个成功的男人背后，站着一位好女人。为什么一个成功的男人旁边就不能站着一位成功的女人呢？女人在奉献的时候是不是也该用自立来保护自己，创造美满幸福的生活呢？

1997 年 3 月 8 日

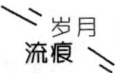

心中的高贵

经常听到一些评价，说这个人看起来很高贵，那个人看起来也很高贵。也有人自以为很高贵，其实是不懂什么是高贵。高贵不是地位多高，财富多大，而是一种心灵的状态，一种精神，一种气质。

高贵，并非只属于贵族；也许一个清贫的老妇，却有着内在的高贵。街头捡破烂儿的老妪也许比穿金戴银、趾高气扬、品头论足的贵妇高贵得多。

周敦颐爱荷花，爱其"出淤泥而不染"。这是一种内在的高贵。不献媚、不逢迎、不招摇，亭亭玉立，沉着冷静，干干净净，活出自己的人生。这是一种看似平淡，但却是难以企及的高贵。

女人的高贵必须具备以下四个方面：安静、知性、优雅和淡定从容。一个人有了足够的修养，方能显示出高贵。

我们这一代人是读着《寄小读者》《小橘灯》等儿童文学长大的。儿童文学作家冰心一生俭朴，待人慈祥，她再忙都能专注听完你讲话。你看着她那明澈的目光，会觉得心里有一条透亮的小河在流淌。她虽然俭朴平淡，但气质里透着一种高贵。

当今社会，对于有些人来说，是一个欲望的社会，是一个索取的社会。有些人不择手段地索取名誉、地位、金钱……他们在一次次索取中把自己丢失了，丢失了品质、人格和灵魂，变成了精神的荒芜者和欲望的驱使者，那是何等的可悲和可怜啊！假如我们的社会都是这样的人，那人世将是一片黑暗。

即使这样的人再富有，也比不上吃苦耐劳、诚实善良、自食其力、克勤克俭的穷人高贵。因为穷苦人体现了道德、自尊和良心！

不要轻易谈高贵，高贵的分量很重。它是一种修养，一种品质，一种让你肃然起敬的崇高精神。它震撼人心，催人自新，让人醒悟，使人难忘。

1998 年 12 月 27 日

岁月流痕

一声"同志"好亲切

星期六早晨,我急匆匆赶往办公室加班。远远看见一对农民夫妇在办公楼门前的银杏树下抬头左看右看着树枝,见我走近,他俩亲切地向我打招呼:"同志,我想要剪一截白果树枝条回去嫁接!"听到这样的称呼,我心头不禁一热,感到这是久违的一种称呼了。听到他们的请求,我虽然不便表态,但还是告诉他们要找的人。久违了,"同志"这个称呼!"同志"在很多人脑海里忘记了,如今嘴里很少说,说出来也有些拗口了。时下流行称呼"老板""哥们儿""姐们儿""兄弟""××长",很少听到称呼"同志"了。这些称呼不是把人与人之间的距离拉得过近,就是把人与人之间的距离拉得过远,既显示等级之分,又有江湖义气之嫌。当今原则、公正似乎有些走样,工作、办事中不沾点儿"哥们儿""姐们儿"似乎就不好办了,这不得不说是一种社会公德的沦丧。上述这些称呼哪有"同志"使人拉近距离,"同志"寓意"志同道合",中肯贴切,心情舒畅!一声"同志",曾激励了多少仁人志士为创建新中国抛头颅洒热血;一声"同志",曾鼓舞了一代代新中国建设者为甩掉贫穷落后的帽子奉献青春;一声"同志",曾鞭策了多少热血男儿为祖国强盛锐意进取!"同志"这个响彻中华大地大半个世纪的美好称呼怎么能变味儿呢?

毛泽东同志多次提倡党内称呼"同志",就是要摒弃等级观念,纯洁同志感情,凝心聚力工作。我们一定要把这个优良传统坚持并发扬下去,弘扬良好的社会风气。

　　"同志",真好!

　　一声"同志",好亲切!

1999 年 3 月 13 日

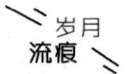

苦难成就人生

人们都希望自己成为生活的强者,但通向强者的路上永远有苦难在那里等待。苦难使人经受考验,苦难使人奋力拼搏。苦难成就人生。只有历经苦难的人,才能获得成功的人生。

苦难是福。顺境中人们看到的是鲜花和笑脸。习惯于喜悦浸润的心灵往往承受不起太大的打击。迎向苦难,虽处逆境,但可以使人尝遍人间酸甜苦辣,感受世态冷暖炎凉,体味人间悲欢离合。每经历一次苦难,就更多一层对生活的领悟,更了解人生的真谛。

苦难是毅力的磨刀石。绳锯木断,跛鳖千里。一千次的失败就有一千零一次的从头开始。一次次的努力,使毅力这柄前行斩棘的锋刃被磨砺得削铁如泥。

苦难是生活无声的老师。苦难培育了人们优良的品格,塑造了人们不屈的精神,摒弃了人们懒散的惰性,摆脱了人们空虚的幻想。"宝剑锋从磨砺出,梅花香自苦寒来。"经过苦难的煎熬和煎熬后成功的快意,人们才懂得:以客观务实拼搏的态度去正视人生面对生活才是有志者唯一的选择。

苦难是动力的催化剂。它能激发人们昂扬的斗志,使强者变得更加坚强,使弱者摆脱怯弱的本性,促使每一个有理想的追求者为了实现美丽的梦想，而高高扬起前进的风帆。

苦难是本启智的经书。当人们精心阅读感受它后，会发现它娓娓讲述丰富奇丽的生活阅历时，又夹杂着睿智，细细品味更使人豁然开朗，智慧倍增。

苦难是一位深沉的哲人。他说，强者的人生意义不在于他辉煌的成功，而在于他为实现理想所做的一次又一次搏击，强者在风浪中领略到的瑰丽之景是平庸者永远看不到的。

感谢苦难，它让人看到了奋斗路上的血雨腥风；感谢苦难，它使人明白了生命的真正内涵；感谢苦难，它让我们明白了人生中永远要正视、不屈、沉着和奋进！

2000 年 11 月 7 日

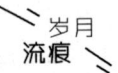

坚守"一念常惺"

"一念常惺"是《菜根谭》中的一句话。惺者,清醒也。《菜根谭》中这句名言为:"一念常惺,才避去神弓鬼矢;纤尘不染,方解开地网天罗。"这说的是祸发于所忽之中,而乱常起于不足疑之事。人栖尘世,不过百年,但关键处往往就只有那么几步。因此,应保持每个念头的经常清醒。

如何才能做到"一念常惺"?"百事之成也,必在敬之",我认为"一念常惺"的关键在于"四慎"。

一曰慎欲。"人有欲则计会乱,计会乱而有欲甚,有欲甚则邪心胜,邪心胜则事经绝,事经绝则祸难生。"人有了贪欲,则难保每个人的念头不出差错,难保祸患不会酿生。因此要坚守"一念常惺",慎欲是关键。

二曰慎独。"莫见乎隐,莫显乎微,故君子慎其独也。"何谓慎独?是指人在独处中谨慎不苟,在闲居独处无人监督之时,更需谨慎从事,自觉遵守各种道德标准。人在独处时,因缺乏监督,往往比在人前更难以"一念常惺",因此要做到人前人后相同,当面背地一致十分重要。

三曰慎始。明代哲学家王廷相讲过这样一则寓言:轿夫着新鞋抬轿,开始十分小心,总担心把新鞋弄脏了,后来一不留神踩进了水坑，由此便高一脚低一脚踩过去，再也无所顾忌了。人何尝不是如此！在未湿"第一脚"前总是倍加小心，一旦湿了"第一脚"则久居鲍鱼之肆而不闻其臭，有的甚至破罐破摔，在错误的泥潭中越陷越深以致不能自拔。因此，笃定慎始，小心湿"第一脚"相当重要。

四曰慎终。"靡不有初，鲜克有终"，讲的是没有人不肯善始，但很少人能够善终。一个人一时保持念头清醒容易，但要一辈子确保清醒就颇为不易了。陈寅恪先生一生命运多舛，却始终铁骨铮铮，不畏权势，不移操守。1937年为了避免被日寇汉奸所胁迫利用，他竟然在视网膜剥落的状况下不做手术，结果造成双目失明。他的晚年，也依旧保持了这种个性，数次在风口浪尖上不畏权势、不向媚俗低头。陈寅恪先生无疑是慎终如始、一念常惺的典范。

思想是行动的先导，要把握好人生，请从把握好每个念头开始吧！

2001年10月1日

浮躁的冬天

这个冬天，人变得特别浮躁。

整天都在闲聊和看闲书中度过日子，没有任何收获。一次次责怪自己，又一次次宽容自己，回复往返之中变得什么都无所谓起来。

走进办公室，不知该做些什么。心里有很多想法，由于强调这样那样的原因而不愿意去做。日子变得空虚、无聊和漫长，漫长而灰色的日子，便挖空心思找乐子打发。于是经常接受别人的邀请，出入酒楼歌舞厅之间，游戏牌桌球桌之上。尤其是被空虚的心灵支使，经常喝得昏昏然。

纵情欢谑之后，涌上心头的是沉重的空虚和孤独，心灵就像走入一条漫长而无际的黑暗隧道。

蹉跎岁月，总不能持之以恒地追求自己的目标。一步望百步，只有美好的期望，却缺乏扎实的奋斗，终使理想成为泡影。到如今已过而立之年仍一事无成，飘浮岁月给自己留下了太多遗憾！

改革之风吹得强劲，精简机构，裁减冗员，我该如何找寻自己的位置？如果在这场改革中自己被淘汰出局，大千世界，茫茫人海，我又如何找到自己的人生支点？

这个社会似乎变得越来越浮躁，我不能独立于浮躁之外，保持特有的理性,是因为自己修养不够,缺乏执着的追求、淡泊的理念和平和的心态。私心杂念太多太重,往往使自己迷失方向,什么都变得半途而废。

这个冬天,心很浮躁。在这个本该收获的季节,我一无所获。

2001 年 11 月 17 日

感悟真爱

往事如烟，许多事都淡忘了，唯有真爱刻骨铭心，让人回味无穷，终生难忘！

真爱是一缕阳光，温暖而自由；

真爱是一壶老酒，醇厚而香远；

真爱是一股力量，热血沸腾，昂扬奋发；

真爱是一种牵挂，远在天涯，难以放下；

真爱是一种思念，刻骨铭心，魂牵梦绕；

真爱是一个电话、一条信息、一声问候、一点儿关心；

真爱是彼此之间，思想和行动的默契。

真爱不需雕琢，拒绝虚伪；真爱朴实无华，平淡如水；真爱彼此尊重，相敬如宾；真爱双方自由，活出精彩。真爱，有时海枯石烂，有时山崩地裂，有时侠骨柔情，有时割舍自己！

索取和独尊谈不上真爱；没有真爱的人是江湖骗子；没有感受真爱的人枉活一生；为真爱活着的人灿烂美丽！

追求真爱很苦，留住真爱很难；失去真爱很痛，没有真爱很惨。

真爱是一种崇高的人生追求，真爱是精神生活中最无私的奉献。

有了真爱，男女才会走到一起；有了真爱，家庭才会和谐美丽；有了真爱，工作才会充满激情；有了真爱，世界才会风光旖旎。

有真爱的人才会拥有幸福美满的人生！

2003 年 1 月 17 日

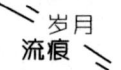

折扣人生

细细想来,人的打折,就和商品打折一样,是有原因的。

一个人的升值或贬值,道理很简单。

逢时。俗话说"冬卖棉袄夏卖瓜",货卖旺季,没说的。一个人要逢时,又能赶上潮流,比什么都好。社会流行什么,你身上有什么,你这个人就升值了。比如社会流行穷人好,你祖宗三代是讨饭的,那你就吃香;到了当今是有钱人的时代,你是穷人,那就要贬值了。文凭吃香那阵子,你有张函授文凭或假文凭,就能唬住一些人;你想当官,青云直上;你想评职称,一路绿灯。搁在当今,你是名牌大学的硕士生、博士生,也要打折扣。

逢地。货物值钱不值钱,就看在什么地方出售。同样的品牌服装,搁在专卖店或超市,一口"天价";如果扔到门外地摊上,那就只是半价了。一个人在权力部门当差,呼风唤雨,很了不起;你给他挪个位置,或挪出那个衙门,让他去干别的活儿,那身价马上就掉下来。

关系。货物是分档次的,品牌不同,价位不同。作为人,就看你的家庭和社会关系。你父亲是有钱的,或叔叔是当大官的,你的身价就高,要风得风,要雨得雨;如果你父亲破产了,叔叔不在位了,那你的人生价值,马上打折,立竿见影。

时间。时间是一切货物打折的主要原因。菜市场，清晨上市的新鲜菜价高，到下午，那蔬菜就得打折了。人老了也是要打折的。什么年龄能当兵，什么年龄才能升哪级官，什么年龄不能提拔，什么年龄退休，大一岁小一岁都不行。就算你是"影帝""影后"也逃不出"时间老人"的摆弄，总有人老珠黄打折的一天。

人从出生一路走来，逢时失时，升值贬值，七折八扣。最后连寿命也是要打折的。据科学家说，人本来是可以活到一百五十岁的，可国人平均只活到七十多岁，打了对折！"人无完人"，这就注定了人生的不完美，打折是必然的了。

2003 年 12 月 31 日

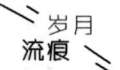

穷在富人堆里

百分之八十的财富掌握在百分之二十的人手上,这就是著名的犹太法则。我们的周围总是有那么一些人,他们拥有很强的聚集财富的能力,我们称之为富人。穷人既羡慕富人,又对富人有种本能的抵触,他们在谈论富人时就难免愤愤不平,似乎在内心藏起一把手术刀,随时准备着解剖富人的丑陋,以便让自己的优秀凸现出来。生活在穷人中间,很难对富人有一种理性的认识,更难有一种平和的心态去学习富人的绝招儿。

每个人都有一个生活环境,环境和命运之间有着一种互为因果的关系。穷人大多生活在穷人中间,久而久之,心态成了穷人的心态,思维成了穷人的思维,做出来的事也是穷人的模式。穷人身边多是穷人,每天谈论着打折商品,交流着节约技巧,热衷家长里短,甘于平庸生活。长此以往,穷人的眼界也就渐渐囿于这样的琐事,实现远大目标的机会也越来越渺茫。

所谓和你最亲密的十个人的生存情况决定你的生存状态,一点儿不假。穷人也有自己的智慧,但那更多体现在生存的层面上。一个生活在穷人堆中的穷人,要想跃上富人的台阶,很多时候必须和自己这个阶层说"拜拜"。

穷,要穷在富人堆里。我们需要的就是富人的环境、富人的理念、富人的才华和富人的勇气。

　　穷人只有站在富人堆里，学习他们致富的思想，调整到最佳的心态，才能以崭新的视角快速进入致富的入海口。穷人往往是胆小谨慎的，这就像一个怪圈，越穷越怕，越怕越穷，就是不敢迈出第一步。因此，出路在行动，晚动不如早动，穷在富人堆里。

2004 年 1 月 2 日

与贤者对话

近日来,一口气读完了余秋雨先生所著的《文化苦旅》,感觉自己走进了一条长长的文化隧道,不得不被作者深厚的文化知识和渊博的历史知识所折服。余秋雨先生通过一个个生命物象,凭借山水风物以寻找文化灵魂和人生真谛,探索中国文化的历史命脉和中国文人的人格构成。其中《道士塔》《阳关雪》等,是通过一个个古老的物象,描述了大漠孤烟黄河文明的盛衰,历史的深邃苍凉之感见诸笔端。《白发苏州》《江南小镇》等,则是以柔丽凄迷的小桥流水为背景,把清新婉约的江南文化和世态人情表现得形神俱佳。《风雨天一阁》《青云谱随想》等直接把笔触指向文化人格和文化良知,展示出中国文人艰难的心路历程。此外,还有早已传为名篇的论析文化走向的文章《上海人》《笔墨祭》,以及读者熟知的充满文化感慨的回忆散文《牌坊》《庙宇》《家住龙华》等等。作者依仗着渊博的文学和史学功底,丰富的文化感悟和艺术表现力所写下的这些文章,不但揭示了中国文化巨大的内涵,而且也为当代散文领域提供了崭新的范例。

读余秋雨先生的散文仿佛是与一位深不可测的贤者对话,不得不惊叹先生的学识,他的文字立在书页上让人感觉是永不可攀的天梯。先生对历史、文化、人格、世俗、社会等的独到见解来源于他特殊的人生经历和渊博知识的浸渍,来源于他看问题的独特视角,他总能把深刻的道理表现在通俗浅显的事例和物象中,读后使人通透明了和深受启发,散发出深沉的人生哲理。

读秋雨先生散文受益匪浅,真是一次与贤者的真诚对话。

2004 年 3 月 29 日

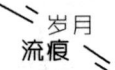

平常心

  人人都可以说自己是平常人，但并非人人都有一颗平常心。
  生命如花，人的一生便是一个花开花落的自然过程。但我们生下来就注定要面对一个个花花绿绿的世界，其中的悲悲喜喜，使多少人迷失方向，找不到自己。天下熙熙，皆为利来；天下攘攘，皆为利往。浮华虚荣和我们形影相随，如同天上纠缠的风和云。我们都曾为一个虚伪的话题而言不由衷，为猜测自己在他人心目中的位置而殚精竭虑，为一次得失而心如死灰……平常心却似一股清风，为我们拂去名利的积尘，牵引我们回归生命本身，安安静静、全心全意地开出自己最美丽的花，结出自己最晶莹的果。淡泊名利而不逃避现实，执着努力而不注重得失。一颗平常心里，包含着人世间的大智大勇。
  一代宗师钱锺书，当他的《围城》红遍华夏、登门拜师者络绎不绝时，他只是幽默地说："你吃了一颗鸡蛋，觉得很好吃就够了，但又何必为此去认识那只下蛋的鸡呢？"
  马来西亚巨亨谢英福从五元钱起家，经过四十四年的奋斗成为亿万富翁。这时，首相马哈蒂尔请他出山挽救年亏损一亿多元的国营钢铁厂。他说："我来马来西亚时口袋里只有五元钱，但这个国家却使我成功。我要报答这个国家，如果我失败了，也只不过是五元钱而已。"年过六旬的他辞掉了总裁职务,买了个大货柜搬进工厂改成宿舍,像四十四年前一样又开始了艰苦奋斗。他的报酬是象征性的:年薪只领取一元马来西亚币。三年过去了,企业一举成为年盈利一亿多元的东南亚钢铁大王。有人问他对这次成功的感想,谢老先生淡然一笑地说:"我只是拣回了我的五元钱而已!"

平常心就是这样,它不仅能从一朵花看到世界,还能把风风雨雨的世界看作一朵朵摇摇曳曳的花。平常心,是惊心动魄的激战后那个动情的土琵琶,是车水马龙的路边那朵小矢车菊,是历尽磨难后那宽容平和的笑容。它高高地超越在尘世之上,却又静静地融入我们一啄一饮一呼一吸之中。

拥有一颗平常心,才能淡然从容地处世,才会获得真正的快乐!

2004 年 7 月 31 日

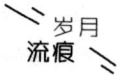

凝望生活

上苍给了我们一双眼睛，是用来凝望生活的。但有人凝望了一辈子，也弄不清楚生活的模样。其实生活的模样就是凝望，凝望是人间最形象、最丰富、最真实的风景。

凝望生活，是一种审美。马克思说过，如果你想得到艺术享受，就必须先成为有艺术修养的人。一望无际的大海，一带绵延的山川，一堵雪白的墙壁，一座生动的雕像，之所以引人凝望神思，就是因为它们融会了生活的艺术。朋友之间的关切注视，爱人之间的脉脉含情，是生活艺术的升华；久别重逢或冰释前嫌之时饱含千言万语的深情一瞥，则是生活艺术的经典。

凝望生活，是一条画廊。以沧桑的理性作笔，沿着人生主线，给生命以崭新的诠释和生动的假设，于人于世界在纷繁芜杂中融入人性的至纯。年少的凝望是好奇，充满了憧憬；年轻的凝望是柔情，充满了蜜意；中年的凝望是平静，充满了理性；老年的凝望是感叹，充满了回忆。

凝望生活，是一腔投入。以愿望的翅膀为钩，系一线浮子，让期待在想象中高度充值，赋予时光以全新的定义。屈子凝望汨罗江，是失意的时候；李白凝望月光，是思乡的时候；朱自清凝望荷塘，是孤独的时候；李商隐凝望乐游原，是悲凉的时候……

那是一种非同寻常的沉默，是伟大与成功诞生的前奏。

　　凝望生活，是一支晨曲。在命运的每一次曲折跌宕、大起大落之后，一个个休止符号开始了下一轮的自由组合；但休止不是停止，而是一个起点；后面的乐章，必将成熟稳重、热烈奔放、荡气回肠。

　　凝望生活吧，让思维和往事做一次坦荡的、毫无遮掩的交流，总结经验、汲取教训、积蓄勇气、满怀执着，放眼又一段长征。但生活的改变，仅有凝望是不够的，凝望只是一块跳板，是思想的铺垫；凝望者不是没有泪，也不是没有伤心处，因为人生豪迈不应有悔，醍醐灌顶不应有泪，在凝望之中与理想和成功牵手，指点江山迷津，把过去、现在、未来收进档案，作为教材和编年史，去纪念流金岁月，去安慰不安的灵魂。这样，即使面对瞬息万变的大千世界，我们也永远胸有成竹。

　　凝望生活，生活也在凝望你。所有的竞争对手都在平等的氛围里重新谈判，所有的生命都在不同的命运里重新洗牌，所有的一切都在蓝天白云里重新开头。

　　让我们一起凝望生活吧！

2004 年 8 月 4 日

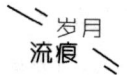

酒与人生

曾经有一个小小心愿：想在自己的书房里分割出一块空间，用色调的墙勾兑清冷昏暗的灯，木质的酒柜里锁着五颜六色的玻璃瓶的心事，晶莹剔透的高脚杯里溢出酒红色浓郁的香醇，墙角音响里流出轻柔舒缓的乐曲！

酒是婉约的女子，因一曳情怀，藏许多心事。酒是一种语言沟通的媒介，情感在推杯换盏中不言而喻。

品酒的感觉很像听音乐，急急缓缓、浓浓淡淡，涌上心头的酸甜苦辣只有自己知道。

不同的环境，不同的人，喝酒能喝出不同的感情。古代留传的诗句中："会须一饮三百杯。""五花马，千金裘，呼儿将出换美酒。"这是李白的豪放不羁；"劝君更尽一杯酒，西出阳关无故人。"这是王维的真挚友情；"对酒当歌，人生几何？"这是曹操对人生苦短、光阴流逝的感叹；"花间一壶酒，独酌无相亲。"这是李白的失意和落寞；"桃李春风一杯酒，江湖夜雨十年灯。"这是黄庭坚的快意与失望；"浊酒一杯家万里，燕然未勒归无计。"这是范仲淹浓浓的乡愁；"三杯两盏淡酒，怎敌他、晚来风急？"这是李清照国破家亡、颠沛流离的苦痛；"葡萄美酒夜光杯，欲饮琵琶马上催。"这是王翰奔赴沙场的悲壮激昂；等等。此外，楚汉争霸时项羽为刘邦设的"鸿门宴"、三国时期曹操"青梅煮酒论英雄"、唐朝名将郭子仪之子郭暧"醉打金枝"、宋太祖赵匡胤"杯酒释兵权"、《水浒传》中鲁智深酒后倒拔垂杨柳、清朝自康熙始设的"千叟宴"等关于酒的历史典故早已广为流传。当代人饮酒虽然没有古人的意境和格调,却也喝出了一些文化,比如:"感情深,一口闷;感情浅,舔一点。""领导表示我干起!""酒是粮食精,越喝越年轻!""早酒喝三盅,一天都威风!"等等,把喝酒的神态和感情表现得形象生动。此外还有死囚上刑场的断头酒,战士赴战场的壮行酒,新婚夫妇入洞房的交杯酒,他乡遇故知的重逢酒,干成事业的庆功酒,新居落成的乔迁酒,孩子出生的满月酒,老人生日的长寿酒,等等,酒融入了人间的悲喜冷暖,映照了人生的磕磕绊绊,激发了人们的奋勇前行。我最留念的还是爷爷的饮酒。每天清晨起来,他从瓮里取出一杯醇厚的米酒,端着杯子从门口走向田野,走几步抿一口,一杯酒要抿大半天,酒放松了他的心情,陶醉了他的时光。

　　我是偏好葡萄酒的人,念念不忘那微凉的液体滑过舌尖的感觉,好像回到了笙歌曼舞轻轻柔柔的旧上海。

　　耀眼的红以酒吧作背景,勾勒出绚丽的夜色,整间酒吧以餐饮为辅,构建一个文化的平台,是年轻人和小资阶层流连忘返的地方。它淡淡的喧嚣与忧伤,使每一个到这里来的人的情绪都得到了过滤。在这里,生活好像进入了另一种情境,有着与以往不同的悲喜;生活好像是一种别样的喧嚣,疯狂放松过后又复归宁静。

　　忽然从酒吧听到一段音律,有着旧上海的晦涩和幽暗,调子是低沉回旋的,好像是被拔掉了塞子的浴缸中的水,水就那样一

岁月流痕

圈一圈地流逝。原来生活也是不留痕迹的，过去了仍会有将来，所有的过往只是经历，而这些经历是必须的修炼，等到尘埃落定后，内心终会安稳和淡然。

终于明白，为什么旧上海总是吸引人的，因为它的调子忽明忽暗，因为它的酒让人心醉，摇曳的歌声让人叹息，这些都可以让人忘却一时的悲欢。

酒是一种品味和享受。

酒中自有一番江湖。读金庸的文字，总有一些解不开的酒的情结。喜怒哀乐，失意得意，全在推杯换盏之间淋漓尽致。英雄侠义，儿女情怀，均有酒为证。我们的生活里，也有一种江湖，你有怎样的豪情？

饮酒的时候，忽然想，酒就是象征一种思考，是暗夜里情绪的怀想。也许在生活里，很多时候应该学会用一种在半醉和清醒之间的感觉来看待世界，痛苦烦恼的就忘记，醉一场；开心快乐的就铭记，品几杯。其实这才是真正的生活！

2006年9月11日

人生感悟

过自己想要的生活

只闻花香,不谈悲喜,喝茶谈书,这就是我一直想要的生活。

时间很短,天涯很远。今后的一朝一夕,一山一水,我会静静地慢慢地走完。

人这一辈子,所有经历的事,有些是出乎意料的,有的是难以控制的,有些是不尽如人意的,有的是不合逻辑的,有些是情理之中的,有的是恍然大悟的,但无论发生什么事,都别忘了自己的本心、良心、性格和原则。

若是有缘,时间空间都不是距离;若是无缘,终日相聚也无法会意。人生不过是一场旅行,你路过我,我路过你,匆匆分别后又各自向前、各自奔忙。

江湖险恶,贵在修行。智慧由听而得,悔恨由说而生;没有口才又不守沉默的人,会有大不幸。苍蝇飞不进闭着的嘴里。君子话简而实,小人话杂而虚。不必说的而说,这是多说,多说要招怨;不当说而说,这是瞎说,瞎说要惹祸。多思考,少发言。勿过于依赖语言的功能,却忘了沉默的力量。说话出自天性,沉默来自智慧。

心若亲近,言行必如流水般自然;心若疏远,言行如同秋天般萧瑟。不怕身隔天涯,只怕心在南北。

岁月流痕

从前有位国王外出，路面的碎石刺破了他的脚。回到王宫，他下令将所有道路都铺上一层牛皮。但即使杀尽所有的牛，也张罗不到足够的皮革，大家都急得一筹莫展，一位聪明的仆人向国王建言：您何不用两片牛皮包住您的脚呢？国王顿悟，改变初衷采纳了这个建议，这就是皮鞋的由来。这说明一个道理：我们改变不了世界，但我们可以改变自己。

佛曰：命由己造，相由心生。世间万物皆是化相，心不动，万物皆不动；心不变，万物皆不变。

没有风的日子，云是雨的守望；没有梦的日子，等待会荒废时光。这个世界上，谁也不是谁的永远，且去唱一曲风花雪月，吟一阕岁月静好。烟火、流年、红尘、沧桑，浅浅遇，淡淡忘！

你不清楚为什么而忙，就会忙不到点子上而浪费时光。你没有大事可做，就会在小事上纠缠不休而忘了前行。你心中没有梦想，就会把蝇头小利当成追逐的对象。你不知道心中的向往，就会心里没底越走越心虚。你不能成为心灵的主人，就会沦落为外在情物的奴隶。

一个人最好的样子就是平静一点儿，哪怕一个人生活，穿越一个又一个城市，走过一条又一条街道，仰望一片又一片天空，见证一次又一次离别。然后在别人质问你的时候，你可以问心无愧地对自己说，虽然每一步都走得很慢，但自己却从未退缩。

识人不必探尽，探尽则多疑。知人不必言尽，言尽则无友。责人不必苛尽，苛尽则众远。敬人不必卑尽，卑尽则少骨。让人不必退尽，退尽则路寡。

一个真正有学问的人，往往谦逊，不会逢人就教；一个真正有德行的人，往往慧心，不会逢人就表；一个真正有智慧的人，往往圆融，不会显山露水；一个真正有品位的人，往往自然，不会矫揉造作；一个真正有修为的人，往往安静，不会争先恐后。

最理想的生活状态其实是这样：在大城市奋斗，在小城市生活。奋斗不要奋斗到老眼昏花，要懂得适可而止，地位、金钱和欲望是永远没有尽头的，而生活却要在适合的时候及时地用全身心去体会，因为生命只有一次，要珍爱生活，不要浪费生命。

大千世界，芸芸众生。万紫千红，五彩缤纷。最适合你的颜色，才是世上最美的颜色！

2014 年 6 月 3 日

锻炼吃苦的能力

众所周知,做任何事情都需要付出艰苦的劳动,而且把事情做成功的过程往往是一个艰苦而单调的过程。

据调查,我国75%的成功人士来自农村。在中国,大学生中农村孩子的比例要比城市孩子小得多,但成功率却比城市孩子要高。为什么农村孩子进入社会后反而更容易获得成功呢?其中一个重要原因就是农村孩子特别能吃苦,尤其是来自贫困地区的孩子。另外,农村孩子做事有耐力,这大概与做农活儿的经历有关:做农活儿需要人持续不断甚至重复不断地做下去,因为要和老天抢时间。记得我小时候,每遇农忙时节就常常累得睡在田埂上,醒来了继续干,就是为了要和老天爷抢那几天时间,因为那几天如果抢不下来,庄稼就长不好。我们南方种水稻,叫"双抢",即抢收抢种。第二季水稻一定要抢在立秋前插下去,否则就不会有好收成。所以,在农村长大的孩子有吃苦精神,有耐力,最后只要有目标,就很容易成功。

当然,我不是说城市的孩子就不容易成功。我只是说在同等条件下,吃过苦的孩子成功率要高一些。但现在农村的孩子已经与以前大不相同了,吃苦精神和耐力都大不如前,因为现在的孩子大多是独生子,而且农村的物质条件已得到了较大改善,有的孩子被父母惯坏了。

中国的很多父母不太知道如何培养孩子，很容易把孩子宠坏。但社会是绝对无情的，你在家里被父母宠并不意味着你走入社会还会被其他人宠。在这个世界上，只有父母会无条件地爱你、宠你、照顾你。一旦走入社会，就没人再把你当孩子看，你一切都得靠自己。

所以，我认为人必须有意识地锻炼自己吃苦的能力，有时候，哪怕是坚持做一件小事就能改变你对整个世界的看法。现在，交通工具如此发达，在国内你飞到中国任何一个地方最多只需五六个小时。但是，坐飞机飞越四五千公里对你来说没有一点儿意义。相反，如果你一个人徒步旅行三四百公里，那就会有意想不到的收获。在这三四百公里的路程里，你不骑自行车，不搭拖拉机，不搭汽车，一切交通工具都不用，而且尽可能走乡间小道。你每天不需要走太远的距离，只要走二十公里就行，那么十五天下来，你会发现自己的人生观可能会彻底改变。这一段路会让你知道什么叫艰苦，让你知道艰苦中隐含着很多乐趣，让你知道世界上有很多与你不同的人，让你知道大自然是多么美丽、多么可爱，让你知道风雨中的寒冷是什么滋味，让你知道中国的农村和山区的样貌。一路走下来，你所收获的将远远大于你的想象。在这样的过程中，每次你靠顽强的意志坚持到达目的地时，都会觉得特别自豪。每到一个地方，那里的美景、风光朝你迎面扑来，鼓励你再向下一个目的地走去。生活就是要这样不断地向前追求，追求前方更多的美景和未知的一切，这一路上吃的苦越多，到达目的地时收获的快乐就越大。

锻炼自己的吃苦精神和耐力是每一个人成功的必经之路。相

> 岁月
> **流痕**

较于舒适环境，艰苦环境对人的好处要大得多。科学家在这方面做过无数实验得到了证明。我曾看过一份报道，说科学家把小白鼠放在两种环境里做实验：第一种环境很舒适，小白鼠在里面天天吃饱喝足就睡了；第二种环境则相对艰苦，小白鼠在里面吃不饱，而且吃的是各类粗粮。最后的实验结果如下：那些吃粗粮而且食不果腹的小白鼠身体极其健康，因为他们为了寻找食物四处乱跑，增加了锻炼；另外一组养尊处优的小白鼠则越吃越胖，最后不是得了心脏病就是高血压。比照这个实验想想我们人类，道理也是一样的：置身于相对艰苦的环境，我们也许会在短时间内吃点儿苦头，但从长远看，我们所收获的一定远远大于我们所失去的。

——献给我们那些怕吃苦的孩子们！

2017年3月14日

关于古镇

　　江浙的古镇我大都去过，感觉大同小异，不外乎灰墙黛瓦、小桥流水、石板古巷、飞檐斗拱、雕门花窗、古老店铺、灯笼高挂、陈年故事、商贾往来、游人如织、小船穿梭。沉寂千年的古镇，虽然被现代文明唤醒，但却因商业气味太浓而失去了它古朴恬淡的趣味，变得市侩和俗气。人在尘世中烦了躁了累了，就想找一个清静的地方躲躲避避，净化一次灵魂，放松一下心情，抖落满身疲惫，无疑去古镇古村是大多数人心中的选择，到这里既可以怀古追思、找寻乡愁，还可以慢走慢看慢生活，真正停下匆忙的脚步，清静安逸。然而现在的古镇因处处都是商业开发，再也找不到真正的清静了，曾多少次乘兴而去扫兴而归，辜负了大好时光。于是，我便不会事先确定要去的地方，只去适应必须经历的事和必须去的地方。心淡了心静了一切都心平气和地对待了，所到之处风景也变得美丽了，事物也变得美好了。当然，如能与兴趣相投的人一同出行，去想去的地方，那将会不虚此行，兴致盎然而其乐融融。山水因人而美，心情因人而乐，心境变得无比高远而轻松，这才是真正的旅行。

2017 年 3 月 14 日

坚 持

  坚持是一种强大的精神力量，所有的成功都离不开坚持，所有的成功都是在日复一日、年复一年的坚持下取得的。坚持可以让人的心灵不再荒芜，也可以让人看到黎明前的曙光。坚持不在乎风雨，不畏惧坎坷，不屑于指责，不止步于评说。当干瘪的谷穗在风中东摇西摆时，不知它是否会留意到身边那垂首的同伴。当它想要标榜自己时，就预示着自己的失败。它输给了不丰满、不成熟，更输给了匆匆而过的时光。慢慢地，身边那垂首的伙伴悄然走向成熟，不显摆、不招摇。成熟的谷穗用时间和坚持见证着自己，将它饱满的颗粒奉献给滋养它的土地。时间也许是世上最公平、最公正的，它见证万物的兴盛、衰亡。它不会给虚度光阴的人额外的馈赠，也不会让坚持付出的人空手而归。放弃是遗憾的轻松，坚持是不悔的辛苦！那些对事物朝秦暮楚、见异思迁、浅尝辄止、害怕吃苦的人终将空手而归、一事无成，而像钉子一样执着奋进、迎难而上、持之以恒的人终会好梦成真、获得成功。

2017 年 3 月 25 日

品茶与赏花

品茶，品一种欲语还休的沉默，懂一种欲笑还颦的俊俏。茶道、花道，并非技艺之道，是爱茶之心，护花之道。天人合一，物我两忘，茶花并蒂，伊人美好。美丽，怡情，画意，至清至雅。

茶至无味仍余香，人若无妄心至清。品茶，要这一刻的平实简约，雅致纯清。繁华流年，浓淡相宜。凡事看清、看淡，盈情岁月，诗酒花茶，且行且珍惜。意境如茶，浓时不骄，淡时余香，心境如禅，自若自清。花在茶的余味里得道，茶在人的禅意中重生。

2017 年 9 月 26 日

偶 遇

在京忙完事情已凌晨2点了，做完赴京上访户的工作后欲前往酒店休息，点击滴滴打车，已打烊，便一路小跑至大街上叫到一台出租车。上到车上，看到是一位女司机，车开得很好，路况也很熟，看到她清瘦的面容，禁不住问她："您多大年纪了？"她回答说："1962年的！"这可吓了我一跳。我又问："姐，您这么大年纪了，咋还开出租车？而且开晚班？"她说道："像我这样年龄的女人，是可以喝喝茶，跳跳舞，遛遛狗，哄哄孙，但我身体还行，我开车很充实，还能为儿孙创造价值！"我再问："姐，您是北京人吗？"她很自信地对我说："我是老北京，我的房屋因城市建设拆迁三次了，衣食住行都无忧了，我总想人要活出自己的精彩，要活出自信，活得有价值！我没读啥书，我就认这个理：有付出，才有回报！把平凡的事做好了，我们才能过上不平凡的生活。"听完大姐的一席话，我真的是自惭形秽，无地自容。我们虽然读了一些书，却怕苦怕累，工作拈轻怕重；自视不凡，高不着低不就；缺乏执着，干事情半途而废；不沉心钻研，对事物浅尝辄止；遇事喜欢抱怨，不自我检讨反省；稍有冲撞就针锋相对，缺少理解包容之心。凡此种种，都是不成熟不理性不吃苦不执着的表现。其实人生就是一个过程，唯有坚持坚忍坚强务实地走好每一步，才可能过上和谐美好殷实的生活，才不会枉活一生！感谢这位大姐，让我明白了人生最为朴实的道理：活着就应该多干点儿事，不仅仅是为自己，也为别人！

2018 年 11 月 1 日

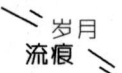

生命的艰辛

一直都很坚强，几十年既没感冒，又没打过吊针的我，近半个月来突然感到虚脱了，身体似乎被掏空了，总感到很累很累，四肢无力，眼睛浮肿，睡眠很不好。每晚11点多上床，凌晨两三点就醒了，再很难入睡，人变得灰头土脸，十分憔悴！

人生就是这么残酷，生活也如此多舛。按常理我这种身体状况应该请假休息一段，调理一下身体，但单位工作压头，客观上单位真的离不开我，主观上我是一个十分敬业的人，单位承担几十项省市对县里的考核指标和六个重点建设项目，还有繁重的招商引资任务。每天都是高负荷运转，压力山大！我曾多次向组织上提出把我调到一个轻松的工作岗位，却屡屡未能如愿。面对繁重的工作压力和复杂的人际关系，加班加点成为工作常态，处理事情谨小慎微，如履薄冰。成年累月像时钟一样上紧发条，高速运转，真的感到心力交瘁了。多少次我告诉自己："不干了！"五十多岁了，事业已到头，高升已无望，没有必要再这么辛苦！如果不干了，那又能做些什么呢？为了大半生的艰辛付出，我必须选择坚持！我总在告诫自己，组织上没免自己的职，自己又没辞职，不能占着茅坑不拉屎，要主动担责，锐意进取，上不负组织，下不愧群众，创先争优，干出一番业绩！正是这种永不动摇的信念支撑着我，给了我坚持下去的勇气和力量！

人到中年，事事忧心。今年农历正月初八父亲突然中风，失去语言表达功能，右手右脚都不能动弹了。父亲在医院治疗近两个月，病情没有明显好转，只有出院回老家慢慢疗养。看着近乎呆傻瘫在床上的父亲，回望他坐上摩托潇洒的身影，怀想他健步如风、办事麻利的样子，活蹦乱跳的父亲突然变成这个样子，我一时接受不了这个残酷的事实。清明节携妻回去扫墓，看着坐在轮椅上的父亲耷拉着脑袋，像一棵大树歪倒在路旁。回想父亲健康的时候，听到车到门口的声音，他便一阵风似的急步走出门口迎接，脸上绽放出花一样的笑靥，帮儿孙提这拿那，进到院里香气扑鼻，一桌热腾腾香喷喷的饭菜早已摆放整齐，等待我们围坐就餐。看到父亲现在这个样子，我与妻子禁不住潸然泪下！生命如此脆弱，人生苦短，生命无常，健康最为重要！如果用钱可以换取，我愿意倾家荡产买回父亲的健康！

因为父亲的瘫倒，打乱了全家工作生活的秩序。母亲年事已高，还坚持照看父亲。哥嫂只有留在家里守护，不能外出打工挣钱了，便失去了生活来源。经过认真思考，让哥嫂利用家里的门面开了一家小杂货店维持生计。

时代在变，必须与时俱进，方能在竞争激烈的时代开拓出生存的空间。无论时代怎么变，几千年传下来的学习、勤奋、吃苦、节俭、坚持的美德不会变，具备这些美德并持之以恒，在任何时代任何环境里都会有一席之地。希望我的后辈能秉持这些美德，内外兼修，完善自我，勇立潮头，成就一番事业，此乃家族之幸也！

我是一个具有强烈忧患意识的人，这种意识与生俱来。常常

岁月流痕

听母亲说，我小时候躺在床上睡觉，总会长长地叹气！上学读书了自尊心极强，总想考第一名。某一科考试没考好，就会感到无比羞愧，见到任课老师就会躲避，不好意思与老师见面。我青少年时饱受艰辛，因家庭贫穷，备受欺凌，我就发誓要刻苦读书，考上大学，冲出农门，为振兴苦难的家庭而竭尽全力！一晃走出大学校门已三十二载，自己由一个满头青丝、豪气干云的青年变成了一个两鬓斑白、沉稳老气的壮年。光阴如白驹过隙，往事历历在目。与兄长一起发蒙读书、放牛、种菜、喂猪、做饭、扯秧、插田、耕田、抢收、割草、砍柴、挖矿，等等，所有农活儿我都能娴熟地驾驭。生产队出工挣工分、山里挖砂洗矿、夏天轮放田水、被邻居欺凌谩骂、一日三顿红薯充饥、几个月闻不到肉味儿、寒冬腊月穿着单薄的衣裤手脚被冻裂等等，这些苦难都不曾使我害怕和畏惧，苦难从未动摇过我的信念，我就是要考上大学，为家里出人头地。我要振兴苦难贫穷的家庭，我要让家人在村里活得有尊严，我要让爷爷、父母和家人过上幸福的生活！

皇天不负有心人，我幸运地在20世纪80年代考上了大学。大学毕业一晃三十二年了，从毕业的那一天起，我就拼命地工作，节衣缩食，勤俭持家，为了家人能过上好的生活，我不知道熬了多少个通宵，又有多少节假日在工作中度过。为了多节省点儿钱，我几乎没在外面吃过早餐，更没倒过剩菜剩饭！经过三十多年的努力，我可以问心无愧地说，我对老对少尽到了责任，我让他们找到了工作，住上了楼房，过上了较好的生活。我兑现了考上大学离开家乡时许下的诺言。苦难伴随欢笑，汗水掺和泪水，三十多年来，不管我遇到多少挫折和困难，我都能微笑面对，从容淡定，寻找解决问题的措施和办法。正是有了执着的信念，才让我几十年如一日地坚持坚守。

　　一个正常的人,特别是结婚有家庭的人,责任大于天!有了责任才会对老对少对家人负责,为了尽责才会吃苦耐劳、忍辱负重、顽强拼搏!人的一生也因为能担当起责任而充实、丰富和美丽!家人、朋友、领导都离不开你,才真正显示出你的价值!不要抱怨人生的不公,不必计较生活的艰辛,更要忘记一时的得失,只要心存责任,你的心就会永远被阳光照亮而温暖前行。经过苦难的洗礼每往前迈进一步,你离人生的终极目标就越近一步。积累的知识和经验越多,你迈的步子就越大,收获也会越丰硕!

　　机会总是留给有准备的人,成功属于有信念有追求的人。幸福生活是奋斗出来的!奋斗的人生最美丽!

　　苦难是一笔财富,磨炼是一种修道。历经苦难、饱受磨砺的人生才更精彩!

2019 年 4 月 17 日

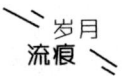

中年人的"爱情"

在中年人的世界里,关于中年人的爱情,大多数是难以启齿的酸楚和苦涩:有些爱是不能跟人说,不会被祝福;有些感情,只能藏在心里,不能晒在阳光下;而有些人,即使再爱,也无法走到一起,只能成为一种爱而不得撕心裂肺的痛!

或许有人会说,既然是"不被祝福的爱",那肯定是苟且的,就是一种欲望和激情,而不是真正的感情;也或许有人会说:如果是"不能晒在阳光下的感情",那肯定是龌龊的不齿之情,还有什么脸面说呢?

其实,在中年人的婚姻和爱情问题上,真的还不能这样武断和一概而论。

中年人的爱情,以爱的名义进行龌龊和不齿的激情行为很多,但不尽然。我们没有必要站在道德的审判席上,高举着道德的大棒,看到一份中年人的感情就大喊一声:"妖孽,你往哪里走,还不快快现出原形!"

其实,"中年人的感情问题",是一个具有普遍性的问题。如果有谁不信,请看看你身边的中年人有几个婚姻里有爱情?又有几个生活得真正幸福?

在现实生活中,中年人的婚姻现实情况是:没有爱情的居多,不幸福的遍地都是，"凑合"的婚姻是一种普遍现象。所以，人到中年，寻找"爱情"的现象才如此"猖獗"和"泛滥"。

出现这种现象，肯定是不正常的，也应该是不被认可的。抵制婚外情应该是我们每个人做人的底线，是有道德良知的人的共同心声。然而，中年人的爱情真的就是那样"龌龊"和"不堪"吗？

绝不！爱情从来都是令人向往和无比美妙的。爱情，对于有良知、有责任感、有担当的中年人而言，或许应该说是一种无声的、难以启齿的"痛"！

在中年人的世界里，爱情是一种极其渴望、又特别奢望的精神追求！因为在中年人的婚姻里，大多数已没有爱情了，或者是"常伴后的厌倦"。所以，在每一个中年人的内心深处的精神世界里都想有一份纯粹的感情和真正的爱情！

大家深知，中年人在对待感情方面已不再只是向往"诗和远方"的浪漫和为了一份感情而"奋不顾身"了。他们有太多的顾虑和牵挂：为了孩子，为了家庭，为了身上的责任和义务，为了一份良心，最终在"追求爱情和担当责任"之间徘徊，最终只能一声叹息，遗憾地选择困守在婚姻的围城里，坚守着沉甸甸的那份责任……

爱情，永远这么美好这么让人追寻！对于中年人而言，大多数是难以启齿的痛！最后的结局往往是：不要再见便再也不见的痛——因为我们不知道如何面对自己深深爱着的人和那些深深爱着你的人……

2019 年 7 月 8 日

岁月流痕

莫负时光

　　人生匆匆数十年，晓行夜宿，栉风沐雨，总在奋斗中前行。为了大好前程，为了能够过上好日子，我们不辞辛劳，踏遍千山万水，走过万里河山，阅尽人生百态，洞悉世事沧桑，只为他日功成名就，荣归故里，光耀门楣。

　　我们总是把泪水和委屈藏在心底，让自己的心坚如磐石。人生匆匆数十年，总在磕磕碰碰中前进，遇水搭桥，逢山开路，把自己装扮成超人，不管遇到多大困难，碰到多少烦恼，总是犹如英雄一般，苦涩一笑后，坚毅刚强地去解决问题，披荆斩棘，遇关斩将，冲锋陷阵，直达通途大道。当我们回头时，突然发现，原来这一切的一切宛如云烟，我们从中失去了太多太多！为了生活，我们舍弃了身边一站又一站靓丽的风景，错过了一辈子的怡然自乐！当我们想安闲地过过日子时，我们已不再年轻，没有了太多时间。

　　于是，回忆、悔恨便交织在余生的脑海里，幡然悔悟已垂垂老矣。当初风尘仆仆地活着，为了自己的理想和追求，为了出人头地过上好生活，左冲右突，一条路走不通，再走另一条路，直到通达。忙里忙外，不为自己，却为他人做嫁衣裳，而这嫁衣裳似乎让我们明白当初的选择失去了太多太多：朱颜已老，皓齿不存。追求的金钱、富贵、权势，犹如镜中花、水中月。人老时，才明白，一切都是空幻，带不走，消受不了。为何当初不好好珍惜时光，为何当初不明白"钱不需多够用就行，名不需荣安逸便可"的道理。

清代著名教育家、诗人、书法家宋湘对于笔者悔昔之感亦曾有之，他对于为人在世，北往南来，过客匆匆，历经沧桑，明懂苦涩人生之理，用了一副长达一百五十余字的对联予以高度概括，道尽人生的酸甜苦辣咸，又开导人们应当如何效行：

上联：今日之东，明日之西，青山迭迭，绿水悠悠。走不尽楚峡秦关，填不满心潭欲壑。力兮项羽，智兮曹操，乌江赤壁空烦恼！忙什么？请诸君静坐片时，把寸心思前想后，得安闲处且安闲，莫教春秋佳日过。

下联：这条路来，那条路去，风尘仆仆，驿站迢迢。带不去白璧黄金，留不住朱颜皓齿。富若石崇，贵若杨素，绿珠红拂终成梦。恨怎的？劝你解下数文，沽一壶猜三度四，遇畅饮时须畅饮，最难风雨故人来。

请君莫负时光，停下匆忙的脚步，驻足人生中的每一道风景，莫负当下，不负此生！

2019 年 10 月 30 日

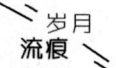

学会放下 活得自在

人生旅途,有成功失败、咸酸苦辣、悲欢离合,要学会放下,才活得自在。

国学大师南怀瑾写过一首诗:"秋风落叶乱为堆,扫尽还来千百回。一笑罢休闲处坐,任他着地自成灰。"世事万千,来来往往,其实都是缘分使然。若是过分在意,反而在为难自己。

大雁南飞,枯叶落地,都是四季变换,季节使然。

新生啼哭,老者逝去,都是自然规律,天道轮回。

若能一切随他去,便是人间自在人。

学会放下,要懂得随缘。

谈到随遇而安,"一蓑烟雨任平生"的苏轼就是我们最好的榜样。

苏轼因与当朝宰相王安石政见不和,被贬官在外。但这难不倒生性乐观的苏轼,他跟友人采撷果蔬、取池鱼、酿黍酒、养家禽……硬是将贬谪他乡的坎坷岁月过得津津有味。

苏轼被贬黄州,被誉为一代文豪的他,从不觉得有损身价,反而写出了"长江绕郭知鱼美,好竹连山觉笋香"令人读之垂涎三尺的诗句。

然而命运却不就此放过他,后来他再被贬到荒蛮的惠州,他依然能够随遇而安。没过多久,他又写下了"日啖荔枝三百颗,不辞长作岭南人"的绝美诗句。

命运给苏轼出过很多难题,但无论人生多么坎坷,他都能做到宠辱不惊,顺应环境,适应环境。他无论到哪里,都能随遇而安。

有人曾说:"人生缘何不快乐,只因未读苏东坡。"苏轼这种随遇而安的心态,是值得我们学习并借鉴的。

学会放下,要有平和的心态。

物随心转,境由心造,烦恼皆由心生。

人的一生就像一天,有起风的清晨,有暖和的午后,有绚烂的黄昏,有流星的夜晚。

不管是阳光灿烂,还是聚散无常,一份随遇而安的平常心,是人生唯一不能被剥夺的财富。得之坦然,失之泰然,随性而往,随遇而安。

树木有枯有荣,人有生老病死。万物的枯荣有其规律,花儿不会因为人们的喜爱而常开,月亮也不会因为人们不满而不缺。既然无法左右外物,"生死由命""枯荣由它"便是最好的心态。

拥有再多的楼房,只需片瓦遮身;拥有再多的美食,不过果腹而已。

我们奋斗一生,带不走一分一毫;我们执着一生,带不走一分虚荣爱慕;我们追求一生,带不走一丝富贵荣华。

人生一世,草木一秋,每个人都不过是一个来去匆匆的过客。名利都是过眼云烟,身外之物,生不带来,死不带去。

三千繁华,弹指刹那,百年过后,不过一捧黄沙。没有谁的生活一成不变,也没有谁的人生年年如一。面对世事无常,唯有

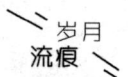

"宠辱不惊,看庭前花开花落;去留无意,望天上云卷云舒"。

对事对物,对名对利,我们要学会放下。愿我们得之不喜、失之不忧、宠辱不惊、去留无意、淡泊人生、随遇而安,活得自在。

学会放下,要懂得断舍离。人生无常,得到的要珍惜,失去的别懊悔。我们要包容命运的残缺、人生的遗憾,该忘记的都要忘记,别让残缺和遗憾放在心上,造成沉重的心理压力,让自己不开心。世界上的事情,永远不可能十全十美!

在这个世界上,从来没有两全其美的选择,你不可能同时拥有春花和秋月,也不可能同时拥有硕果和繁花。只有放下些什么,才能得到些什么。

别贪心,贪心之人永远得不到满足。因为贪心,许多人身陷囹圄;因为贪心,许多人郁郁寡欢;因为贪心,许多人终身奔忙;因为贪心,许多人反目成仇;因为贪心,许多人错过了眼前的风景。人生路上,我们要放弃沉重的欲望,过度的需求,舍弃不必要的执着,才能享受真正的人生快乐!

只有学会放下,才能活得自在。

2019 年 12 月 14 日

狠心逼自己一把

优秀的人、厉害的人，都是逼出来的。

"再懒惰的马，只要遇到马蝇，就会跑得飞快；再普通的人，只要施加正确的压力，就会奋发图强。"

正因为没有翅膀，人们才会寻找飞翔的方法。

人想要有所突破，必须给自己压力。不逼自己一把，你永远不会知道自己能站上多高的山峰。

曾国藩说："人败皆因懒，事败皆因傲，家败皆因奢。"

生活中很多人不愿吃苦，一边碌碌无为，却又羡慕别人的成功。没有人天生优秀，所谓的光鲜亮丽，背后却是不为人知的艰苦和坚持。他们敢于走出舒适圈，不断磨炼、不断奋斗，才变得更加优秀。

古语说："精钢百磨，方成利剑。白玉不毁，孰为圭璋。"

想要变得更好，就必须经历痛苦。那些优秀的人之所以优秀，正是因为他们愿意与惰性斗争，与痛苦为邻。只有经历过痛苦，才能享受成长与进步带来的喜悦。

战胜惰性，努力向前。只有逼自己一把，才能知道自己有多优秀！

虽然有些人曾经努力过，但进步却不大；有的人觉得自己尽力了，却还是竞争不过别人。但你回头看一下，假如你不努力什么都没有；你努力过，多少总有一些收获。为什么还没获得成功？这其实是自己还没尽到全力，还没有达到成功的火候。要想获得成功，必须花费更久的时间，必须走更远的路。

有人曾经总结当代废物的"五大表现"：

一、玩游戏远超过该有的限度；

二、长期熬不是用来提升自我的夜；

三、习惯性的"葛优躺"以及饮食以外卖为主；

四、绝大多数时间都安逸在自己的舒适圈里；

五、有危机感和提升自我的念头却从不付出行动。

对于当代废物这"五点"表现，我表示赞同。

当代"废物"还有一个共同点就是没有奋斗目标，甘于平庸。有目标的人在奔跑，没目标的人在流浪，因为他不知道去哪里；有目标的人在感恩，没目标的人在抱怨，因为觉得全世界的人都欠他的；有目标的人睡不着，没目标的人睡不醒，因为他不知道醒来去干什么！每一个人都是要有梦想和目标的，在不同阶段不同环境不同条件下都要有不同的奋斗目标。目标就是前进的方向，朝着目标努力拼搏，低级目标实现后向更高的目标迈进。当一个又一个目标实现后，你就会达到人生的高峰，别人就会仰视你、离不开你，你便实现了人生价值并富有成就感！

俗话说："一分耕耘，一分收获。"想要怎样的生活，就要付出怎样的努力。因为生活是自己的，人生也只能自己做主。

西方有句谚语："想要做什么样的房屋，就要当什么样的木匠。"

每一种生活状态，都是自己选择的结果。人生不会亏待每一个努力的人,当你付出一切,自然也会收获想要的生活。

正如李嘉诚所说,你想过普通的生活,你就会遇到普通的挫折。你想过最好的生活,就会遇到最强的伤害。这个世界很公平,你想要最好,就一定会给你最痛。所谓成功,并不是看你有多成功,也不是要你出卖自己,而是看你是否笑着渡过难关!

不逼自己,永远不会知道自己究竟有多优秀!

与其把命运交付在别人手中,不如对自己狠一点儿,倒逼自己一把,勇敢地承担责任。当一个人愿为梦想去吃苦努力顽强拼搏时,也就离成功更近了一步。当你咬紧牙关再"进"一步,你就会发现:那些看似波澜不惊的日复一日,那些坎坷崎岖的道阻且长,那些为梦想所付出的汗水泪水血水,终将成为一道划破夜空的曙光!

哪怕眼下是万丈深渊,勇敢地狠心地逼自己一把,前方就是阳光大道!

2021 年 8 月 22 日

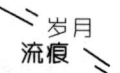

老婆真好

加班深夜回到家,想洗个热水澡,消除一天的疲劳。一拧水龙头,却停水了,心头不禁涌上一丝凉意。

妻子在家多好!她有强烈的忧患意识,也非常细心,多年养成了一种习惯,不管看没看到停水通知,每天她都会装满几桶水,足能保证一两人做饭喝水洗澡洗衣。不像我这样粗枝大叶,不会做蓄水准备,遇意外停水忙碌一天连一个热水澡也洗不到!

妻子去市里带孙女了,断断续续已有月余。我不仅每天工作繁忙,更是一个勤快独立的人。近二十年来,我几乎没有空闲时间,有点儿时间静下来,也是让自己的灵魂得到安宁,或者是静静地思考问题,因此妻子是否陪伴在身边,于我不存在任何依赖。只不过忙碌一天后,深夜加班或开会回来,打开房门,偌大的房子静得出奇,一点儿声音都没有。漆黑的房子就像一个岩洞,只有我一人融入这片黑暗、静寂和清冷中!

有妻真好!男人娶了妻才算有了一个家。有了妻子,男人才有被爱的幸福;有了家庭,男人才会有责任担当;有了家庭,男人才会有奋斗的目标;有了家庭,男人才有漂泊返航的温馨港湾。

老婆真好!她让你身在海角天涯,都能找到回家的路;她让你拼命往前冲,却拥有安稳的大后方;她让你在外受尽委屈时,却可以回家挺直腰杆；她让你专心事业前途，自己却含辛茹苦扶老携幼；她忍让你无端发泄释放，却从不需要你低头致歉。这就是助你成长成功的贤妻啊！

真正的夫妻，应该是同甘共苦、患难与共，应该是情投意合、冷暖相知，应该是携手一生、不离不弃，应该是目标相向、成就大事，应该是彼此理解、求同存异，应该是相互尊重、播种希望！

老婆真好！没有华丽的辞藻形容你，也不再羞涩地说"我爱你"，只想对你说："下辈子，我还娶你！"

2021 年 8 月 22 日

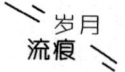

读书决定认知

每个人脑子里都有一把锁,读书是打开认知枷锁的钥匙。

你读的书里,每一页都是成长的刻度。

成熟的人应有"宽文化背景",即军事、政治、经济、哲学、艺术等各种领域的知识都要有所涉猎。知识的广阔和渊博,会让你在工作和生活中遇到困难时触类旁通,思维洞开!

读书就是将别人的思想,变成一块块基石,筑造属于自己的思维殿堂。

王石说:"读书让我懂得尊重规律、迎合趋势,这让我走得比别人更远。"

林语堂曾说:"读书,开茅塞、除鄙见、得新知、增学问、广见识、养性灵。"

翁森说:"蹉跎莫遣韶光老,人生唯有读书好。"

培根也说过:"读书给人以乐趣,给人以光彩,给人以才干。"

读书吧!你学到的每一个知识,都可能成为你电光火石的灵感,为你打开广阔的思维世界。

读书还可以改变气质。

曾国藩说:"人之气质,由于天生,本难改变,惟读书则可变化气质。"

天下古今之才人，皆以一傲字致败。

唯立身修心、做事谦虚、待人温和方能赢得支持，获得成功。

做人身段要软，要注意收敛锋芒。

曹德旺办公室挂的对联：

> 战战兢兢即生时不忘地狱；
> 坦坦荡荡虽逆境亦畅天怀。

以书为镜，反省自身，可以悟修身之道，明待人之礼。

阅读还可以不断超越自己的偏见，走出自身的狭隘。让自己从偏见到包容，从冷漠到善良，从邪恶到正义，从脆弱到强大，从贫穷到富有。

2022 年 8 月 5 日

岁月流痕

无悔人生

  几十年眨眼间就过去了。风雨沧桑数十载,无怨无悔。尝尽了人情冷暖,受够了官场倾轧,担怕了工作风险,经历了悲欢离合,看遍了冷漠无情,忍够了低声下气,今天我终于卸下了担子,变成一个无职无权的普通公民了,身心感到前所未有的轻松。我终于可以过自己喜欢的生活,做自己喜欢做的事,努力让自己人生的下半场过得快乐、惬意和精彩。

  不再为爱伤心落泪,不再为功名利禄受辛苦。每天早晚散步,侍弄花草,练习书法,烹饪美食,品茗读书,偶尔邀三五好友外出远游,把生活过得轻松而随性。

  一把年纪了,应该把保养身体放在首位。不以物喜,不以己悲。什么都经历过,什么都应该放下了。有一个好心态,保持好心情,才会有好的身体。我总结保养身体的四句话"平和的心态、健康的饮食、适度的运动、充足的睡眠"被同事朋友们借鉴,还十分管用。我历来对气功疗法和保健养生哂笑不顾,认为那是专门忽悠那些先天智障者或老年痴呆者的骗人把戏。我的余生岁月,既没有"醉里挑灯看剑,梦回吹角连营""烈士暮年,壮心不已"的悲壮;也没有"萧萧黄叶闭疏窗,沉思往事立斜阳"的嗟叹;更没有"凭谁问:廉颇老矣,尚能饭否?"的期待;还没有"王师北定中原日，家祭无忘告乃翁"的嘱托。眼下仅有的，也无非是香茗一盏，闲看庭前花开花落；美酒半壶，静观天上云卷云舒。小径漫步，听流淙曲水。饿餐渴饮困卧，不问今夕何年。

花眼回望，残阳如血；

蹉跎岁月，往事如烟。

三十余年的从政路上，惶惶恐恐，战战兢兢，如临深渊，如履薄冰。我自知才疏学浅，胸中无执印将兵之雄才；但我初心不忘，日省吾身，谨记"一粥一饭，当思来处不易；半丝半缕，恒念物力维艰"，不改怜贫恤困之心。在灯红酒绿光怪陆离的闹市中，侥幸抵住了纸醉金迷的诱惑；在勾心斗角的政治旋涡中，大力挣脱了指鹿为马的潜规绑架；在权钱交易成为时尚时，头脑清醒，稳住阵脚，牢牢守住了清清白白为官、堂堂正正做人的道德底线。

风轻云淡，岁月静好。功过任评，毁誉由人。如今退下来了，幽居陋室，闲云野鹤，不问魏晋。掷掉朱笔万事轻，躲进小楼成一统。每日屏览四海，网游五洲。淡茶薄酒，诗书为友。儿孙绕膝，衣食无忧。居安睡稳，夫复何求？

人生一世，百味尽尝。蓦然回首，百感交集。只有在人生路上，潇潇洒洒地苦过了，甜过了；拼过了，搏过了；哭过了，笑过了；聚过了，散过了；爱过了，恨过了；悔过了，悟过了；成过了，败过了；得过了，失过了……历经人间悲欢离合，阅尽天上阴晴圆缺，才算得上一个完整的人生。

品咂人生，价值不过"担当"二字。我在人世间走了一遭，没有亵渎一个热血男儿一生应有的"为国家尽忠、为父母尽孝、为家庭尽责"的"三尽"担当。就"三尽"而言，我应该做而没

岁月流痕

来得及做，或本应该做好却未能做好的事仍有很多很多，非不为也，是不能也。扪心自问，我真的已经竭心尽力了！

人的一生真的太短暂了，一眨眼的工夫就老了。我老了，真的老了——老在经常夜半缺头断尾的残梦里，老在惹人生厌的叨叨絮语中，老在五味杂陈无怨无悔的回忆里，老在无所顾忌满心开怀的笑谈中……

2022 年 9 月 10 日

男人真难

真正的男人都是孤独的,推杯换盏之间难掩内心的孤寂,趾高气扬中包藏着凄凉的心。成功了,你是真正的男人;失败了,你还能是什么?

自古以来,男人是家庭的顶梁柱。

社会上最具权贵的,大多是男人;身份最低贱卑微的,也大多是男人。社会上赚钱最多的行业,大多有男人;最苦最累的行业,也大多有男人。家里需要钱的时候,首先站出来想办法的,也是男人。

中国的男人们千百年传承下来赚钱养家的理念,肩上扛着的是一整个家,他们身上背负着责任和压力,常常压得他们喘不过气来。

沉重的家庭负担,日复一日高强度的工作消耗着男人们身上的能量,乃至于他们一直在透支自己,得不到休养和休息,身体一直处于虚耗的状态。

"男儿有泪不轻弹"。男人们注定需要忍耐和承受,得不到倾诉和发泄。

女人受了委屈可以哭诉,男人尝到苦果只能咽下;女人烦了闷了可以去逛街购物发泄,男人却只会把自己闷在家里,或者借

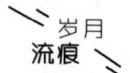

酒消愁。

男人不会随便流泪,不会找人倾诉,不会过多解释,习惯于默默承受。

抽烟、酗酒、熬夜的不良生活习惯,对男人的身体影响很大。

佛说,人生来就是受苦的。在茫茫人海中,艰难、苦涩、悲伤,甚至绝望,无处不在。

有时候只是活着,就已拼尽全力。想要更好地活着,就得付出更多的努力和艰辛。而男人作为一家之主,往往背负得更多,最后也伤得最深。

2022 年 10 月 18 日

实现人生价值靠自己

去年金秋十月,正是北京最美丽的季节,我因出差赴京有幸观赏到一次全国奇石展。走进展厅,琳琅满目的奇石让人叹为观止,其中有一块白色圆形的石头极像中秋皎洁的明月,明月中间还有一个黑色行书体的"寿"字,字迹清晰,笔力苍劲,让人惊叹大自然的鬼斧神工!

我好奇地询问这块石头的由来,才知道这块取名叫"月寿石"的奇石是一位禅师捐献的。

这其中还有一个动人的故事。

捐献"月寿石"的这位禅师很有学问,很有名气,经常有人向他求教。一天,有一位年轻人问这位禅师:"大师,同我一起获得了博士学位的同学,彼此条件都差不多,可走向社会之后才短短几年,大家工作和待遇的差别却已经拉得很大了。这是为什么?怎样才能使自己的人生价值得到最大化的实现呢?"

禅师为了启发这个年轻人,便把这块"月寿石"交给他,试着让他卖掉它,分别去几个不同的地方试着看能卖多少钱,并特别叮嘱他:"不要真的卖掉它,而是多问一些人,注意观察,了解行情。"

年轻人到蔬菜市场去了,许多人认为这块奇石只值几十块钱。

接着他到黄金市场去问,有人乐意出三千块钱。后来年轻人到珠宝店去问价,珠宝商开口居然出五万块钱,年轻人故意抬高价格,珠宝商出到十万。年轻人坚持不卖,珠宝商着急地说:"我们出二十万、三十万,或者你要多少就给多少,只要你卖!"

回来后,禅师拿着"月寿石"说:"我根本就不会卖掉它,只是想让你明白:同样的一块'月寿石',在不同的地方有不同的价值。你给自己定位在哪里,你的价值就在哪里。关键是善于经营自己的长处。"

年轻人听后,心领神会,豁然开朗,由衷地笑了!

为了让更多的人能欣赏到这块神奇的"月寿石",从对这块"月寿石"的欣赏中得到启示,禅师将这块"月寿石"捐献给了国家。

这真是一个让人浮想联翩的故事。从奇石馆返回酒店的路上,我不由得想起原来读过的一篇短文。

有一位青年向一位禅师求教:"大师,有人赞我是天才,将来必有一番作为;也有人骂我是笨蛋,一辈子不会有多大出息。依您看呢?"

"你是如何看待自己的?"禅师反问。

这位青年摇摇头,一脸茫然。

禅师打了个比方:"譬如同样一斤米,用不同的眼光去看,它的价值也就迥然不同。在炊事员眼中,它只不过能做三五碗饭而已;在农民看来,它最多值三元钱罢了;在味精厂家眼中,提炼出味精,说不定可卖十多元钱;在制酒商看来,酿成酒,勾兑后,也许可卖五十元钱。不过,一斤米终归还是那一斤米。"

禅师顿了顿,接着说:"同样一个人,有人将你抬得很高,有人把你贬得很低，其实，你就是你。你究竟有多大出息，究竟有多少价值，归根结底取决于你自己。"

这位青年茅塞顿开。

从根本上说，一个人的真正价值，并不在于外界怎么估价，而在于自己能否开发自己的价值，能否提高自己的价值，能否使自己的价值不断升值。实现人生价值最终靠的是自己。

2022 年 12 月 10 日

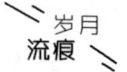

人生的意义

国学大师季羡林说过一句话:"根据我个人的观察,对世界上绝大多数人来说,人生一无意义,二无价值。"这道破了人间的苍凉!

那人的一生,到底有啥意义呢?

鲁迅先生曾说:"走上人生的旅途吧!前途很远,也很暗。然而不要怕,不怕的人面前才有路。"

人生就像一道往上跋涉的漫长的阶梯,谁都不能倒退。生活这出大戏,一旦开场,无论你有多怯场,都要坚持演完。

世上没有一件工作不辛苦,没有一处人事不复杂。你排斥现在的不愉快,光阴也不会过得慢点儿。不要随意发脾气,谁都不欠你的。越努力越幸运,要让自己变得强大,当你有了足够的内涵和坚实的物质基础,人生会变得底气十足。

世界上没有能比脚踏实地走得更远的路,没有用智慧打开不了的门,也没有用意志力攻破不了的堡垒。

人生就是一个得失的过程,有得有失才是天道。心存"只想得到不愿失去"的念想,其实就是有悖天理,故而痛苦和烦恼总是接踵而至。

人生的意义在哪儿?我觉得就是人这一生活到了点子上,没有辜负这一生的光阴。

什么叫活到点子上？就是觉得一辈子没有白活，幸福指数很高，回首看自己的一生没有太多的遗憾，如果让你再重新过一辈子，你还是愿意这么过。

人在生活中慢慢变得成熟，这一过程本来就是有意义的。人成熟的过程，其实是学会与自我相处、与他人相处的过程。这个过程必然伴随着从怕入世到愿入世、从不善于沟通交流到善于沟通交流、从热闹到安静、从慌张到从容、从急功近利到从容淡定、从迷茫到通透、从有人陪伴到泰然独处。

正如一千个人心中就有一千个哈姆雷特，每个人的人生是否有意义，不在于别人的评价，而在于自己的定义和赋予。

人生有没有意义，无须浪费时间论断。世间没有永恒的东西，也不要问怎样才能永远。人生有许多无奈，请试着充实自己，充实自己的人生。没有人知道明天会怎样，你现在要做的就是善待眼前的分分秒秒！

做你认为最有意义的事，锲而不舍，永不放弃！

2023 年 1 月 8 日

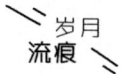
岁月
流痕

理性看人生

现在许多年轻人过惯了轻松甜蜜的日子、无忧无虑的生活,日子苦一点儿就抱怨不休,却不知融入咸酸苦辣甜的人生,才是真正的人生!

一苦一甜,那才叫生活。起起落落的人生里,一喜一悲是心中的情怀,把一份深沉久久留下;一痛一快是人生的阅历,把世间的疲惫深深埋藏。

我们的日子里,有苦有甜那才叫生活。苦涩的岁月里,要扛得住人生,守得住岁月。

一个简单的微笑,或许能化解生活的干戈;一次热心的祝福,可以让我们的生活变得温暖;一个暖心的动作,可以让人记住一辈子。

生活离不开柴米油盐,那是生命的交响。炊烟升起,妻子在灶台前做饭的背影是最美的风景,热腾腾又可口的饭菜最能催促你回家的脚步,一家老少围坐桌前就餐才是真正家的味道。家庭里有了柴米油盐、锅碗瓢盆的交响,才会写满一朝一夕的时光,充盈一念一想的岁月。

生活离不开人间烟火,总是让你看尽人间的灿烂;生活离不开爱你的人,总是能给你带来别样的惊喜和精彩!

生活也离不开抱怨，总是带着一点点压抑，带着一点点遗憾，走完一生的道路。

每一朝我们都在时光中穿梭，每一夕我们相伴守望着日落，即使错过了落日余晖的浪漫，但还有星河璀璨的余生。

用今生的夙愿去面对时光里的每一段情，用今生的真心去面对时光里的每一段爱，我想等你到来的人里，一定让你爱上了岁月，爱上了时光。

我们在时光中要慢慢去理解这个让我们抱怨的世界，我们要在时光中保持着清醒、独立的自己，去爱一个自己的人生。

我们要在这个既复杂又冷漠更丰富多彩的世界里，勇敢地接受生命中所经历的一切。经受生命给予的一切考验，坚强地让自己站起来走下去。要让自己活得善良、活得自信、活得精彩。

我们无法让繁杂的世界变得平静，那就让自己变得平静吧！

目光所至皆是岁月，目光所及皆是生活。我们在岁月里期待生活，我们在生活里期待岁月。

浅浅喜、浅浅乐，淡淡想、淡淡念。让我们的岁月变得温柔可爱，让我们的人生变得醇厚深沉。

岁月无恙，你我皆是过客，愿你静静地爱，静静地守护，静静地善待生活中出现的每一个人。

如今，岁月刚好，人间芳华，时光烂漫，愿我们奔赴在余生的岁月里，不负时光，不念过往，不计岁月，不负今朝，不留遗憾！

2023 年 2 月 10 日

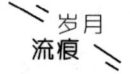

学会自律　完善自我

从发蒙读书开始，几十年来我都注意培养良好的工作学习生活习惯，注重自律。特别是在这个浮躁的时代，手机、电脑，视频、多媒体信息充斥到我们生活的每一个空间，因此自律显得更为重要。能自律的年轻人更容易受到青睐！

柏拉图曾说："自律是一种秩序，是一种对于快乐和欲望的控制。"

一个人，越自律，越优秀，越幸福。因为自律就像一个控制开关，它能激活人们身上的闪光点，所以那些自律的人才能拥有成就事业的金钥匙。那么，该怎样才能做到自律呢？根据我几十年的感受，只要我们每天坚持做以下几件小事，就可以让自律成为一种好习惯。

一是早起。自律的第一步就是早起。俗话说："一年之计在于春，一日之计在于晨。"早起的人一天里拥有比别人更多的时间，能过得更加从容和充实。

经常看见晚起的人，活得紧张而匆忙。眼看快到上班时间了，有的来不及洗漱打扮，有的来不及吃早餐，有的随便买点儿东西边走边吃，有的上班开会迟到……

早起的人更容易养成勤勉的好习惯，更容易克服自身的惰性本能。

早起这件事不能三天打鱼,两天晒网,要有毅力,做到持之以恒。正如曾国藩所说:"勤字功夫,第一贵早起,第二贵有恒。"有恒才能成事。

一个人,如果能做到每天都坚持早起,便能养成自律的习惯,让自己变得越来越优秀!

二是阅读。人一定要养成阅读的习惯,要学会从书中得到知识和乐趣。

读书可以解惑。爱读书的人,精神上是充盈和富有的。从书中获得了知识,即使在生活中碰到再大的困难和挫折,也懂得如何应对。读书能让你获得一辈子的快乐。

阅读可以改变气质。俗话说:"好看的皮囊千篇一律,有趣的灵魂万里挑一。"一个人的气质里,藏着他读过的书和走过的路,正可谓"腹有诗书气自华"!

阅读可以养性。它能让人变得性情平和,不那么焦躁。读书还是一种辛苦的事情,耗时伤神。一个人如果能耐得住读书的枯燥和寂寞,既增长了学问,又可以做到甘于淡泊、严格自律。

读史使人明智,读诗使人聪慧,数学使人精密,哲学使人深刻,伦理学使人有修养,逻辑修辞使人善辩。

一个人,能坚持每天读书,日积月累的读书过程,其实也是自律习惯养成的过程,也是你变得越来越优秀的历程。

三是写作。曾子曰:"吾日三省吾身。"从古至今,无论是圣人还是普通人,都要每天反省自己,有则改之无则加勉,这样才能让自己变得至真至善至美,不求最好,但求更好!

反省的最好方式,便是坚持每天用文字记录生活。不管自己有多忙多累,也要花点儿时间记录每一天的所见所闻所思所想,深入反省、剖析自我,逐个找出自己的缺点和不足,及时加以克服和改正。

写作是自律的一种方式,坚持每天动笔写一写,可以养成自律的习惯,不断反省自己,从而让自己变得越来越优秀。

四是学习。学无止境。学习是伴随一生的事。向书本学、向工作学、向他人学、向社会学,用心学习请教,必有收获。唐代大书法家颜真卿留下了一首著名的《劝学》:"三更灯火五更鸡,正是男儿读书时。黑发不知勤学早,白首方悔读书迟。"趁着年轻,必须勤奋学习,否则遇到"书到用时方恨少"时就会后悔和遗憾。

其实,生活中处处都充满诱惑,它们就像黑洞一样,会慢慢吞噬你。现在,很多人每天离开了工作便无所事事,不是刷抖音,就是玩手机或游戏,忽略了学习的重要性,漫无目的地等待着下一个上班轮回。人的精力和时间是有限的,一旦放弃了学习和思考,就会变得更容易陷落在生活的诱惑旋涡中不能自拔。

真正自律的人懂得断舍离,懂得放弃无效社交和无效信息,会合理地规划和安排时间去学习,把时间的价值发挥到最大化,让自己成为一个更好的人。

五是运动。"生命在于运动。"人活在世上,肩负着工作家庭生活沉重的担子,没有好的身体是担负不起的。"身体是革命的本钱",有一副健康的体魄,才能去创造美好的未来。要学会爱惜身体,每天坚持运动。周末或节假日可以选择外出爬山、游泳、骑行、旅游,下班后尽量挤出时间散散步。放松心情,运动四肢,有益身心健康。每天清晨你花半个或一个小时做做户外活动,鸟儿鸣叫，微风拂面，空气清新，在运动中抖落疲惫，释放压力，你的心情会变得轻松快乐起来。运动后出一身汗，排排体内的毒素，回家后冲一个热水澡，吃完早餐上班，你的精气神就提起来了，一天都会在好心情好精力的支持下干劲儿十足。运动不能一曝十寒，要持之以恒，定会对身体大有裨益。有了革命的本钱，才能支撑你成就事业。

做一个自律的人，需要养成好的习惯。但是养成好的习惯真的很难，需要有足够的毅力，一直坚持才能达到目的。贵有恒，何必三更起五更眠；最无益，还是一日曝十日寒。至圣先贤曾国藩是一个十分严格自律的人，读书和写作他坚持了一辈子，临去世前一天还在写日记。

自律的人，才能完善自我，才能成就一番事业。

2023 年 3 月 9 日

亲疏有度

物质世界，大到宇宙天体，小到分子、原子，任何物质都与周边物质保持合适间距，按一定轨道运行。物质如此，人的关系也是如此。《论语·里仁》说："事君数，斯辱矣。朋友数，斯疏矣。"意思是说，如果你有事没事总是跟在国君的旁边，虽然表示亲近，但离自己招致羞辱也就不远了；你有事没事总是跟在朋友旁边，虽然看起来亲密，但离疏远也就不远了。对朋友，对领导，都不可能是亲密无间，都要保持一定距离，彼此之间留一点儿空隙，留一点儿余地。淡淡而交，得到的往往是更宽广更深厚的友谊。友如画竹终须淡，文似看山不喜平。交友如同画竹一样淡而不断，写文章就像看山一样奇峰拔起，曲折跌宕。庄子说："君子之交淡如水，小人之交甘若醴。君子淡以亲，小人甘以绝。"君子之淡，淡之以真情实意，淡之以清流水深；小人之甘，却甘之以利，甘去则苦，利断则绝。三国时期蜀相诸葛亮在《论交》中说："势利之交，难以经远。士之相知，温不增华，寒不改叶，能四时而不衰，历险夷而益固。"这说明以权势和利益相交，是难以经历久远的。君子相交，应该是"温不增华，寒不改叶"，即温暖的春天来了，也不是繁花似锦，打得特别火热；寒冬来临了，经历了风霜困苦，如劲松不落叶，友谊则更加牢固。

朋友之间亲疏有度，关键在于要有平等和理性的心态。平等了，对朋友就不会有过多要求，过高的期望；理性了，就会善待朋友，也善待自己。树高叶茂时，众鸟投林栖息，是否来者不拒？风吹雨打时，百鸟飞离，是否值得挽留慨叹？在人生低谷失意时，最好是尊重朋友的选择，不苛求朋友能为你做什么，想留下就留，想离去就离去。这样，作为朋友才是相互理解相互尊重，这种感情才是纯洁的真诚的！

史上流传一则"君子之交淡如水"的佳话：唐贞观年间，薛仁贵尚未得志之前，与妻子住在一个破窑洞中，衣食无着落，全靠王茂生夫妇接济。后来，薛仁贵参军，跟随唐太宗李世民御驾东征，因其战功赫赫，身价百倍，前来送礼祝贺的文武大臣络绎不绝，但都被薛仁贵婉言谢绝。他唯一收下的是普通百姓王茂生送的"美酒"两坛。打开酒坛，负责启封的家丁大惑不解，因为坛中装的不是美酒而是清水！家丁愤然："启禀大人，此人如此大胆戏弄大人，一定要重重地惩罚他！"岂料薛仁贵听了，不但没生气，而且命令家丁取来大碗，当众一口气饮下三大碗清水。在场的人不解其意，薛仁贵说："我过去落难时，全靠王兄夫妇资助，没有他们就没有我今天的荣华富贵。如今我厚礼不收，美酒不沾，却偏偏收下王兄送来的清水，因为我知道王兄贫寒，送清水也是王兄的一番美意，这就叫'君子之交淡如水'。"当你困难的时候走近你，给你雪中送炭；当你富贵的时候远离你，给你斗胆直言，甚至还给你泼冷水，像王茂生这样的朋友，才是真朋友，值得一生珍惜。薛仁贵功成名就后拒绝百官厚礼，偏偏收下自己落魄时有恩于己的王茂生的两坛水，当众豪饮三大碗，不忘本色不忘旧恩，才是真感情好朋友。

岁月流痕

理性、平等地对待朋友，要设身处地站在他人的立场上考虑问题。曾国藩有位幕友叫王湘绮，是湖南的才子名儒。有一次，曾国藩率湘军与洪秀全的太平军作战，刚露败象，王湘绮就要请假回家。曾国藩没有立即批复他的申请。有一天晚上，曾国藩有事去找王湘绮，看见他在房里看书，就站在他背后，也不打扰他，王湘绮都不知道。曾国藩就悄悄地退回去了。第二天早上，曾国藩送了很多钱给王湘绮，又诚恳地安慰了他一番，让他回家。有人问曾国藩："为什么突然决定让王先生回去？"曾国藩说："王先生去意已决，无法挽留了，朋友之道，不能勉强。尤其在打仗的时候，胜败连我自己都没有把握，如何能保住别人？"属下再问曾国藩何以知道王湘绮去意已决，曾国藩说："昨天晚上我去王湘绮那里，他正在看书，我站在他身后很久，王湘绮都没有翻过书，可见他不是在看书，而是在想心事，想回家，所以还是让他回去为好。"

亲过密则生仇，爱过度则生恨。再好的朋友再好的关系，都应该掌握分寸尺度。应该根据时间条件的变化，该亲的时候亲，该疏的时候疏，该离开的时候坚决离开。只有这样，才会防止朋友变成冤家、成为仇人。在人生路上不断有新朋友出现、旧朋友离开，而能伴随走完一生的老朋友也就极为难得。朋友聚散，纯属常理常态，不必为聚而喜，为散而忧，有缘才相聚，无缘就离散，不必怨天尤人，一切让时间来分拣，大浪淘沙，真朋友太难得，且行且珍惜！

2023 年 3 月 30 日

戒傲戒懒

曾国藩一生说过无数经典道理,其中有一句让我铭感五内:"天下古今之庸人,皆以一惰字致败;天下古今之才人,皆以一傲字致败。"

有才的人最容易恃才傲物。

他们都不缺少聪明才智,能很快发现机会和思路,唯一导致他们失败的,就是他们的傲慢。

他们总是不把别人放在眼里,认为自己很了不起,不从别人身上学习东西,因自负自大、故步自封,陷入自我膨胀里不可自拔,任凭人劝阻、提醒都不听从,甚至无药可救,这必然会导致失败。

另外,傲慢的人虽然聪明,智商都很高,但往往情商都很低,争取和获得人心的能力不强,该低头时不低头,最后也容易导致灾祸。

杨修很有才,也很孤傲,总想展示自己的才能,结果到了哗众取宠的地步,曹操看着实在不爽,就把他杀了。

恃才傲物之人,即便领导容得下你,同事也未必容得下你。比如在《三国演义》中,许攸在官渡之战中立了很大功劳,所以在军中很傲慢,后来甚至不分场合直唤曹操的小名。虽然许攸从

岁月流痕

小就和曹操要好，但是曹操手下的许褚看不下去了，一怒之下把许攸杀了。

还有一句话是这样说的：当一个人不屑于掩盖自己的愚蠢时便是傲慢了。一个人应该学会遮掩自己的锋芒。真正的才能和智慧，是始终明白自己有未知的东西，从而虚心不断地学习和进步。水往低处流，当你把姿态降到最低的时候，虽福未至但灾祸已远。

这个时代很浮躁，每个人都很需要被认同。于是很多人稍微有点儿成就马上就会飘起来。而那些有才又低调，有功又谨慎，有成就又谦卑的人，才是真正的大才！

我也见过很多资质平平的人，他们之所以一生碌碌无为，不是因为他们的才能不够，而是因为他们真的太懒了。

如今这个时代，大部分人的理想无非是能过上这样的生活：钱多事少离家近，位高权重责任轻；睡觉睡到自然醒，数钱数到手抽筋；逢年过节拿奖金，别人加班我加薪；喝茶看报好开心，副业兼差薪照领。这种安逸的生活状态，成为他们追求的目标，其实就是懒惰，就是不劳而获。也有这样一些人，没有读多少书，坐办公室的轻巧活儿没做，苦活儿累活儿脏活儿不愿做，心中没有目标又不愿意吃苦，靠政府的扶持、亲人的资助、朋友的施舍度日，一生如行尸走肉，浑浑噩噩，碌碌无为，这是这种人最大的悲哀，而造成这种悲哀结局的不是这个社会，而是他们的懒惰。

这也是世界上平庸之人的现状：好逸恶劳、幻想不劳而获，总想去投机取巧，最后往往一事无成。

世上没有免费的午餐，天上也不会掉下馅饼。平凡的人要想获得成功，成就一番事业，必须脚踏实地，笃定目标，埋头苦干，付出比别人更多的辛劳和努力。

我们也看到很多平凡的人，他们在岗位上，认认真真、兢兢业业地去做一件事，很多极致的产品、作品都是他们持之以恒打磨出来的。

有一个著名的"一万小时定律"：一万小时的锤炼是任何人从平凡变成世界级大师的必要条件。要成为某个领域的专家，需要一万个小时。按比例计算就是：如果每天工作八个小时，一周工作五天，那么成为一个领域的专家至少需要五年。人们眼中的天才之所以卓越不凡，并非天资过人，而是付出了持续不断的努力。

有才的人最怕傲，无才的人最怕懒。这里的"傲"和"懒"也反映了一个人的德行：有才而不傲慢，必定是"德"在压着；无才却很努力，必然是"德"在撑着。

所以归根结底，无论一个人有没有才，最终能否成功，起决定作用的还是你的"品德"。

愿天下有才和无才之人，切记戒傲戒懒！

2023 年 4 月 18 日

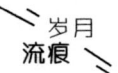
岁月
流痕

一生难得几回醉

昨晚，禁不住好友相邀，已远离酒杯一个多月的我，禁不住茅台酱香的诱惑，有了一种不醉不归的冲动，一直与好友品到深夜。回到家里，妻子到市里带外孙了，我一个人守着宽敞的屋子，孤灯影只，人虽未醉，却想起了许多"醉"的故事，中国的"酒文化"博大精深，源远流长，可以说是中国文化最精彩的部分。

有酒即会有"醉"，"醉"是必然中的偶然。因此，我们对"醉"不能一概否定和指责，有些"醉"事实上体现了一种精神、一种境界、一种情义、一种品格，甚至会产生一种期望之中或者意料之外的效果。

毛泽东主席作为中华人民共和国的缔造者，定都北京以后，宴请他青年时代的几位老师。席间，他频频举杯敬酒，酒浓师生情谊更浓。据说，当时主席未醉，被敬者皆是饱读诗书的社会名流、鸿儒政要，虽不胜酒力，但被主席这份情醉了，随后喝了个一醉方休。试问，谁不渴望一生中有这样一次醉？这样的醉，让人感到自豪、亲切，同时映衬了主席尊师重教的伟大品格。这样的醉，千古难得，回味无穷！

一代诗仙李白，才华横溢，风流倜傥。史书记载，他经常醉，醉游九州，醉的同时却产生了流传千古、脍炙人口的精美诗篇，成为中国古代文学史上璀璨的明珠。他的醉，是精神财富的源泉！更令人震撼的是，他醉入后宫，竟然指令贵妃娘娘脱靴换袜。那个时候他的醉，难道不是象征着对权贵的一种轻视、个人人格的一种升华？谁不会为他的醉态喝彩?！

宋朝叛逆者武松，山间小店，低档水酒，洋洋几坛，他醉了，英雄的醉，当饿虎扑食，恰好是酒力发作之时，酒壮人胆，酒助人力，他竟然赤手空拳，三下五除二，将饿虎打成死虎。他的醉，醉出了力量，醉出了形象，醉成了英雄！

在我的生命中，有过许多次醉。第一次醉是拿到大学录取通知书的那天晚上，老爷爷硬是要把家里主要亲戚和村干部请来，在堂屋里摆了四桌，庆祝我"金榜题名、冲出农门、光宗耀祖"。祖父带着我用吃饭的小碗每桌敬了一碗米酒，以示感谢，喝完后我就跑到厕所里呕了，呕完后到床上睡了一天一夜。第二次醉是结婚那天晚上，亲戚同学都灌我酒，高兴起来没刹住车，客人没走我就烂醉如泥了，倒在新房床上鼾声如雷，客人们酒足饭饱后还想闹洞房，看到我这个样子，都扫兴地离开了。第三次醉是高中毕业三十周年同学聚会，感慨岁月是把杀猪刀，皱纹爬上了靓丽的脸庞，白发染白了黝黑的双鬓，唯有真挚的同学情不变。畅叙友情，感叹岁月，感悟人生，你一杯我一杯，不知不觉同学们醉倒了一片，在中学食堂里的桌子上大家趴着睡了两个小时，醒来后大家又到学校边上的河里洗澡，无拘无束，还是那么单纯，重温激情燃烧的岁月！此外，几十年混迹江湖，也有过醉酒，都是为了协调好关系，打开工作局面，把事情办好！须知酒文化是中国几千年的文化传承，喝酒已成为人们沟通感情、理顺关系、促进事业的一种常用方式。但喝酒也要把握分寸，注重适度，才

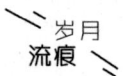

能彼此留下难忘的记忆和美好的回忆。否则,就会既伤身体,又生危害!

　　我既不好酒,更不酗酒,绝大多数时候喝酒都是为了工作和情义,任何时候都不愿经受痛苦的醉和醉的痛苦!

　　生命的过程在于不断的体验。一生中没有一次或几次醉,我认为也是一种遗憾。而一旦曾经醉过,你总会经意不经意地回想,无论人生的酸甜苦辣,你总会咀嚼出味道!醉,让人回味……

2023 年 5 月 30 日

心灵的品级

心灵的品级决定人格、品格和命运。

心灵的最高境界是敬畏之心。如同信仰和宗教,那份虔诚任风吹浪打都不会动摇。

如果每个人对规则、纪律、伦理都拥有本能的敬畏,在商守信、在职言公、在群言理、在情言忠,这世界将是何等美丽!

心灵的第二境界是慈悲之心。每一个社会都有弱者,从远古开始弱肉强食,时代进步到今天仍然推崇大鱼吃小鱼,小鱼吃虾米。这个社会最需要的是同情弱者,关爱弱势群体。

真正的强应该是心灵的强,有海纳百川的肚量和高山仰止的气势。每个人从呱呱坠地那天起,就注定要走一条自己的路。有的很长,有的很短;有的成功,有的失败;有的大成大败峰回路转。

生命的价值在于被别人需要,就如同金钱的价值在于使用。人要有慈悲之心,在力所能及的情况下尽可能地为别人多做点儿事情,哪怕是微不足道的小事,也是生命价值的体现。

心灵的第三境界是感恩之心。二十四年前我在一个镇里当党委书记,有一天一个耄耋之年的老大爷拄着拐杖步履蹒跚地走到我办公室状告他的五个儿子不尽赡养之责,看着面前这位白发苍苍、满脸皱纹的大爷,我心里一阵酸楚,而这种痛心和酸楚之事

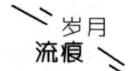

在这个社会却比比皆是。

一个人连亲生父母都不怀感恩之心，他能对其他人好吗？他还能为社会做什么呢？

父母给了我们生命，把爱全给了我们，把世界给了我们，怎能让年老体衰的父母老无所养，怎忍心让他们饱经风霜的心苦泪纵横？

不爱其亲而爱他人者悖德，不敬其亲而敬他人者悖礼，感恩之心首推于孝。

懂得感恩的人，是一个有责任感、勤劳上进、值得信赖、值得依靠的人。

心灵的第四境界是宽容之心。对人宽容，对己宽容，水不在深，有容乃大。

每个人都不可能风平浪静地过一辈子，所遇见的人和事都会带来辛酸，走过的路都会遇到坎坷和波折。

宽容让你辛酸的人和事吧，宽容别人就是善待自己，因为耿耿于怀只能加深对自己的伤害。

在我们成长的过程中，因为不经世事曾做出许多错事，有的可以挽救，有的无法弥补。

宽容自己的过去吧！

因为宽容自己的过去，就能善待自己的未来。用过去的经历当作生命的礼物，未来的生活才能更加精彩。

不论是宽容别人或自己，都会使心灵得到平静和放松，心理变得健康和快乐，让自己轻轻松松干事创业，人生的路才会走得更好更远。

2023 年 6 月 18 日

磨炼自己

《诗经》中说:"有匪君子,如切如磋,如琢如磨。"意思是品行端正的君子,经历社会不断地打磨,自我不停地雕琢,才能呈现出美好如玉的状态。

人生就是一场磨炼自己、提升心性的过程。世事无常,人情变化,唯有不断打磨自己,方能在人生路上从容、愉悦、知足和平安。

练就平常心。《论语》有云:"死生有命,富贵在天。"人生这趟旅程,生与死、贫与富、得与失,都是上天给每个人预先安排好了的。纵使富甲一方,也有无能为力之时;即使坐拥天下,也有无法挽回之事。所以,无论何时,都要保持一颗平常心,不以物喜,不以己悲,才能收到内心的平和喜乐。大事难事都是常事,以平常心对待,方能从容!

世事浮沉不过是磨炼自己的工具,唯有人生阅历、品性提升才是自己所需要的成果。《菜根谭》中说:"人不轻喜怒,物不重爱憎。"人生在世,不因赞誉而喜,不为毁誉而怒,物来不贪恋,物去不挽留,以平常心处事,感悟经历,提升修为,才是活得觉醒透彻的大智慧。

练就乐观心。智慧豁达的人寄情山水,仁爱达观的人热爱万物。任何事物都有两面性,看见阳光,便能收获光明;关注阴影,总是充满忧郁。真正聪明的人，懂得在黑暗中寻找光明，在逆境中发现转机，以乐观心对待生活，最后总能迎来柳暗花明、顺心如意！

"一念仙境，一念凡尘。"境遇相同，心念转变，人生命运便会天差地别。行有不顺时，看到本质，做好能做的事；出乎意料时，发现转机，走好眼前的路。不多想，不忧虑，尽力做好自己，乐观面对一切，命运终会不亏待你。好事坏事都是乐事，以乐观心看待，便可通达。

练就敬畏心。《论语·季氏》中说："君子有三畏：畏天命，畏大人，畏圣人之言。小人不知天命而不畏也，狎大人，侮圣人之言。"圣人告诉我们：生活中，糊涂愚昧的人，肆意妄为，违背天道，因此，诸事不顺；而聪明智慧的人，懂敬畏，知分寸，顺应天理，常能平安顺遂。

自律是一个人最大的修养。祈祷谢恩是敬天地，救济他人是敬众生，勤勉克制是敬自己，遵循规律是敬自然。

朱熹说："君子之心，常存敬畏，虽不见闻，亦不敢忽。"天地自有法度，事事皆有因果，长存敬畏之心。对待道德，遵守纪律，不越界；对待他人，心存善念，不妄言；对待自己，克制勤勉，不懈怠。任何时候，诚心正义，踏实稳健，才是行走世界的法宝。小事琐事都是要事，以敬畏之心对待，才是智慧。

《论语》中讲："君子务本，本立而道生。"这说的是君子应该专心致力于根本事务，根本建立了，治国做人的原则也就有了。做人要把握好根本和具备成事立业的本领。因此，我们在人生的道路上，要在苦难中磨砺，要在经历中修炼，要在失败中总结，不断提升自己、完善自我，做一个优秀的人。

2023 年 10 月 1 日

活得通透

人要活得通透，才会少烦恼少碰壁，反之则烦恼缠身，诸事不顺。

要活得通透，就要做到"忘适之适"。"忘适之适"出自《庄子·达生》："忘足，履之适也；忘要，带之适也；知忘是非，心之适也；不内变，不外从，事会之适也。始乎适而未尝不适者，忘适之适也。"这段话讲的是：忘掉了脚，便是鞋子的舒适；忘掉了腰，便是带子的舒适；知道忘掉是非，便是内心的安适；不改变内心的持守，不顺从外物的影响，便是遇事的安适。本性常为安适而从未有过不适，也就是忘掉了安适的安适。所谓"忘适之适"，就是连"适"本身都忘掉了，这是一种抛弃了所有的拘累和牵系的极度放松的心理状态，是一种与天地为一的精神境界，也是庄子所提倡的从意识层面到潜意识层面将一切都清除的"心斋""坐忘"等人生修炼方法的一种表现。

忘却了是否舒适，才是完全彻底的舒适。庄子认为人不能安宁的根源在于心灵本身，而非取决于外物。如果人的内心充满杂念，有过多的分别、计较，那么即使客观条件令人舒适，心灵也难以感到舒适。只有清除分别之心与各种杂念，才可能获得真正的舒适与安宁，甚至可以对抗令人不适的外部环境。

除庄子外，唐朝大诗人白居易也有类似的观点。他在《隐几》

中说道:"身适忘四肢,心适忘是非。既适又忘适,不知吾是谁。"意思是:身体舒适就忘记了四肢的存在,心灵舒适就忘记了是非的存在。既舒适又忘记了舒适,乃忘记了自己是谁。这就需要有一种高境界大格局,想得通看得透,方得舒适!

　　当今社会有许多不平等的事,存在着太多黑白不分是非颠倒的丑陋:坚持真理率真直言者四处碰壁,察言观色曲意逢迎者八面来风;埋头苦干者提拔无望,溜须拍马者仕途畅达;累死累活者收入微薄,舒服轻松者富甲一方;真诚厚道憨直务实之人被人耻笑,圆滑世故玲珑乖巧之人左右逢源;等等。时下,多么需要一种好的心境,活得通透!

　　从唯物史观来看,世间万物从诞生之时,便是其走向死亡的起点。由生至死,万劫不复,山高路远,殊途同归。松柏固可冬夏常青,却不能与天同寿;人固有贵贱之分,但黄昏路遥老少同行。殡仪馆里冷酷无情,不论贵贱,六亲不认。一缕青烟随风散,怎辨谁人曾王侯?任你有拔山倒海之力,扭转乾坤之功,但却不能在生死路上逆行而上,万寿无疆。秦王扫六合,江山一统;汉武策长鞭,拓疆无限;唐宗诛弟弑兄,开创贞观盛世;宋祖陈桥兵变,被人黄袍加身。但这些帝王最终也不过都是"滚滚长江东逝水,浪花淘尽英雄……古今多少事,都付笑谈中"。

　　活得通透,必须要有一种好的心态。人的一生是一个过程,也是历史长河中的一瞬。

　　香茗一盏,闲看庭前花开花落;
　　美酒半壶,静观天上云卷云舒。
　　深情回望,往事如烟;
　　展望未来,豪情满怀!

2023 年 11 月 28 日

沉默的力量

做一个沉默的人,让内心活得通透。

埃尔温·斯特里马曾说过:"谁有生活理想和实现它的计划,谁便善于沉默;谁没有这些,谁便只好夸夸其谈。"

人变得越来越平庸的原因,就在于日常生活当中,没有目标,没有梦想,也没有斗志,只有吹嘘和口若悬河,好高骛远。

而一个人要想变得强大,便需要沉默地观察、沉默地思考、沉默地执行。

沉默地观察是前提。观察其实是一个调查研究的过程。一个人有了理想和目标后,就要静下心来沉默地观察周边的事物,耐心和好奇地观事、观物、观人,反复进行比较推敲,甄别自己确定的理想和目标是否可行,对实现自己的理想和目标需要具备什么条件,不信谣不动摇不盲从,有的放矢地朝着理想和目标努力。

沉默地思考是谋划。在观察的基础上,已掌握了实现理想和目标的大量基础资料和数据,沉默地思考就是对这些基础资料和数据进行认真的分析和研究。唯有沉默才能做到凝神定气,才可以打开自己的思绪和心扉,把问题想得更深更透彻,找到实现理想和目标的路径和方法。

沉默地执行是结果。理想再丰满,谋划再周密,没有坚决的

岁月流痕

执行，那也是一句空话。挂在墙上的美好蓝图终不能变成现实。要守住初心，从容不迫，低调内敛，脚踏实地，兢兢业业，认真落实。一不要随意更改。目标已确定，路径已谋划好，在实施的过程中也许会因实际情况出现偏差，应适时矫正，但不可改变目标而另起炉灶，让原来所有的努力前功尽弃。二不要随意宣传。自己的理想和目标只有自己知晓，藏在心底。万里长征还只迈出第一步，就口无遮拦，泄露出去，唯恐天下不知道你的豪情壮志，显得你立功心切，反而让人心生嫉妒，会使别有用心的人给你出难题使绊子。要憋住气使足劲儿，朝着心中的目标默默地努力，不管成功还是失败都是自己的事情。三不要轻言放弃。在实现目标的过程中，难免会遇到艰难险阻，须知所有事业的成功都不是一蹴而就的，遇到困难很正常，没有困难才不正常。关键要有不畏艰险的信心、坚韧不拔的定性、攻坚克难的毅力，须知"宝剑锋从磨砺出，梅花香自苦寒来"。只要遇到困难不放弃，一步一个脚印走下去，就能实现理想和目标。

2023 年 12 月 28 日

人生感悟

把握生命的根

　　人活在世上是一种短暂的存在形式，无论多么伟大高贵的人，都不会长生不老、万寿无疆。

　　明白了这一道理，人就不该活得那么贪婪。为了钱，为了权，为了熏心的利欲，而绞尽脑汁、费尽心机的折腾。自从盘古开天地，三皇五帝到如今，谁带走了不可一世、至高无上的权力？世上的金银财宝，又有谁能带到天堂或地狱里去？但丁讲过一句话："得到便是损失。"想想胡长清，身居领导高位，他绝对智商高，却为贪婪丢了性命，真是聪明反被聪明误，丢了卿卿性命。

　　明白了这一道理，人们就不该活得那么浮躁。人的生命是阶段性的，而人类的智慧是链接的。无论是树高千尺、栋梁之材的治国之威，还是小小拧螺钉的微薄之力，只要把聪明才智释放给国家民族，思想灵魂就将在历史的时空中永生。马克思、达尔文、贝多芬、居里夫人、巴尔扎克、孔子、毛泽东等无数中外思想文化科学巨匠，他们智慧的生命，仍然在推动历史车轮的前进中无限延伸。如果我们有像他们那样的报国天赋，自然应该明白做人的己任。即使作为一介平民，没有壮士豪杰那样的雄才大略，也不该日复一日地追寻着梦幻，趋之若鹜地追逐着世俗，喝酒桑拿、跳舞打牌、泡吧聊天、虚拟网婚……整天忙得昏天黑地，疲惫不

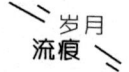

堪,这活法实在是没劲!

没有思想的人生是荒芜的。

没有灵魂的人生是苍白的。

我想如果一个人的生命之树所蕴含的灵魂、思想、智慧越多,就一定会生长得愈加繁茂、充满生机,甚至可以流芳百世、名垂青史。

还是找点儿空闲,挤点儿时间,耕耘一番自己灵魂的绿地,这是人类生命营养的根系所在。人们把这条搞定,那才叫酷,那才叫靓,那才叫闪亮登场的时尚。

2024 年 2 月 9 日

他乡之旅

岁 月 流 痕

岁月
流痕

风情悠悠大竹江

　　大竹江是一个迷人的小山村，山村孕育一条亮丽的小河，这条河叫洪河。初夏，从何家洞乡政府溯江而上，踏着光滑的石板路，穿行在竹海里，凉风习习，心像被水洗过一样舒畅。路旁，修篁千头万簇，争相比高；阳光穿过枝叶洒在修篁上，闪着点点金光。四周山峦，郁郁葱葱；灌木丛里点缀着一簇簇山花，五颜六色，争奇斗艳。其间，尤以杜鹃花更为引人注目。杜鹃花开在清明时节，乡里人又叫它清明花。老人说清明花泡酒吃了能驱邪、祛病。儿时，我最向往杜鹃花盛开的时节，山岗上红灿灿一片，像洒落一抹彩霞。我与伙伴们扑进这片彩霞里，一边采摘杜鹃花，一边大口大口地摘吃花瓣。其实，那岂是吃花瓣，而是吃进大地的物华精气！我爱杜鹃花，更爱它火热的生命和清雅不俗的精神！翻过一道道梁，蹚过一条条河，我们走到了一家农舍旁。远远地，老乡就邀我们进屋喝茶。刚一落座，老人给我们一人斟了一碗大叶山茶。高山有好水，好水煮好茶。一碗下肚，满口生津，暑气渐消。茶喝毕，老人已摆上几碟腌菜，端出香喷喷的糯米酒，禁不住酒香的诱惑，我们移坐到桌旁。老人抱歉地说："大山里没什么好的招待，喝碗水酒，略表心意。"听罢，一股感激之情涌上心头，我端起一碗糯米酒一饮而尽。这是多么醇厚的乡情啊！依依告别老人，我们又上路了。酒劲儿撩起大家的兴致，陪同而来的乡干部老林便神侃起来。他说，远古时期，这里山高雾大，恶虫猛兽猖狂，百姓被虫子咬得丑陋无比，生无宁日。一天，观音菩萨到南海赴会，看到民不聊生，便使法术驱散了乌云，铲除了恶虫猛兽，让百姓过上了安宁日子。为治愈百姓脸上的疮伤，他将玉壶中的圣水倒入洪河，百姓喝了河水，伤很快被治愈，而且变得更漂亮。因为这条河水，这里九村八寨的姑娘模样长得俊，何家洞成了远近闻名的美人窝！饱览了一路的山水美景，当夜幕挂在村头的老榕树下，我们到达了大竹江村。老支书早已等在村头，一个劲儿地致欢迎、道辛苦。当晚，他用腊肉、竹笋和野菜招待我们，虽然菜肴不多，却比我在大宾馆里吃名贵佳肴有味得多。夜晚，万籁俱寂，只有小河在流淌。一路辛劳，却难以入眠。这里远离城池，没有金钱、权力的纷争，没有灯红酒绿的喧嚣；村民日出而作，日落而息，恬淡而宁静。这何尝不是一种富足呢？大竹江，你像一个未启面纱的少女，令人神往！

1995 年 4 月 6 日

初到杭州

上午9点,我们三十八名同学坐上永州市华夏旅行社的豪华大巴到衡阳乘坐列车到杭州,由于导游没有经验,开始没有定好吃中餐的地点,进入衡阳市区才到处找地方吃饭,左转右转地寻找吃饭地点耽误了一个多小时。大家一股怨气,匆匆吃完中饭便赶往火车站,到达站里离发车只差十分钟。在进站检查行李时,我的提包被同学拿错了又虚惊一场。紧赶忙赶终于上车后,大家都是大汗淋漓,一身湿透,心里嘴上一个劲儿地数落这个差劲儿的导游。

短暂的躁动后大家都坐定下来了,同学们有的聊天,有的打牌,很快就忘记了刚才的不快。晚餐在列车上大部分同学吃的是方便面。科干班的陈班长算得上老江湖,准备充分。他从家里带来十小瓶异蛇酒,在江西上饶站停车时下到站台买了一些烧烤和熟食,便呼朋引伴要喝酒,我禁不住诱惑也凑上去与同学们喝上几杯,此时妻子从家里打来电话,亲情、友情交织在一起其乐融融!酒后我到厕所方便,刚出半个身子,一个老者急着挤身进去,猛一关门,将我右手食指压扁,出了不少血,钻心地疼,真可谓乐极生悲!出门在外不好发怒,否则我真想给他一顿暴揍!我们乘坐的是卧铺,晚上10点车厢内就熄灯了,大家都上床睡觉了。

可我刚想入睡，"左邻右舍"鼾声如雷，有的像陕北唢呐高亢嘹亮，有的像交响乐曲此起彼伏，扰得我一晚没睡好。清晨6点我恢恢地爬起来，想洗漱一下，一拧水龙头，火车上停水了，我只有用剩下的半瓶矿泉水简单地洗漱了一下，盼着早点儿到达杭州。到达杭州郊区，农村都是一排排四层以上的楼房，规划整齐，布局合理。大面积的珍珠养殖场等企业鳞次栉比，焕发出勃勃生机！

吃过早饭，开始了杭州一日游。整体感觉杭州的绿化标准高，生态环境好，道路干净整洁，房屋新颖别致，到处是绿树、藤蔓、花草。游了灵隐寺、飞来峰、西湖，无处不是文化，无处不是风景。西湖"三绝"：孤山不孤、长桥不长、断桥不断。康熙时在孤山建有行宫，孤山还有秋瑾墓、藏书阁、楼外楼等著名景点；长桥是梁山伯与祝英台十八里相送的地方；断桥是白娘子与许仙私订终身的地方。还有一种说法是桥的四周居民姓"段"的较多，"段"和"断"同音，便把这座桥说成了"断桥"。后来大家发现下雪天桥向阳的一边雪融化得快呈黑褐色，背阳的一边仍白雪皑皑，从远处眺望桥梁像断成两截，故称之为"断桥"，"断桥残雪"是西湖十景之一。漫步苏堤之上，两旁杨柳依依，桃林婆娑多姿，人头攒动，游人如织，后人仍在颂扬苏东坡的德政。河堤拱桥如玉带相扣，处处巧夺天工。"文能治国，武可安邦"，这是中国几千年来对文臣武将能力的衡量标准。像苏东坡这样的大文豪一旦为政，他便心系百姓，疏浚西湖，发展生产，做出了让世人景仰的不朽功绩！

由于时间太紧了，杭州其他如画美景来不及去观赏，真的感到十分遗憾！杭州的旅游业如此发达，主要是这里有丰富的自然景观、人文景观和文化底蕴，这里地理位置得天独厚，天造地设，

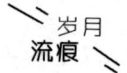

物华天宝，风景迷人，是著名的旅游胜地，而且政府部门常抓不懈，做成了旅游大产业。

上有天堂，下有苏杭。杭州，真的值得你来一趟！

2002 年 12 月 1 日

揭开六朝古都的面纱

　　清晨起来，吃过早饭6点50分就开始赶往南京，车在杭宁高速公路上飞速行驶，公路中间、两旁都有漂亮的绿化带，种有各种绿植和花卉，沿路处处是风景。公路沿线老百姓的房子都是统一规划，路网宽敞铺垫了炒砂，房子绝大部分都是别墅式的独栋小楼，独门独院，院内都种植了花卉，感觉至少比我们内地农村先进三十年。虽然很多农田已经荒芜，但一片片开发区、一座座工厂拔地而起，这让我似乎找到了江浙农民富裕的答案。

　　路上行走了五个多小时，中午12点多我们终于来到六朝古都——南京。对于南京的了解，最早来自小学课本上的南京长江大桥，后来是杜牧的诗歌及曹雪芹的《红楼梦》里的描述。中国古代历史上吴、东晋、宋、齐、梁、陈、南唐等朝定都于此。明朝朱元璋也在此定都，他听取了谋士建议，修建了明长城。民国孙中山在此就任临时大总统，蒋介石在此任总统。全国性抗战期间，国民政府以重庆为陪都，后抵不住人民解放军百万雄师而被推翻。除了抹上千年古都的政治色彩外，南京也与江南美女、风花雪月紧密相连。秦淮河年年柳色、夜夜笙歌的场面似乎仍在眼前浮现。秦淮河是南京城的一条内河，这里曾是官宦消遣取乐的地方，更是名商大贾一掷千金、纵情声色的场所。多少穷女子被迫卖身为奴,打情骂俏!秦淮河上的欢歌艳舞背后有多少江南女子悲苦、辛酸和无奈的泪水!唐朝诗人杜牧诗云:"烟笼寒水月笼沙,夜泊秦淮近酒家。商女不知亡国恨,隔江犹唱《后庭花》。"就是当时秦淮河的真实写照。如今秦淮河已被现代工业文明污染得污浊不堪,近年来南京市斥巨资进行治理,已见成效,水质逐渐恢复。沿河早已没有日日笙歌、打情骂俏的场景,代之的是两岸繁华的商铺和五光十色的霓虹灯。商人们利用秦淮河这个千年品牌引来源源不断的客流,把生意做得火爆!

南京自古是江南重镇、鱼米之乡。许多仁人志士都曾在此任职。仅清朝就有曾国藩、李鸿章、张之洞在此任两江总督。他们的励精图治,稳定了一方重镇,创造了江南文明。正是富庶之乡和人杰地灵,推行科举之后,这里成为中国封建社会最出人才的地方。明清时期的江南贡院,每年本地的乡试都在此举行,江南士子汇集于此,汗流浃背考取功名。走进贡院我仿佛看到熏烟缭绕的肃穆、庄严的考官、来回巡视的士卒、挥汗如雨的考生,听到他们挥笔书写的沙沙声。

江南的才子与美女齐名,二者相得益彰。因此,南京的书画文章与脂粉香气流传了千百年,渗透在历朝历代的文章里。"江南佳丽地,金陵帝王州。"除才子佳人外,这里地势险要,地位重要,它位于长江下游,北接江淮平原,东南临长江三角洲,周边丘陵起伏,山水环绕,有优越的自然环境和旖旎的山水风光。这里盛产雨花石,五彩斑斓,堪称人间瑰宝。蜀相诸葛亮出使东吴时说:"秣陵之地,钟阜龙蟠,石城虎踞,真乃帝王之宅也。"南京便有了"虎踞龙蟠"的美誉。

"人事有代谢,往来成古今。"多少帝王将相、名人雅士皆成粪土；多少战火硝烟、恩怨仇杀都成历史。唯有时间成为永恒，发展才是主流，真诚才会永久。如今的南京正向现代大都市迈进，她再也不是江南的小家碧玉，而是正在崛起的时代巨人！

2002 年 12 月 2 日

姑苏天堂之旅

无锡至苏州仅一小时就到达了，进入苏州城区初看没有什么起眼儿的地方，街上大多是三四层的房屋，非常整齐干净，没有太多的高楼大厦。但走进苏州真的感觉是走进人间天堂，这里有秀美的自然风光，得天独厚的地理条件，古朴悠远的文化底蕴，四通八达的交通优势和高度繁荣的经济水平。

今天我们参观的是寒山寺、留园和虎丘斜塔，分别代表佛教文化、古代园林和古代建筑史。感触颇深的是寒山寺，其寺虽既矮又窄，方圆不足百步，但其声名远播天下。其名流传不在寺，而在人。相传梁朝时有两名和尚在此修行得道，他们的名字一曰寒山一曰拾趣，因寒山在此修行得道，世人便将此寺称为寒山寺了。后唐人张继途经寒山寺，闻寺内钟声观江边晚景，写下了一首流芳千古的《枫桥夜泊》："月落乌啼霜满天，江枫渔火对愁眠。姑苏城外寒山寺，夜半钟声到客船。"寒山寺伴随这首诗声名远播，便成为世人瞻仰的名寺！寒山寺的钟声远播海内外，在日本可谓家喻户晓。古代士子闻钟苦读，使江南人才辈出，才子佳人享誉全国。

留园是全国四大名园之一。该园典雅秀美，曲径通幽，任何一处都是一幅山水画卷！尤其是古朴的家具，秀美的景物，古拙的山石，精致的盆景和别致的建筑令人眼花缭乱，美不胜收，叹为观止！

除领略苏州的古朴秀美外，极具现代感的观前街不可不去。这里是苏州最繁华的地方，是全国著名的商业街，一条约八百米的大街，街面宽阔，还置有雕塑的小景，两旁都是五六层楼的建筑，装饰得富丽堂皇，门店辉煌如宫殿。全国各地的商品都云集于此。尤其是苏州的丝绸和刺绣！苏州的刺绣闻名天下，又叫苏绣，其色泽质地都不一样，欲买到真正的苏绣还必须独具慧眼，否则会被店主的甜言蜜语和花样繁多的刺绣蒙骗上当。

"上有天堂，下有苏杭。"苏州就像天堂一般的美丽！

2002年12月4日

谒中山陵

到六朝古都南京游玩,看了江南佳丽,听了吴侬软语,游了如画山水。今天,我怀着十分崇敬的心情拜谒了中山陵。

中山陵建在紫金山南麓,从空中看中山陵就像一个巨大的铜钟,喻示"警钟长鸣"。1929年国民党葬总理孙中山于此,供后世缅怀。走进中山陵,一条大道直达山顶,中轴用四层建筑相连,第一层建筑是一座石牌坊,上镌刻"博爱"两字。第二层建筑是中山陵的正门,上镌刻"天下为公"四字。第三层建筑是碑亭。第四层建筑是祭堂,上悬"天地正气"石匾,祭堂下方开三个拱门,中门略大,两侧门略小,每个门上方镌刻着两个字,从东到西分别是:民族、民生、民权。祭堂内塑着孙中山先生坐像。再往里走,穿过分别镌刻有"浩气长存"和"孙中山之墓"的两重墓门后,便进入一个穹顶建筑,此建筑内下面是一个圆形池子,池内放着汉白玉的孙中山石雕卧像,雕像下面安葬着孙中山先生遗体。每一个游人到此,不论你站到任何一个位置向下看都好像向在为孙中山先生鞠躬,这体现了设计者的匠心独具!

站在陵园的最高处往下看,几乎陵园就像一个平面。其实从下到上共有三百九十二级台阶,中间用八个平台连接,非常宏伟壮观。站在台阶上仰视祭堂,一股崇敬之情油然而生,一种对伟人的尊敬不言而喻。

　　陵园内有一个长廊，图文并茂地展示了建园的历史过程，让我们看到了20世纪20年代中华儿女为安葬孙中山先生而日夜劳作的艰辛！

　　整个陵园绿树掩映，郁郁葱葱。特别是苍松翠柏婆娑多姿，古老壮美。它们恪尽职守、日夜守护着陵园。

　　中山陵与中山先生的思想与天地同在，与日月同辉！

2002年12月16日

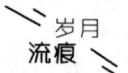

昆明印象

　　清晨5点就被去东北考察的同学们吵醒了，我的生物钟被打乱，上午都感到晕乎乎的、四肢无力。10点半到桂林的旅行大巴开始出发，中午1点半在广西兴安吃了中饭继续赶路，下午3点半到达桂林两江国际机场。办完安检手续后，离登机还有一个多小时，我趁着这段时间四处溜达看看景致。两江机场是李鹏当总理期间的国家重点工程，建成于20世纪90年代中期，机场建成通航时李鹏总理亲自前来剪彩。它的建成结束了桂林没有高等级航空港的历史，为发展桂林经济，连接世界和全国各地提供了重要空中交通保障。机场四周开阔平坦，绿荫如盖，草甸青青，空气清新，真像一座花园。高速公路直达机场，方便快捷，机场成为桂林这座国际旅游城市的门面。下午4点40分我们登机了，开始了真正意义的云南五地十天的旅行。飞机倒车、转弯、进入跑道，加大油门，加速起飞，在一阵呼啸声中冲上蓝天。因飞机快速爬升失重，机上不少人感到胸闷恶心。飞机在快速地爬升，大约七分钟就升至一万米高空，冲出乌黑的云层，便是一片金灿灿的天空。透过舷窗往下看，一片千变万化的云海，有的像棉花，有的像纱巾，有的像河流，有的像走兽，在运动中变化出壮观的景象。窗外的美景与舱内空姐热情的服务融为一体，让人感到非常惬意！

飞机飞行了1小时20分钟就到了昆明的上空,昆明仿佛是一颗璀璨明珠镶嵌在云贵高原上。当晚我们下榻昆明市官渡区景谷大酒店,该酒店干净整洁、设施齐全、安全文明,是一个理想的休憩之所。晚饭后,我们几个好友散步,观光春城夜景,看见这里街道干净整洁,市民文明礼貌,广告招牌路标新颖美观,水果品种繁多,治安秩序良好,街道路口都有警察值班巡逻。也许是昆明人喜欢过恬淡安静的日子,夜还未深,街道上人和车都不多了,但街道绿化很好,店面里外都摆满鲜花,把街道点缀得花团锦簇,引得过往行人深情凝望。如果说北京是一个深沉雄伟的汉子,上海则是一个雍容华贵的少妇,那昆明就是一个小家碧玉的少女。这座城市因其独特的土壤和气候,大力发展鲜花和药材产业,日具魅力,正成为国际旅游城市和花都。我为这座城市和热情朴实勤劳的昆明人深深祝福!

2005年12月1日

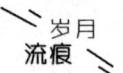

石林、洱海、纳西古城

也许是上天对云南这片土地的眷顾，可以说在这片土地上到处是美景，到处是浓郁的民族风情，到处是歌是诗！

位于昆明市东南部约七十公里的石林因阿诗玛和阿黑哥矢志不移的悲壮爱情故事而闻名遐迩。这里是高原喀斯特地貌，方圆数百平方千米的石林千奇百怪，伴之溶洞里的潺潺流水，似在向游客讲述千百年来彝族青年阿诗玛和阿黑哥的爱情故事。石林或单个或连片耸立，有的像大象，有的像灵猴，有的像活佛，都充满灵气，栩栩如生。石林景区内绿树草甸合理分布，麻石游道曲径通幽，引人入胜。我站在形似阿诗玛的石峰前久久沉思，她追求爱情的坚贞勇敢足以让后世景仰。

尽管坐了一个通宵的火车才到达大理，但当大理这个古城扑入眼帘时，我不禁精神振奋起来。大理背靠苍山，面对洱海，街道宽阔，布局有致。特别是火车站前一条街，有文化广场，广场内还开挖了人工湖。晚上灯火灿烂，车水马龙，是一个有特色上规模的文化广场。街道、别墅区、居民楼依山而建，高低错落，层次分明，晚上灯火一层高过一层，非常壮观。

坐船游洱海，行程四个小时，看不完的美景，两岸湖光山色尽收眼底。湖水碧绿，波光粼粼，时有鸥鸟飞翔而过，游客捏一片面包抛向空中,鸟儿迅速地飞过来扑食,还"嘎嘎嘎"地呼朋引伴,很快便成群飞来,争抢食物。胆大的鸥鸟还会一下扑到船上啄食游客手中的面包,有的还大摇大摆地在船上行走,或站在船舷上看着游客,呈现出人与自然和谐相处的生动画面。传说中,大理南诏王宫巍峨气派,威武的段天王是镇住洱海保百姓平安的真神。远望建于南诏、大理时期的崇圣寺三塔,三塔经过了一千多年的风雨洗礼仍稳稳地矗立在那里,守护着苍山洱海,为白族儿女镇魔祈福,讲述着一段段悲壮的历史。白族儿女勤劳朴实,他们用自己的双手建设家园。一栋栋单家独院的白墙青瓦楼房依山而建,成排成行,宽敞明亮,让人感觉殷实富裕。大理的旅游业火爆,有80%的农民从事旅游服务业,但他们却没放弃土地耕作,形成了每年"一稻一麦一豆(蚕豆)一菜"的耕作模式,冬天的大理盆地,几万亩耕地都是绿油油的蚕豆,没有一丘"白板田",堪称农业产业化的典范。

梦中的丽江是天堂,神秘的纳西古城流淌出古朴的神韵。我今天终于扑入古城的怀抱,目睹古城的风采,感悟古城的韵味。这里天特别蓝,水特别清,月特别明。棉花似的云团在空中飘过,仿佛伸手就可摸到。建于宋末元初的纳西古城,占地7.279平方千米,为中国四大古城之一,被列入世界文化遗产。这里的房屋大多是两层的土木结构,飞檐斗拱、花格窗户,房前屋后小桥流水石板路,布局合理,错落有致,体现了纳西族高超的建筑艺术。古建筑、古乐、古文字、古朴、古韵成为纳西古城的活化石。

走进纳西古城,飘荡在古城上空的是空灵的纳西古乐,雕刻在墙上的是稚拙灵动的东巴文字,忠义木府的幽深雄伟和威严,穿着奇特民族服饰的纳西族人,琳琅满目的手工艺品和农特产品,

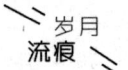

都体现了纳西古城的神秘和奇特。走进古城的街道就像穿越长长的历史隧道。感谢纳西族人给我们留下这座尊贵的世界遗产!

丽江这座城市既注重古城保护,又注重现代城市的建设。新城区街道宽阔,建筑雄伟,富有特色,环境优美,干净整洁,是一个充满现代气息的旅游城市。

2005 年 12 月 4 日

他乡之旅

梦牵泸沽湖

梦牵泸沽湖是它带给我长久的神秘的渴望。那是一块与天相接的土地，高耸的雪山，明净的湖水，飞翔的鸥鸟，成群的野鸭，蓝蓝的天，白白的云，亮得耀眼的月亮和星星，还有像活化石般的女儿国及神秘婚俗。魂牵梦绕得太久，总想找个机会去看看，今天我终于来了！

经过千里迢迢的奔波跋涉，车辆终于颠簸地翻过最后一道山梁，当明净的湖水、葱茏的山峦映入眼帘时，心灵一下变得宁静，就像入禅顿悟了人生的真谛。在这里不敢大呼小叫，唯恐惊飞湖中的鸟儿，破坏这片和谐宁静。人在闹市中待久了，才觉得这片宁静的可贵。尘世中的尔虞我诈，总感到：真诚少了，虚假多了；真情少了，利用多了；平静少了，浮躁多了。在利用与被利用之间，活得太累，有时会迷失方向，扭曲自我。这就是城里人追求宁静、崇尚自然的原因。说到底都是想在宁静和自然中找回真正的自我，求得心理的平衡。但是在现实生活中，又有几个人能够回归自然，重返童真？这就是人性的悲哀。

走近泸沽湖，走入摩梭人家，才知道摩梭人是来源于纳西族，他们勤劳、吃苦、多情，保存着神秘的民族风情，走婚的习俗体现了母系氏族的崇高地位，但他们不是局外人认为的所谓"性"

的开放，事实上他们是"以情为本，以责为重，以礼为先"，没有感情为基础是不可能走婚的。儿女十三岁行成人礼后母亲就会告诉他们的父亲是谁，只不过家庭是以母系亲属组成，舅舅是家庭的主要支柱。摩梭人把感情看得很重，成年男女两情相悦可以托付终身才会走婚，体现了男女之情的纯洁和高尚。这种习俗创造出了家庭、村庄和社会的高度和谐，并且与宗教融为一体，更显得庄严和神圣。

　　这天我们泛舟泸沽湖，燃起篝火狂欢，喝青稞酒，吃烤全羊，与摩梭姑娘对歌，把情感宣泄到极致，消除了积郁心中的块垒。其实人生就是一个过程，生命就是一个轮回。用一种平常心来对待荣辱得失，用一种自信面对沟沟坎坎，就可以宠辱不惊、贫贱不移、威武不屈。

　　泸沽湖的纯净，摩梭人的纯朴，走婚的真爱，让我的心久久不能平静。让我们重新拾回纯真的自我，在人生的旅途中，不管你是方是圆，永远不要失去真诚、自信、快乐和幸福！

2005 年 12 月 7 日

东北行

2012年7月10日,由省林业厅组织的湖南省森林资源可持续经营管理考察团赴东三省学习先进县市管理经验。作为国家试点县的林业部门主要负责人,我有幸参加了这次活动,第一次踏上了面积辽阔、美丽富饶的东北。

印象沈阳

南方的盛夏,正是北方的春季。中午1点30分,我们乘坐南航的飞机从长沙黄花机场起飞,中途在江苏常州短暂停留四十分钟后,接着直飞沈阳。到达沈阳后天已经黑了,正赶上北方连绵细雨,走出机场,风吹在身上凉飕飕的,一问才知道这里早晚气温只有18℃—19℃,让人感到特别凉爽。坐在旅行车上穿过沈阳街市,楼房不是很高,门面装饰不怎么豪华,看到的广告牌不怎么奢华,广告牌上的灯光也不耀眼,行人少,车流畅,没有南方城市的奢华和骚动,显示出的是端庄和稳重。当晚是辽宁省林业厅领导为我们接风洗尘,致了激情洋溢、神采飞扬的欢迎词。

按行程安排,我们第二天早餐后就要离开沈阳前往清原考察。第二天清晨5时我就起来了(天已大亮),一个人打着伞,在沈阳大街小巷闲逛了两个小时,发现这个城市干净整洁,公共服务设施完善，道路宽阔平坦，市民文明礼貌。沈阳常住人口八百多万，是东北三省最大的城市。没来之前沈阳在脑海里是一座工业城市。有东北王张作霖、少帅张学良的张氏帅府。发生了震惊中外的皇姑屯事件，皇姑现在成了沈阳的一个区。近几年来沈阳市优化产业布局，对城市进行了提质改造，使城市更合乎人居，获得了国家数项奖励。由此可以看出他们以人为本、科学发展、追求和谐所做出的艰苦努力。

我们入住的七宝山饭店是一座朝鲜在海外投资的四星级酒店。据说穿着漂亮朝鲜服饰的女服务员来自朝鲜。

由于行程安排很紧，没有去游览沈阳故宫等古迹，真是遗憾！

生态清原

走进辽宁清原，满眼看到的是耀眼的绿色，林种多样，林相整齐，苍松翠柏，特色种植，相映成趣，竞相发展。通过介绍了解到，该县人口约三十四万，辖十四个乡镇、一百八十八个行政村、十个县属国有林场，是省重点用材林基地和水源涵养林基地。2006年，被国家林业局确定为全国森林可持续经营管理示范县。

经过多年努力，清原建立了保护发展森林资源"五大"体系：森林生态保护体系、森林管护技术服务体系、森林发展科研创新体系、森林发展资金保障体系和森林资源法治管理体系。通过常抓不懈，严格执行森林资源可持续发展经营方案，成就了清原森林覆盖率71.4%、林木绿化率73.8%、森林蓄积量2694万立方米（每亩出材15立方米）的工作业绩。

在林政资源的保护发展方面，有两点感受较深。一个方面，全县聘请了一千两百名护林员，每人每年工资一万元，并为他们购买了"五险"。护林员工资从国家公益林补助资金和国家天保工程补助资金中提取部分解决,不足部分由县财政安排资金补足。另一方面,他们创新和推广了"四种"森林复合经营模式:落叶松、红松、刺五加立体复合经营模式,红松果材兼用林冠下刺龙芽复合经营模式,落叶松母树林下山野菜复合经营模式和红松、刺龙芽水平复合经营模式。多林种种植、多林分结构避免了森林火灾和病虫害的发生,同时发展松果松子、刺五加、刺龙芽等果药菜林下经济,每亩收入三百元以上,既保护了森林,又增加了收入。

在林业服务体系建设方面,该县投入一百二十万元,建立了县林业服务中心,将林业部门的林木采伐、木材运输、植物检疫、林权登记、森林资源流转、林木抵押贷款、森林资源资产评估、政策咨询、科技推广等行政许可和服务职能形成"一站式"办结,在全县上下赢得了广泛赞誉。

清原的做法得到了国家林业局的高度肯定,先后荣获了"国家森林资源林政管理先进单位""全国森林防火先进县""全国绿化模范县""全国林权改革百强县"等荣誉称号。

绿色汪清

吉林省汪清县属延边朝鲜族自治州管辖,县名源自女真语"旺钦",因生态保护成就了山青水绿,而更名为"汪清"。进入汪清县域,扑面而来的是山青水绿、秀色可餐。这里有原始天然林,有人工培育林,有苗圃,有稻田,有玉米、大豆、马铃薯,有大河小溪,到处都是绿色,且面积宽广、能种的土地都种上了,没看见一块抛荒地。该县虽地处北国,却宛如江南风光,让人吃惊!

带着这份诧异，作为务林人，我寻访了汪清县林业局。汪清县有林地436万亩，活立木蓄积量4018万立方米。新中国成立以来，汪清县林业局实现了"三个三千万"，即建局时森林蓄积3200万立方米，迄今为止共为国家采伐3880万立方米，目前仍有森林蓄积4018万立方米。他们探索出了一条青山常在、永续利用的森林可持续经营发展之路。

一是坚持采育结合。该局从20世纪60年代开始，废除了大面积顺序皆伐、带状皆伐的采伐模式，转而实行以育为主、采育结合的经营方针，将采伐利用森林与科学培育森林并举，强化复合混交的林业结构，通过采坏留好、采小留大、采弯留直、间密留稀等方式，严格控制采伐强度，保护幼苗幼树，补植珍贵树种，培植良种壮苗。通过多年的努力，培育出130万亩仿效自然、回归自然、优于自然的采育林。吉林省人民政府为当地立下了"采育兼顾、青山常在"的丰碑。

二是加强生态保护。汪清县林业局严格保护8万公顷公益林和6.74万公顷国家级自然保护区，确保了绥芬河和图们江的水源涵养和延边朝鲜族自治州的饮水安全，为保护区8种国家重点保护植物和33种重点保护动物提供生存环境和栖息地。近两年在保护区多次拍摄到东北虎、东北豹等珍稀动物的身影，森林物种多样性、食物链完整性，逐步达到顶峰。

三是发展林业产业。该局近年来转换工作思路，实现了从单靠采伐林木销售向开发木材替代产业和向非木质资源要效益的质的飞跃。形成了年产2000吨红松籽、2000万袋木耳和240万只林蛙，年总产值8000万元的林下经济产业规模和年产100万樘实木门、120万平方米强化地板、60万平方米暖芯地板、2万吨胶黏剂、5000立方米细木工板和5000立方米铅板，年创利3500万元的林产工业项目园区，使林木资源效益实现了有效扩张。

四是致力科学创新。一方面大胆引进人才。为推进森林可持续发展，汪清成立了森林可持续经营办公室，近三年引进了38名大学毕业生，其中2名硕士生、3名在读硕士和33名本科生，并将他们有侧重地安排到各大业务科室，夯实了人才基础。另一方面加强了科企合作。通过协调世界自然基金会、北大、北师大、北林大等10家院所相继成为汪清县林业局长期技术支持单位，建立了实验基地和教学科研基地，展开了深入的研究与交流，提升了该局的森林经营发展水平。再一方面实行生态移民。利用国家棚户区改造政策将林区6200户居民迁出林区，在山下统一安置。每年可节约烧柴4万多立方米，有效保护了林木资源。

汪清是一座了不起的"山"。他们通过科学创新、开拓进取、持之以恒，创造了吉林一片郁郁葱葱、层层叠叠、山望不到顶、林望不到边、人与自然完美和谐相处的浩瀚林海。

大美长白山

"休闲养生地，大美长白山。"这是我们从电视上看到的宣传长白山的广告词。走进长白山，名不虚传，一点儿不假。长白山的美景是令人震撼的！这里不仅具有丰富的自然资源，而且具有世界一流的自然景观。自然景观主要是由山地垂直景观和火山地貌景观所构成。长白山地势高峻，海拔2500米，地形复杂，又濒临太平洋，在东亚季风控制下，形成了独特的自然环境。随着高度的递增，气候、土壤、生物发生着明显的变化，从山下到山上呈现出4个温带、寒带类型的景观带。海拔1000米以下都是挺拔粗大的红松、落叶松、美人松等松木；海拔1000米至2000米大部分是山地针叶林和坚韧繁茂的岳桦林，岳桦树生长慢、密度大，放在水里沉底；海拔2000米至2500米都是高山灌丛和荒漠，灌丛地带里红、白、紫的野花点缀在绿草中，微风摇曳，美不胜收。荒漠地带里都是火山石、火山沙砾，这里怪石林立：或高耸、或突兀；或如刀削、或如斧砍；有的壁立千仞，有的矮如黑熊，奇形怪状。颜色有灰黑色、泥黄色、赤红色，在太阳光照射下散发出奇异的光芒，形成多彩的视觉效果，让人惊叹大自然的奇妙！这种自然景观，如在平地上要跨越几千公里才能看见，而在长白山只要从山下走到山顶，距离不过十余公里。此外，我们还有幸看到了天池。这是因火山喷发而形成的高山湖泊，也是中国和朝鲜的界湖。天池在长白山巅的中心点，海拔2194米，这里群峰环抱，故名天池。这里一天内气候变幻莫测，时晴、时阴、时雨，阴天、雨天都看不到天池，当天我们来到天池边，突然由雨变晴，金光四射，湖天一色，天池像一个蓝色的翡翠玉盘，朵朵白云倒映其中，蔚为壮观。许多游客多次来到长白山，因天气原因看不到天池而留下遗憾。

长白山的景色让人震惊！这里有中国保护最完好的原始森林。多林种混交、古树苍天、蓝天白云，形成了完美的生态。在长白山的这个晚上我睡得特别香。

神秘伊春

从哈尔滨乘车6个小时到达伊春，参观了五营国家森林公园。这里是中国红松的集中保护区，最大的树径需3人合抱，最大的树龄有800年。伊春素有"红松故乡"之美誉，而五营就是"红松故乡"中的一颗"绿宝石"。这里的红松原始森林四季常青,古树参天,苍翠挺拔,属第三纪孑遗种,它释放的负氧离子,具有很高的医疗保健作用。此外,公园里修建了游道,漫步红松林,体味"负氧离子浴",让人神清气爽。这里还是一片光荣的土地,伊春是东北抗日联军的后方基地,生产了大量的物资支持抗日联军打鬼子,每一片红松林里都生长出一个动人的故事。1961年时任国家主席刘少奇到此考察工作,他当时坐的小火车后被命名为"少奇号",并停放在公园内供人瞻仰。这里产的红松籽、木耳、香菇等土特产是东北最好的山珍。

东北地域辽阔,土地肥沃,物产丰富,广袤的森林更是大自然赐予东北的丰厚礼品。今天,在广大林业工作者的共同努力下,白山黑水之间处处林木更为葱茏,展现出了一幅幅林海雪原苍苍莽莽的壮观图景。

2012年7月20日

旅台日记

一

中午1时17分，长沙黄花机场飞往台湾桃园机场的航班正式起飞，下午2时50分降落于桃园机场。从机场出来，高速公路的两边山脉平缓，连绵起伏。树木长势茂盛，乔灌成林，高低错落，郁郁葱葱，没有一块林地被工业发展、城市建设所破坏，山上的天然林被严格保护，充分体现了人与自然的和谐。

晚上，台北市农贸会宴请了我们，宾主互致了热情洋溢的祝辞并互赠了礼品，酣畅淋漓地饮了几杯浓烈香醇的"金门高粱酒"。晚宴安排得非常丰盛。既有卤猪蹄、东坡肉、烧鹅、白切鸡等，也有虾、蟹、螺等海鲜，还有多种水果和开味糕点。主人劝酒饱含深情、彬彬有礼、幽默风趣，继承中华文化深厚而精到。来到宝岛台湾，我们和这里的文字语言相通，文脉相承，风俗饮食大同小异，体现了血脉相连的同胞之情。

晚饭后我们坐车穿过台北市，街道两旁霓虹灯闪烁，城市被青山绿水环绕，让人感到清新和舒适。台北既没有深圳、上海的繁华，也没有周庄、乌镇、同里的婉约，还没有长沙、广州的活力和躁动，更没有北京、西安、南京的悠久和厚重。台北就是台北，有河、有海，河连着海。1895年清政府因中日甲午战争战败，被迫割让台湾，1945年日本战败后，台湾光复回归中国。这里有土著人、有外国人、有大陆各省市的人，世界各种文化在此交融，造就了台北的独特。这里的市民文化素质较高，治安好、卫生好、讲环保、讲秩序、讲民主。但晚上到宾馆打开电视去看，却感到纷乱而无序。也许是由于太民主或是当局的懦弱，台北市的城市规划落后，建设难以推进。台北市远不是我想象的那种现代化大都市，这里许多房屋陈旧，街道狭窄，杂乱无序，暴露了其政治制度的弊端。

穿行台北市40分钟后，我们来到新北小镇淡水，下榻福格酒店。虽说是"五星"级，但仅相当于大陆的"三星"级，酒店里面的设施都老掉牙了。淡水镇依山而建，房屋像梯田一样一层高过一层，夜景非常美丽。抽空到小镇散步，商铺门面装修普通，商品却非常丰富。尤其以经营水果、糕点、咖啡、茶叶的店铺居多，显示出少妇般的淡雅和悠闲。

台北的摩托车太多了！大街小巷、公司机关、店铺前都摆满了摩托车。在十字路口只要绿灯一亮，黑压压一片摩托车拥挤着各显身手往前冲。这是在大陆的城市看不到的风景！台湾这个陆地面积3.6万平方千米的土地上拥挤着2300多万人口，交通治理是个大问题。现在已是深夜12点了，街上川流不息的摩托车还发出刺耳的轰鸣声，划破了小镇宁静的夜空，打乱了我来台湾美好的思绪……

2013年10月17日

岁月
流痕

二

上午8时我们新的一天旅程开始了。从新北市淡水镇沿着台湾西部沿海高速公路往南走。沿途扑入眼帘的依然是青葱翠绿的森林。不管是路边行道树，或远山植被，均保护完好，山上没有一块"秃斑"或"天窗"，全是绿油油的。

车行进约2个小时，我们到高速公路旁一个叫"湖口服务区"的地方放松放松。下车目光所及，有化妆室、商店和休息室，有深情演奏的艺人，有各种憨态可掬的雕塑，有旧式黄包车、马车、老爷车的陈列区，有各种各样的摇摇椅，俨然一座博物馆。身临其境，疲惫枯燥的旅人顿时变得轻松惬意，流连忘返！

我们行驶2个小时后，到达了神往已久的日月潭。据说日月潭成为旅游胜地是因为蒋介石夫妇的情有独钟。此处群山环抱，树木葱茏，植被丰茂，加之台湾人民几十年的竭力保护，使这里山峦倒映，鸟语花香。日月潭面积7.73平方千米，水深40多米，广阔的水域没有一丝漂浮杂物，还通过人工引水保持水质。日月潭悠悠碧水净化了我的灵魂，揉碎了我的梦境，让我心潮激荡！

依依不舍告别日月潭，前往今天的目的地嘉义市。嘉义市在台湾宝岛南部，有全岛最大的嘉南平原。这里原是宝岛的粮仓，现改种了水果、花卉、苗木等经济作物，粮食大都从美国进口。

我们中途小憩停留在古坑乡，喝了台湾最有名的古坑黑咖啡，勾起我对《美酒加咖啡》和《苦咖啡》等名曲中人、情、景的回忆。中、晚餐，我们体验了台湾的"农家乐"，"农家乐"展示出规格精到的民俗，里面有艺人演奏，有古典诗词、小桥流水、亭台楼榭，宛如回到了江南水乡。台湾虽然被日本侵占了50年，但台湾是中国的领土，台湾人民是中华民族的子孙，台湾对中华文化的传承坚如磐石。这两家"农家乐"的装修都继承了牌楼、木门、木柱、花窗、雕塑等中华古建筑的元素。

夜宿嘉义兆品酒店，一天的所见所闻，让我找到了海峡两岸血脉相连、文化相承的理由了。

2013 年 10 月 18 日

三

上午7点半我们从嘉义启程继续南下，晨风吹拂，令人心醉。一路南行，气温逐渐升高，深秋季节也暖融融的。今天我们主要参观阿里山。到阿里山行程需要3个小时，在高速公路上跑了1个多小时后，我们的车就开始上山了。原来以为阿里山是一座山峰，哪知眼前的阿里山却是一道山脉，南北绵延几百公里，最高峰2663米。我及大陆的同龄人都是听着"阿里山的姑娘美如水呀，阿里山的少年壮如山……"这首歌长大的，充满着对阿里山的憧憬和向往！

车沿着蜿蜒的山路慢慢爬行，映入眼帘的是耀眼的绿，层峦叠翠，莽莽苍苍。几十年的保护才造就了台湾宝岛这一绿色屏障。除生态林外，沿途连片的槟榔树和高山乌龙茶，规模之大，管理之好，效益之巨，实属罕见！

在盘山公路上行驶2小时，我们到达阿里山顶峰，参观了台湾林务局嘉义林区阿里山管理处，观赏树龄在三千年以上的神树及百年以上的桧木、铁杉、扁柏，这些古树高大通直，完好无损。很遗憾没领略到高山族风情，也没看到神往已久的阿里山姑娘。

然而阿里山的山高、云海、山岚、森林、空气、花海、洁净和秩序却给我留下了美好而难忘的印象。

下得山来，我们在一个小镇里品了三杯高山乌龙茶。穿着高山族民族服饰的女孩儿边泡茶边宣传着茶道，知道我们是从大陆来的显得更加热情，茶泡得更加绵软而香醇。山里帅哥靓妹往外走，留着老人小孩儿守家园，这不仅仅是大陆的社会现象，其实台湾也一样。阿里山的姑娘小伙儿大多往台北、高雄、台中等大城市走了，为了收入，为了梦想……

不知是被阿里山的风景所诱惑，还是被泡茶的高山族姑娘的热情周到的服务所感动，茶过三杯后，我毫不犹豫地买了十四盒高山乌龙茶，不管是真是假。我要用阿里山的高山乌龙馈赠我的亲友，让他们品尝来自阿里山的味道。

带着遗憾离开了阿里山，渐行渐远仍然想着歌声中阿里山的高山族少女以及欢快的民族歌舞……今天看到的已不是我梦想中的阿里山了！现实中的阿里山已没有曾经美丽动人的风情了，变得物质而单调，现实而俗气。我似乎从梦中的美景中跌入到现实黑暗的枯井里，胸闷得有点儿喘不过气来……

恍惚中一轮落日挂在天边，夜幕降下来了。扑入眼帘的灯火、笔直宽敞的街道告诉我高雄市到了。高雄旧名"打狗"。街上日式餐饮等商铺很多，路标、景点标识牌用的是中、日、韩三种文字，显示这个城市受外来文化影响较深。来自大陆各地的人很多，是他们的子嗣在此生生不息，辛勤劳作，才成就了高雄今天的繁荣。

2013 年 10 月 19 日

四

　　上午9时我们离开了入住的人道国际酒店，参观了高雄市行政中心。高雄市的政府办公大楼的建设规模比大陆的一些乡政府还小。楼前约300平方米的空地停满了摩托车，由此看出台湾小政府大社会的风貌。车子刚驶到高雄港边，一只大黄鸭映入眼帘。这只黄鸭子是荷兰一名工艺师设计的，在荷兰首都阿姆斯特丹的海里一放，逗得人们十分开心，都蜂拥围观，便享誉世界。至今大黄鸭已周游世界多个地区，均引起轰动，用大黄鸭模型制作出来的玩具十分畅销，不知创造了多少利润，养活了多少家庭！

　　我们来到了高雄外港，远望建在山边的台湾中山大学。宽阔的高雄天然良港曾经是世界上第四大港，来自台湾各地和世界各国的商品从这里进出，见证了台湾的飞速发展。

　　午饭后我们一行直奔垦丁。垦丁接近台湾岛的最南端，并设有垦丁公园。这个公园是开放式的，有观海、森林康养、海水浴场、深海潜水等分园，服务设施一流，风景美不胜收。比如猫鼻头景区，传说有一丛滚落的珊瑚礁岩，其外形似蹲仆之猫，因而得名。猫鼻头是台湾海峡与巴士海峡的分界点，并与鹅銮鼻形成台湾岛最南之两端。这里海水湛蓝，是我所见过的最干净最蓝的海水，只有海南三亚的海水能与之媲美！

　　垦丁归屏东县管辖，我们夜宿六福度假酒店。该酒店集中西文化之大成，外观古朴典雅，内饰现代豪华，楼顶有游泳池，楼内引入海水波光粼粼，客人休闲品茶观景，真乃心旷神怡！

　　文化总是让人陶醉而刻骨铭心！

2013年10月20日

五

今天在垦丁公园坐上潜艇观赏了台湾南部最完好的海底珊瑚。到台东参观了绮丽珊瑚博物馆。这个馆集原料采集、设计、加工、宣传和销售于一体，馆内的珊瑚产品做工精美，款式新颖，琳琅满目。

在垦丁我们还游览了鹅銮鼻，此处是台湾岛的最南端。世界各地的游客都来此找寻宝岛的最南端，领略宝岛的美丽风光。

车往台东走，我们抓住空闲，叫司机将车开至南湾海滨浴场。作为内陆省份的人，看到银白的沙滩、湛蓝的海水是多么惬意的事情啊！大家纷纷脱掉外衣穿上泳装扑入大海。此时正是上午10点多，正值西太平洋涨潮，一个连一个的浪潮向岸边扑来，浪头卷起数米高，层层叠叠扑向沙滩，卷起朵朵白色的浪花。我们在海里嬉戏、冲浪，做出各种夸张的姿势叫同行人拍照，躺在沙滩上捧着滚烫的沙子盖住自己的身子，让沙砾蒸出身上的湿气。大家都忘记了自己的年龄，变得年轻和率真。回归自然、享受生活是多么轻松和快乐啊！假如一个人能达到与自然完美和谐，抛掉世俗的压力、纠葛和烦恼，自觉地走进自然，调理身心，那该是多么美好的境界，多么惬意的生活啊！

这片海，让我流连忘返！

"小时候妈妈对我讲，大海就是我故乡……"优美的旋律和动人的歌词，时常让我热泪盈眶，更勾起我对大海的神往。特别是宝岛台湾，远离祖国太久了，虽沧桑巨变，但这片大海没变，依然是这么蓝这么美丽迷人。台湾，祖国在等你回家啊！

想到两岸的分别和隔离，我情不自禁地吟诵起余光中先生的诗句："乡愁是一枚小小的邮票，我在这头，母亲在那头……"守望多年，最后却只看到母亲的坟头，这成为人生的遗憾和终生的隐痛！同宗同族，一脉相承，为什么要人为的分离和隔绝？祖国的统一和振兴何时才能实现？1949年退到台湾的大陆儿女的后代们是否还有民族的认同感和归属感？我们应该如何应对？想到这些，我的心变得无比凝重，担子变得沉重，我们每一个有良知的中国人都应该为祖国统一、民族振兴做点儿什么，方不愧民族，不负良心！

　　写完这段文字，我走到阳台，翘首遥望祖国，窄窄的台湾海峡竟让两岸分离了几十年？！如今两岸相通，人员经济往来密切，相信总有一天两岸的政治会走到一起，祖国一定会实现真正统一！

2013年10月21日

六

　　今天一整天我们走了台湾东部的两个县：从台东到宜兰。一路沿着太平洋的海岸线行走，茫茫的大海给台东县留下了176公里的海岸线。北回归线在台东县与花莲县交界处，当地树立了标识牌，设有天文知识宣传栏。绿茵茵的草地，干净整洁的宣传资料完好无损，由此可看出台湾民众的素质。车行半小时，我们进入台湾东中部地区的花莲县，该县面积4628平方千米，人口仅30余万，土著民族人数有8万多人。少数耕地夹在中央山脉和海岸山脉之间，以种植水果、水稻、番薯为主。这里曾是台湾四大木材产区之一，盛产水晶和大理石，通过加工的奇珍异石享誉海内外。

　　在我们的请求下，我们来到花莲县的林田山林场参观。这个

岁月流痕

林场由日本人建立，引进日本的森工设备、生产技术和管理经验，征用土著人为日本生产了大量木材。1945年国民党统治台湾后，继续采伐了大量木材。蒋经国执政后号召保护生态，发展环保经济，1991年开始全岛全面禁止砍伐天然林木，致力于生态保护和森林管护。近些年来，林田山林场的生态已得到了恢复，呈现出树木葱茏的生态画卷。林场职工由2700人减少至100人。当地通过高标准规划将林场的基础设施、住房等打造成林业文化产业园。设历史回顾、森林文化、休闲旅游、根雕木雕等展馆，将历史文物、伐木及防火器具、林场工人生活用品、木材实物等收集起来陈列展示，使人们穿越历史，加深了解，同时更加珍爱环境，保护森林。

从绿色森林里出来，我们又走入了石崖里，这就是太鲁阁公园。该公园其实是一个因地壳运动而造成的山体断层地带。公园内有一条暗河，两旁是万仞石壁，雄伟壮丽。

当年蒋经国亲自组织修通了中横公路，打通了台湾岛的东西两岸。为修通这条公路，几百名老兵壮烈牺牲。现道路进口处树有牌坊，刻有石碑，撰写铭文，镌刻死者名字，永志不忘。这条路因常有滚石，不允许旅行车载客通过，我们无缘一睹这条路的奇险和诡异，于是，改乘火车到宜兰礁溪。

我们所下榻的冠翔世纪温泉酒店，是一家温馨浪漫的度假酒店，风格是日式味道，干净整洁，安静舒适。

对于台湾全岛而言，西海岸比东海岸要发达很多。西海岸包括了台湾最发达的经济、文化和政治中心，东边仅有台东、花莲、宜兰等县，主要是农林经济。但两岸互通以后，他们能抓住商机，利用优势资源发展森林旅游、农产品加工、特色水果、宝石和石材加工、环保产业等，使台湾东部经济得到了快速发展，同时加强城乡环境卫生建设，这些都是值得我们学习和借鉴的。

　　台湾地方不大，却处处风景如画；城乡房屋不高，但基础设施完善；城乡一体发展，都保持干净整洁，这些也是值得我们学习的。

2013 年 10 月 22 日

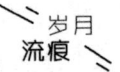

澳洲印记

去年岁末,我随团访澳,根据考察行程安排在澳洲这片广袤的土地上辗转奔波了几千公里,每到一处,都为优美的生态自然风光所叹服,那些美好的记忆依然历历在目。

森林城市堪培拉

从悉尼乘车三个半小时到达澳大利亚首都堪培拉,刚进城口听到人说前面就是澳大利亚首都,我怎么也无法相信自己的眼睛,甚至内心产生一种失落感。到达城市中心区没有看见一栋高楼,大都是两三层的房子,红墙灰瓦掩隐于参天大树中。如果不是国会大厦、各国使馆和政府各部门有一些五至十层的新颖别致的楼房,你会觉得来到了一个西方国家的某一个小镇。

堪培拉是澳大利亚的首都,位于澳大利亚山脉区的一片开阔谷地上,地处澳大利亚东南部。三面被连绵起伏的山峦围绕,中间约几十万公顷平原谷地,牧草繁茂。这里属于首都领地,总面积2395平方千米,人口约38万,平均海拔760米。莫郎格洛河横贯市区,向西流入马兰比吉河。堪培拉是个年轻的城市,早在100多年前,这里还是澳大利亚科西阿斯科山麓的一片不毛之地,后来人们才在这个地方建立了城市。

堪培拉的城市设计十分新颖独特,环形及放射状道路将行政、商业、住宅、学校等区分开来。城市中心由著名设计师格里芬设计,用人工挖掘了一个长约11千米、最宽处约1.2千米的大湖,湖岸线长40.5千米。从摩罗河引来的河水和雨季精心收集的雨水都汇入湖中,使一年四季湖水溢岸、波光粼粼。这个人工湖被命名为格里芬湖,湖中间建起了一个喷泉,即为纪念库克船长登陆澳洲大陆200周年而建的"库克船长纪念喷泉",喷泉水柱高达140米,极为壮观。格里芬湖把堪培拉一分为二,在春、夏、秋三季的多个月里,许多重要活动都在湖边举行。特别是夏季,傍晚市民在湖边散步或做其他运动,湖光山色,风光旖旎。更有市民和游客在河堤上饮酒聊天,享受快乐的休闲时光,桌椅沿湖堤摆开足足有2公里。

堪培拉是个与众不同的城市,它的建设并未破坏附近的环境,而是与周围环境融为一体,洋溢出浓郁的田园气息。城市四周森林环绕、绿意盎然,且邻近着秀丽乡村,令堪培拉成为优雅的现代化都市,更享有"天然首都"的美誉。整个城市树木苍翠,古树遍地,鲜花四季,草地如毯。堪培拉就像一个大花园,楼在绿荫下,人在花旁走,车随绿草行,鸟与人为伴,蓝天白云下的堪培拉就像一块大大的绿宝石,是一个让人神往的美丽家园。每年9月,州政府都要举办花卉节,推动城市绿化美化。市民以数十万株(盆)鲜花迎接春天的到来,堪培拉被誉为"大洋洲的花园城市"。

猎人谷酒庄

11月29日,悉尼的天气特别晴朗,湛蓝的天空飘着朵朵白云,温度在18度至28度之间,早晨起来风吹在身上凉凉的特别舒服,这样的天气特别适宜出行,我们前往猎人谷酒庄。

猎人谷(又称亨特谷),是澳大利亚新南威尔士州的一个地区,距悉尼北部约160千米,人口约59万。猎人谷是新南威尔士州最大的河谷。

车行3个小时进入了猎人谷,沿途大部分都是高大挺拔、郁郁葱葱的桉树,桉树下有少量的辐射松和南洋松等植物,草灌植被很少。澳大利亚是个桉树王国,我国也从澳洲引进了一些耐寒的桉树品种,在湖南、广东、广西、福建等省区种植,长势好,成长快,也是道路绿化和工业原料的优良树种。进入猎人谷,一片片的葡萄园整齐划一、青翠欲滴,河谷的草甸变成了一片片丰收的果园,果园边到处是参天大树和翠绿的草地。我们满载着南半球充足的阳光,带着对绿野的畅想,来到澳洲踏上这趟令人神往和浪漫的红酒之旅,在一片无限宽广的新绿外,全身心享受着渗透至毛孔的葡萄芬芳。

本以为猎人谷是一个幽深险峻的大峡谷,谷口峭壁林立,谷底怪石嶙峋,谷内蜿蜒曲折,哪想到这里一片开阔,只有少许低矮的山坡,葡萄园像一块块碧玉散落在山坡上,边上草地与它相连,大树深情地为它守护着。花、草、树木,还有几个亮晶晶的小湖散落在其中,闪耀着勃勃生机。

在葡萄庄园主的带领下,我们不仅参观了私人的葡萄庄园,了解了酿酒过程,还穿梭于葡萄园之间,领略了澳洲的郊野风光,品尝了一流的葡萄美酒。我这个红酒的忠实爱好者,美美地享受了一段澳洲红酒缠绕舌尖的微醺时光。

夜宿蓝山

夜宿新南威尔士州一个叫蓝山的小镇，住进一家家庭旅馆，房子虽建成几十年了，却仍然完好如初。旅馆里外可谓干净明亮、简洁古朴、典雅别致。放下行李，洗了个澡，似乎要抖落一身的疲惫。十余天，在澳洲这片广袤的土地上辗转奔波了几千公里，晓行夜宿，风雨兼程。今天的行程不紧，终于可以在这里驻足停歇，好好地休整一下。

这个小镇被蓝山国家公园环绕着，是一个不到8万人口的县级市。小镇和国家公园的称呼为什么叫蓝山？因为据说这里有大量的桉树，太阳照在桉树林上，桉树挥发出的油滴就会折射出蓝色的光，远远望去森林散发出一片蓝光，因此，就给这个公园取名为蓝山国家公园，这个小镇就叫蓝山市。蓝山国家公园管辖天然林约100万公顷，大蓝山山脉为世界自然遗产。这个国家公园保护着近百种桉树品种和许多珍稀物种。

整个小镇被森林笼罩着，街道边、居民区和休闲场所还点缀种植了各类奇花异草，四处鲜花浪漫，香气袭人。这里的空气特别清新，负氧离子含量很高。镇里的道路都是青色的沥青路，生态环保，干净整洁。小镇的人们也十分友好，碰面都会微笑着主动向你问候。在这么美好的环境里徜徉、品味、享受，净化了灵魂，忘却了烦恼。

2014 年 12 月 10 日

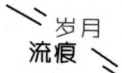

西藏之行 圣洁之旅

一

7月29日中午市重点项目流动现场会到双牌观摩后，我微信向县委书记请年休假，得到了书记的同意，心里无比高兴。昨天上午就开始组团，我夫妇、女儿女婿等7人一起进藏，接着便安排行程订票和联系旅游公司。大家都是第一次进藏，兴奋、忐忑、期盼和神秘的心情交织在一起，大多数人两晚都睡不着觉。今天大家都在紧张地准备行李，早早休息，养足精神，明天清晨5点出发到桂林乘高铁至成都。

2018年7月29日

二

清晨5点我们一行就从双牌出发，开启了西藏之行、圣洁之旅。租到的是一台较新的五菱宏光七座车，车况好，路顺畅，除在道县吃了早餐耽误了一点儿时间外，我们8点50分就赶到了桂林高铁站，剩下1个小时安检、候车，感到非常轻松。高铁9点50分准时发车，17点50分准点到达成都。出成都东站后，出发前联系的旅行社也及时派车接站,将我们送到下榻的酒店,出门第一天的整个行程意想不到的平安和顺利,大家心里都美滋滋的。

在高铁上我、妻子、女儿坐在一排位置上,感觉幸福满满。正在谈笑间,女儿提议:我们三人自拍一张照片,要我附上文字发在朋友圈里。我思索了一会儿,想这是年休自费外出旅行,没违纪违规就答应了。女儿拍的照片还行,一家人都精神饱满,笑容可掬,亲情洋溢。我附上的文字是:"眨眼就五十多岁了,工作已三十余年。每年都在紧张辛劳奔波中度过,感到工作和心理压力很大,身心无比疲惫。感谢组织的关心,批准我年休半月。携妻子、女儿开启西藏之行、圣洁之旅!这是我期盼已久的神圣地方,那里有雪域大漠、布达拉宫、高原圣湖、虫草雪莲。在这片空灵的世界里,洗净铅华、放松心灵、荡涤尘垢,让自己净化灵魂,更铆足精神,轻装上阵!西藏我来了!与其说是一次亲情之旅,不如说是一次朝圣之旅,在白云缭绕的雪域高原找回自己的初心和童真,再次拥有一回真正的自我……"想不到朋友圈发出后,半天就有几百人点赞和评价,也许是我说出了尘世中奔忙的众生普遍的一种心理追求和向往吧!

大家在酒店里安顿好后,晚餐时间也到了。久闻成都小龙坎火锅,大家异口同声欣然前往。慕名前来,店门口站着坐着一大群人在等席位,吃一顿火锅还要拿号候餐,可见此店口味好,生意火爆!在等待的过程中,大家拍拍照、聊聊天、打打盹儿,消磨时光,看到此情此景,便赋上一首打油诗《候餐》:"龙坎火锅美名扬,世界人民来候餐。小店做出大品牌,日进斗金富一方。"以抒情怀!

虽然久等了1个小时,但因该店火锅做工精到、口味纯正,让

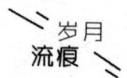

我们不虚此行,赞不绝口。饭后,大家一行到"锦里古街"领略了老成都的风土人情,参观了武侯祠,思绪荡漾在天府之国的天际里。

2018 年 8 月 1 日

三

  早晨起来,悠闲的成都迎来了一场喜雨,雨后的都市顿生阵阵凉意,空气夹裹着雨丝感觉特别清新。8 点 30 分我们乘坐旅游公司的商务车真正踏上了进藏的旅途。驾驶员是一位三十几岁的帅哥,语调斯文,面相和善,看上去让人倍感亲切,相信未来半个月的行程一定会轻松愉快。

  今天的行程是从成都至新都桥,全程 400 多公里。也许 8 月份是西藏的旅游旺季,川藏线进藏的车辆太多了,因车流量太大车速较慢,中午 1 点多我们才到达泸定。中饭后我们去拜谒了久负盛名的泸定桥。当年廖大珠带领 22 位勇士飞夺泸定桥的枪炮和呐喊声仿佛还在眼前回响。国民党军坐拥这座建于康熙四十四年,净跨 100 米、净宽 2.8 米的铁索桥作为天险却没有挡住红军的进攻。飞夺泸定桥改变了红军的命运!现在的泸定已远离了战争的硝烟,经济也快速发展,沿河两岸高楼大厦鳞次栉比,已建成一座繁荣美丽的山城。

  过了泸定再西行一个半小时便到了梦想中的康定。这里因了一首《康定情歌》而出名,慕名而来的天下游客给这里带来了商机和财富,现在的康定新城沿着一条山谷绵延建设数公里,尽显现代和潮流,却再也找不回我梦中悠远、辽阔、多情的康定了!

过了康定，我们就开始爬山。要翻过的前面这座高山叫折多山。"折多"在藏语中是弯曲的意思，写成汉语就是"折多"二字。折多山位于四川省甘孜藏族自治州境内，最高峰海拔5820米，是四川康定通西藏要道。折多山又是重要的地理分界线，西面为高原隆起地带，有雅砻江；东面为高山峡谷地带，有大渡河。大渡河流域在民族、文化形态等方面处于过渡地带，主要分布着有"嘉绒"之称的藏族支系。折多山以东是山区，而折多山以西则是青藏高原的东部，是真正的藏区。山路弯弯，进藏车多，车子像蜗牛般爬行。山上遍布灌木和草甸，壮阔而辽远！当我们爬到折多山顶时气候与山下变化很大，山上寒风刺骨，雾气弥漫，许多人怕冷不敢下车欣赏高原风光，都躲在车里避风取暖了！

　　从折多山蜿蜒下来，半个多小时就到了一个叫新都桥的小镇。这里原来是一个人烟稀少的藏民集居区，因为近几年从川藏公路进藏的人多，他们便适时发展旅游业，几年就建起了一个富庶的小镇。这里的酒店和民宿每天可以接待游客近万人！想着家乡的阳明山发展近三十年，已创建了国家4A级景区，但基础设施落后，接待能力较差，景点布局单一，吸引不了多少游客前往，更留不住游客，由此看来人气旺，才有旅游旺、财运旺，也才能促进地方经济的大发展！

　　夜宿唐古特酒店，该酒店设施齐全，条件舒适，服务周到，今晚睡得很香。

2018年8月2日

四

清晨8点我们一行从新都桥出发到亚丁，全程560公里。因车流量很大，平均速度不到每小时50公里，到达亚丁已是晚上7点30分了。

11小时30分的行程中，我们翻过了天路十八弯，路经中国松茸之乡——雅江，午餐在世界最高城市之一——理塘，翻越4696米的兔儿山和4718米的卡子拉山，驻足一望无垠的高山草原，徜徉在乱石嶙峋、布满水塘的海子山，在甘孜公路上欢跳。细雨蒙蒙中，我们进入了香格里拉镇亚丁村，入住高原雪域度假酒店，结束了一天的行程。

2018年8月3日

五

梦寐已久的世外桃源——亚丁，今天我们终于投入了您的怀抱，去揭开了您神秘的面纱。从亚丁客运中心行车1个小时就到了亚丁景区。总体感觉这里有高山雪水融化而形成的河流、湖泊，山上有高大通直的雪松、雪杉，远望高山云蒸雾绕，云开雾散后高耸的雪山被太阳照射反射出耀眼的光芒。湖泊边散布着零零星星的草甸，五颜六色的格桑花温柔靓丽，在微风中摇曳，仿佛在向天南海北的游客招手致意！雪松上松鼠在吱吱作声，上蹿下跳，有的还从树上爬下来从游客手中讨东西吃，一个个像聪明伶俐的小精灵！

这里的山高耸入云，冰雪皑皑。融化的雪水滋润了这片土地。山上植被分布明显，5千米以上都是石头，4.5千米以上都是低矮灌木和草甸，4千米以下生长着高大笔直的雪松、雪杉和杨树、柳树等其他树种，显示出亚丁的高山峡谷地段雨量充沛，气候湿润。

这里的水清澈见底。一处处高山湖泊就像一颗颗绿宝石，镶嵌在冰蚀高原上。湖水静得出奇，像一个个文静的女子，散发出诱人的芬芳，充满着书卷气，让人爱怜。

这里的天蓝得窒息。遥望天空是一片片没有杂质的蓝，天空像被水洗过一样，偶尔飘来朵朵白云，像一团团棉花，似乎伸手可触，在这片蓝天下人的心变得无比的开阔和纯静。

这里的风凉爽舒适。时值盛夏，即使在太阳下，只要微风吹过就感到特别凉爽。不像平原、丘陵地带，风也是热的，吹在身上令人燥热不安。

这里的太阳灼热刺眼。因为海拔高，天空纯净，太阳光特别亮，刺得眼痛。太阳的紫外线也特别强，人在室外不涂防晒霜不打伞，一天下来脸就晒成高原红，火辣辣地痛，有的还会脱皮。

青山、碧水、蓝天，人与自然的和谐相处，也许这是许多人把亚丁当成世外桃源的原因吧。

亚丁是个神秘的地方，藏语意为"向阳之地"。这个被誉为世外桃源的地方，海拔2900米至6032米，地处青藏高原横断山脉的东南部，是国家级自然保护区，是中国目前保存最完整、最原始的自然生态系统之一，呈现出美丽的高山峡谷风光，是中国香格里拉生态旅游区的核心。美籍探险家约瑟夫·洛克曾这样形容亚丁："在整个世界里，还有什么地方有这样的景色，等待着摄影家和探险家！"如今亚丁成为世界级的旅游景点，每年有大量的游客来此游览,为当地带来了巨额收入,也带动了藏民发展旅游产业脱贫致富。

今晚我们入住稻城。稻城县城海拔3750米,全县7323平方千米,常住人口3.4万。稻城,原名稻坝,藏语意为"山谷沟口开阔之地"。清光绪三十三年改名为稻成县,因为当年清政府要在当地试行种稻,预祝种稻成功之意。民国时期,设西康省,方更名为稻城县,特此作记。

2018年8月4日

六

从双牌到西藏之旅已经走了7天了,每天坐车都不少于10个小时,漫漫西行路,拳拳游子心。一天下来就是看两三个景点,不时从车上下来动动腿,伸伸腰,拍拍照。特别是5日从稻城赶往芒康这天,几乎都是在峡谷公路中穿行。由于雨季涨水山洪暴发冲垮了公路,沿路都在施工修复水毁工程,车停停走走,短短300公里路程竟走了11个小时,6日从芒康赶八宿300公里也走了11个小时。这边的公路一是弯多陡峻,二是区间限速,三是每个县入境都要检查,耽误时间多,跑不起来,平均时速30公里,与我们当地的时速观念截然不同,确实更新了我们的时间概念。

八宿这一晚住得很舒服,早晨起来大家都精神饱满。8点钟大家又启程出发了。今天是浓缩了两天的行程,直接赶到林芝住宿。全程500多公里,也走了11个小时,晚上7点终于到达林芝。一路道路平坦,沿途植被茂密,心情也好多了。欣赏了然乌湖、米堆冰川和鲁朗风景区,都是高原湖泊与森林生态相融,山、林、水相映成趣，湖光山色，妙趣横生。

　　在行至波密县途中，车载音响播放出彝人制造的《妈妈》，心中顿生一种酸楚，想着自己不远万里长途奔波来西藏，这是为了了却某种心愿，还是为了抖落自己心中的尘埃，抑或是为了一种空灵的梦想？世事的艰难，生活的痛苦，想在雪域圣地中求得释放和解脱。想着苦难了一生的母亲，目不识丁，任劳任怨地操持家务，几乎没有出过远门；含辛茹苦坚持坚守却从无奢望，总是深情祝愿我们工作顺利、开心快乐！写到此处，眼泪湿润了自己的双眼。我们现在过得很好了，物质上虽然富庶，精神上却缺少了许多，有时以忙烦累的理由忘记了孝道，甚至连母亲多一个电话多一句话都感到烦躁，更不要说节假日陪陪母亲，带她外出走走看看！"子欲养而亲不待！"大多做儿女的都能对这句话脱口而出，但又有多少儿女做到了真正的"孝"，而一旦"亲不待"了徒留遗憾、愧疚和悲伤！车还在行进中，我对母亲的思念随着彝人制造深情的歌声萦绕在高原的天际。

　　林芝地处西藏东南部，平均海拔3000多米，被誉为"西藏的江南"，我们200多公里都沿着雅鲁藏布江的支流帕隆藏布河走，河水冲击出宽阔的河谷，孕育了这里的灿烂文明。没想到海拔3000多米的高原，有茂密的森林，树木高大，树种繁多，林相美丽，开阔的盆地长满金黄的青稞，绿茵茵的草甸上牲畜成群。县城街道整齐，绿树成荫，门店生意兴隆。林芝市区内高楼大厦鳞次栉比，酒店游客爆满，生意兴隆，沥青路面宽阔通直，绿化档次很高。早晚气候凉爽，空气清新湿润，全然没有高原特征，真是雪域高原的江南！

　　夜宿林芝。这里离拉萨只有400多公里了，我们的心情更迫切了,期待着明天的雪域圣地之旅!

2018 年 8 月 7 日

七

  上午 8 点我们准备好装备从林芝又开始启程了,车在高原上爬行。一路的车越来越多了,大家你追我赶地争取尽快赶到拉萨。中午 2 点多我们终于进入拉萨市。拉萨既是西藏自治区的首府,又是藏传佛教的中心,因此显得特别的神秘神圣!

  从被誉为"西藏的江南"的林芝进入拉萨市内,山上的植被就很少了,连草甸都没有了,全是被高寒积雪侵蚀的地貌,远远望去十分萧瑟。拉萨河在平坦的河床上缓缓地静静地流淌,我们驶过名声响亮的拉萨大桥,进入拉萨城区,看到除街道通直宽阔外,两边的房子低矮方正,几乎没有高楼大厦,这座城市散发出端正肃穆的气息,没有现代都市的流动和奢华。沿街的绿化苗木只有柳树和杨树,都长得高大而茂密。门店装修很普通,高档商品也很少,拉萨仿佛是一本凝重的书,比不上沿海一个县城的建设气派和奢华!查阅资料才知道,拉萨人口 50 万(2017 年),来此做生意的绝大部分是四川、重庆、甘肃的人。

  这里的太阳火辣辣的,紫外线强烈烫得脸难受。我们吃了中饭,美美地睡了一觉,下午 6 点半才出门观览布达拉宫。从酒店步行半个小时就到达布达拉宫广场,远远眺望布达拉宫,这座建于 1300 多年前的佛教宫殿矗立在一座山上显得特别高大巍峨,令人景仰!宫殿外观看上去分三级,下大上小,逐级收紧,层层递进,井然有序,五座灵塔殿宫顶覆盖镏金瓦,在太阳照射下,金光闪闪，金碧辉煌，更彰显了布达拉宫的高大、神秘和神圣！遗憾的是这天我们买不到参观票，没能进宫殿内参观！

晚上我们参观了西藏的夜市，除中心区一小块区域灯光灿烂、人头攒动外，其他地方一片静寂！没有像样的酒店，到处都是吃面食的店铺。我们好不容易找到一处夜宵摊点，吃了几串烧烤，喝了几罐啤酒，慰劳自己整天的奔波劳顿。

为弥补没有进布达拉宫参观的遗憾，第二天清晨我们早早起来前往大昭寺参观。相传建造大昭寺的目的是为了供奉尼泊尔墀尊公主带到西藏的一尊佛像。该寺现成为佛教徒朝拜的圣地。我们7点多钟就来到此处，进到大门处，只见来自全国各地的游客早已排成长龙，经过安检依次进入广场，各地的佛教信徒匍匐祷告，围绕大昭寺和转经筒快步走，双眼微闭低着头口里不停地念着经，虔诚得让你屏住呼吸不敢出声。有的信徒不远千里衣着褴褛徒步来到拉萨，几步一匍匐几步一祷告，几个月才能到达拉萨，就是为了朝拜布达拉宫和大昭寺，这真是"信仰的力量"！

走进西藏，走进拉萨，我的心由激动复归平静，对西藏的感觉变得明朗和清晰。拉萨之所以神秘是因为：一是去拉萨的路途遥远并且拉萨地处雪域高原；二是藏民的生活习俗独特，内地人基本上不太了解；三是对藏民的生产情况非常陌生等。这次进藏揭开了西藏的神秘面纱，让我们真正认识了西藏。

2018 年 8 月 9 日

后 记

  岁月无情,人生有意。眨眼间,大半生岁月就匆匆地从身边流走了。岁月流逝,留下了一些痕迹,不把它整理结集出版,总觉得有点儿于心不甘,于是趁退居二线有些空闲时间,将已发表和未发表的部分文章整理结集出版。

  根据文章的内容,我把文章分为《乡音乡情》《人生感悟》和《他乡之旅》三个部分,书名定为《岁月流痕》,主要体现我在走过的人生岁月里留下的东西。故乡是我的根,乡情是我的血脉,寄托我无尽的思念。奋斗历程中的苦与累、烦与忧、喜与乐、思与悟,融入交织着泪水的文字里,那是不忘初心的人生轨迹,也有成功后的喜悦与云淡风轻。我所到过的地方,我总想留下点儿什么,写下点儿文字,虽然肤浅,但聊以自慰,仅作为美好的回忆。

  古人云"立德立功立言",这应该是人生毕生的追求。但我凡人一个,临近退休,立德,应坚持不断修为,努力尽到个人的本分;立功已成过去;唯有将写下的文字结集出版,供读者分享,也算给后人留下一点儿精神财富!

后　记

　　由于本人才疏学浅，选择的文章也许与主题有不相符之处，也还有些文字表述不完整不精准，敬请方家斧正。

　　诚挚地感谢关心、帮助和支持我的所有人！

李胜华

2024 年 4 月 18 日